铁葫芦

新世纪诗典

{第三季}

伊　沙／编选

浙江文艺出版社

编选者序

又是一年过去。

每一季结集时所作的序，都是我的工作总结或工作汇报，是否美文倒在其次。

众所周知，《新世纪诗典》的工作核心是每日的推荐，此季有365首诗，说明又是一日未断，此为《新世纪诗典》最为重要的技术保障。年度新增作者128人，比例如此之高的“新鲜血液”的不断注入，保障了《新世纪诗典》肌体的活力。为什么它会成为中文现代诗人最想跃上的第一平台？靠的不是“推举新人”的空洞口号，而是实实在在的发现与推助。《新世纪诗典》的开放性有目共睹。

活动方面，系列朗诵会在西安、江油举办了两场（累计总共八场）。在此我向大家公开坦白：由网易读书频道亲自举办的活动到第三场为止，后来的五场全都是由热情的《新世纪诗典》的诗人们动用各自掌握的资源举办的。所有出席过《新世纪诗典》系列朗诵会的诗人都感受到了做一个诗人的幸福，因为它是中国诗坛唯一有作品质量管制和现场专业点评的朗诵会，其严肃性绝无仅有。我们又评出并颁发了第三届年度大奖——正如我在《新世纪诗典（第二季）》的“编选者序”中所言，“在中国诗坛，只有《新世纪诗典》大奖的评选将读者的意见作为主要依据”。在第三届评奖中，我们对于竞赛奖（金、银、铜、入围奖）的评奖规则做了更进一步的完善，全部数据化，有据可查，公开透明。中国没有权威的诗歌奖，权不权威，要看怎么评及评出的是谁，以此为标准，连颁三届的《新世纪诗典》大奖大有成为“中文现代诗第一奖”之势，雄踞于名目繁多的众奖之林。

三年来，做《新世纪诗典》的亲身经历每每令我想起儿时冬天滚雪团的游戏：一开始是一个人在捏雪团，另一个人在雪地上开始滚，后来不断有人加入进来帮你滚，加入的小伙伴越来越多；再后来，这个雪球自己从山坡上滚下去，在山脚下变成了一个巨大的雪球，高过了我们的身体，令我和小伙伴们无不张口结舌、目瞪口呆……在这一季里，《新世纪诗典》的“衍生现象”集中爆发：诗人湘莲子以转发加二次点评的方式在新浪微博开辟了《新世纪诗典》的第二现场，更充分地利用了微博的传播力，令网上读者量骤然增加了不止一倍；诗人李异以其天才的绘画才能为《新世纪诗典》作品配图，令其顿增形式美感，既吸引了一般读者的眼球，又令原诗作者兴味盎然更觉荣耀；奥地利诗人、翻译家维马丁及时将《新世纪诗典》推荐作品译成英、德两种语言，在国外报刊发表，令《新世纪诗典》升格为直通世界的“国际机场”；诗人游连斌每日回放《世纪诗典》（老《诗典》）作品，令新老《诗典》上下衔接，令新旧世纪连成一体，令《新世纪诗典》这扇窗口得以全面展示中文现代诗的整体风貌和演进过程；诗人蒋涛召集的“新世纪诗典互动”，每天平均有二十余人面对同一个元素写诗，已经一日不断地坚持了六百七十余日，与《新世纪诗典》存在的意义相似——这是一个“诗歌大国”早该有的日常景象；诗人沈浩波堪称《新世纪诗典》的“幕后英雄”，他所作出的重大贡献绝不仅仅在书籍出版方面；诗人王有尾承担了烦琐的微博数据统计工作——除我之外的其他人来承担这一工作，保障了岁末评奖的客观公正；诗人西娃为系列朗诵会操心，找资源找到了自己的家乡——四川江油去，她一定是感动了李白的在天之灵，竟为《新世纪诗典》年度大奖找到了一个再好不过的永久颁发地，也让我们的大奖借此升格为“李白诗歌奖”……

我一介教书匠，无权无钱无势，加之《新世纪诗典》并非实体的机构，我从未指派过上述诗人做任何一件事，全都是他们自发而起、主动而为，自然而然形成了《新世纪诗典》的义工团队，为诗人服务，为诗歌出力。我想说，在过去的一季里，这是《新世纪诗典》在内部建设上的最大收获。这支义工团队令我底气更足，十年大计，可以图矣。

谁还记得，我在《新世纪诗典》开办之初曾经放言：“《新世纪诗典》不要绝对的好，只要相对的好。”当初为什么要说此话？我是在对自己作出心里暗示：切莫理想主义好高骛远而变得操作艰难。所以，三年来，我一直在盯着所能见到的同类选本，它们哪怕有一丁点儿的好处我也会主动加以吸收，它们的坏处我都会反向改造成《新世纪诗典》的好，盖因如此，《新世纪诗典》的“好”都是有形的、看得见的。这一年来，我重点研究过一本年选，它的名义上的编选机构前后有变，但它的执编者始终为同一人，所以前后并无不同，入选作品须是在公开出版物上发表过的（所选的刊物面很窄），多年下来，形成了一个固定的作者群，四十来人。我也算老江湖了，知道这些作者与编选者交情甚笃，这种特符合国情的游戏规则我倒还能够接受，但有一瞬间，我茅塞顿开，恍然大悟，以“关系学”言之，还是太表面而不够专业，这是从社会身份到所属阶层到艺术立场到诗歌趣味的全方位的惺惺相惜。如此说来，编选者是非常严肃的，是十分忠实于自己的，这便更加可怕，因为这样的选本不过是一部分“场面人”的作品集合，完全不能反映当代中文现代诗的真相，是“诗坛选”，而非“诗歌选”，更非“佳作选”！我在这一瞬间所受到的刺激是，这些长年把持诗坛资源的人在搞“主义真”，偶获平台的我在最大限度地力求“多元”“全面”，其结果是产生了这个时代的经典选本（从《世纪诗典》到《新世纪诗典》），但是也为一些从人到诗八面玲珑的“万人迷”锦上添花了。就中文现代诗继续向前的发展而言，这无异于助纣为虐。所以说，公道之心并不一定会产生公平的结果，甚至会起到坏的作用，经过一番反思，我为《新世纪诗典》写下了16个字：

民间立场，独立品质，先锋走向，现代纯诗。

以上16个字无一字无考虑，无一字不具有针对性，你可以从尺度上有放宽的理解，但无法从方向上提出半点质疑，除非你是伪诗人。

三年了，如果说《新世纪诗典》第一季的重点在于“全面总结”，第二季的重点在于“挖掘真相”，那么第三季的重点则是“确立方向”——以先锋为己任，引领中文现代诗前行。

伊沙

2014年4月5日　长安

目录

一、爱一个人能有多久

二、我要生50个宝宝

三、汉字像一些精灵

四、在冬日的群山中

五、如果拥抱只有一次

六、记录老天的公道

一、爱一个人能有多久

让我问问时间吧，还差多少年
还要等待多久，让我问问死亡
亲爱的死亡，爱一个人能有多久

——马莉

姚风

我在中国见到梦露

一九七四年仲夏的某日
在一个无人的角落
我悄悄打开手中的美国杂志
它由K同学身为外交官的爹
冒险从国外带回
封面上的梦露
正在向一个十五岁的中国少年微笑
纯洁，无邪，性感
（我打赌，这词儿绝不是中国人的发明）
如明媚的阳光
猛然把我照耀

我也向她微笑
我贪婪地打量她被春风掀起的白裙子
我好奇地想知道裙子内部的秘密
我可以喜欢梦露吗
我可以喜欢如此美丽的美帝国主义吗
我向美利坚致敬
我向伟大的美国人民致敬
他们仅用几代人的基因
就培养出旷世的杰作

一九七四年仲夏的某日
这一天也许平淡无奇
没有天才诞生，没有伟人辞世
但对我来说是多么难忘
在中国
在北京一条灰暗的胡同
我见到了梦露
我的梦想改变了轨迹
我的青春喷着鼻血到来

☞ 一日不空，《新世纪诗典》第三季开始。网球比赛中有个术语叫作“抢七”，即双方在战至 6 ：6 时，谁先拿下第 7 分，谁便拿下该盘——《新世纪诗典》第二季结束后共有 14 位诗人达到两季满额 6 首推荐，现在澳门大诗人姚风率先“抢七”。因为在澳门文学节诗歌朗诵会上，印在赠送刊物上的本诗深深打动了我，令我浮想联翩、思绪飞扬，这是一首中国的世界的男人的诗！

孟浪

无题

鞋在走（空的，还是满的？）
一只鞋在走（另一只呢？）
一双鞋在走（穿着它的人在哪里？）
一排排鞋在走（哦，多少人的命运！）
鞋，是空的，疾走……

脚，停在家里（油库在前进。）

鞋在大街上（赤脚者不甘！）
一只鞋在大街上（赤脚者也赤身！）
一双鞋在大街上（赤脚者还赤心！）
一排排鞋在大街上（他只剩下一颗心！）
鞋，是空空的——燃烧。

脚，停在世界上（血库在前进。）

2011年

☞ 已推荐的孟浪的两首诗，在《新世纪诗典》所有作品中，毫无疑问均属上品，说它是“扛鼎之作”也不为过，本诗依旧如此。他似乎是个死不改悔的意象派，但他如今已是最好的中文意象诗人了——在20世纪90年代初就是了，只是那时他的对手们尚未彻底败落，如今已全然消隐了。形式在真正的诗人手里真不那么重要，如此强大的内力，如此奇崛的诗思，永立不败之地。

江湖海

睡龙榻的收藏家

他神秘地对我耳语
收到一张龙榻
夜夜睡在皇帝睡过的
床上，真爽
我可以不怀疑他的藏品
可想了又想，让他真爽的
是茶渣，酒迹，药渍，皮垢
一龙多凤，精斑，血污
响屁印记，尸水残痕
还是落入床缝的诡计碎屑
或夜半客的白刀子进红刀子出呢
我感到恍惚，想不出来

2013年

☞ 在《新世纪诗典》的惠州狂欢夜，大排档夜宵，十多位诗人围坐一桌，蒋涛当场用手机写了一首诗发微博，说：回到家中的江湖海也写了一首。他们在“新世纪诗典互动”已经玩了三百多天了。我感慨不已，我知道这么玩的厉害，尤其是像江湖海这种老帮子，他更有经验，成功率也就更高。仅凭我看稿的印象，其进步之快，堪称奇迹。拿本诗来说，酒或许旧，但瓶子很新，照样很好。

西娃

“在”的证据

也许一生中，有很多日子
都是如此
对别人，对自己
你都是消失的——

今日收到一个快递
上面贴满投递失败的小标签
“收件人不在”的前面
红色的钩，非常醒目

我看了收件人不在的日期
2号，5号，9号，12号
我告诉邮递员，这段时间，我都在
“你说你在，你就在啊？”

的确，我翻看记录，搜索记忆
打电话问最好的朋友，都没找出
我在的证据

2012年

☞ 西娃给我发来的一组诗中，并没有这一首，我是从她的博客里选出来的。她似乎向我提及了一首颇受好评的近作，我读了，写得有点糙。与此同时，我也看到了别的推荐栏目所推荐的她的诗，我认为那只能代表西娃的过去。本诗于我有强烈的共鸣感，因为我经历过新旧校区的换址，改批无数，不堪其苦，最厉害的是这一句：“你说你在，你就在啊？”谁没听到过这一句？

仲诗文

找到源头的人是幸福的人

米磨好了，园子里的蔬菜刚浇过水，
孩童们玩耍刚回来，他们饿了。

祖母已逝。我已经教会孩童们怎样点上灯盏，
他们跪着。灯火小了，就将灯芯往上拨一拨。

园子里的花开了，饭已做好，起来吧，孩子。
世间最大的荣耀就是茄子熟了，青瓜那么坦然。

☞ *网易真应该给我报出差费，两年来我每一次个人旅行，《新世纪诗典》必有收获。这说明，足不出户、闭门造车（哪怕在网络时代）出不了大选家。这是在《新世纪诗典》惠州诗会上发现的诗，我没打算现场收购（怕打击未被收者的情绪），但还是忍不住为之叫好，西娃又当场向我推荐了这位诗人。如何来说本诗呢？就像一桌子大鱼大肉，忽然上了两盘自留地里种的茄子和青瓜！*

阿樱

纪念日

只能说是梦。梦一样的山势
起伏着我们的身体
还有衣绸下面的熏香呢
山风在飘荡
一种欲望。你的欲望是何等的
显山露水
你在爱中对我说：爱
爱我地上枯败的落叶
爱我为你消瘦一圈的腰肢
……爱我，不停地
而一束光线惊醒了我们
我终于看见你啦！亲爱的
你的衣扣掉了
散开的衣角如剪
会剪断我 剪断我的头发的
我偷偷地咬碎了一颗泪

☞ *还是在《新世纪诗典》惠州诗会现场发现的诗，整首诗氛围就好，最后一句又把我电了一下。回来看了作者一组诗，整体也好，最好的依然是听到的这一首。情诗写得好，一定要有爱、懂爱，并且一直在爱着。能够将情诗写到老的人，说明心中有爱，而这是很幸福、很了不起的。这样的诗人往往是女诗人，不管那么多观念性的劳什子，专注于情诗，越写越厚，越写越醇。*

冯娜

橙子

我舍不得切开你艳丽的心痛
粒粒都藏着向阳时零星的甜蜜
我提着刀来
自然是不再爱你了

☞ *在新浪微博上遇到冯娜，我在第一时间向她约稿了。因为此前我读过她的诗，她的诗给我留下了良好的印象。我还记得那是一本我厌恶的人所炮制的一本讨打的刊物，典型的诗坛小政治式的刊物，但这并不妨碍我记住上面偶见的好诗，那一次的阅读我便记住了冯娜。她在抒情上有一种让人惊讶的爆发力。如此年轻也并不让我感到惊讶，因为诗中已将年轻的优势表露无遗。*

刘强

无边

无边得要死的时候
我用萝卜炖排骨
用毛巾抹灰

把热水倒进冷水里
给小妖精洗头，梳头
扎麻花辫

小小的妖精
就这么老去，行吗？

☞ *在论坛时代，我曾发感慨：近诗者与我近——恐怕又被当作自恋狂言听。那好，现在是微博时代，《新世纪诗典》给你后证：西娃近来气势如虹，关键在她自己状态好，进球还助攻。刘强便是她的助攻对象，她推荐来的又一位好诗人，正是在读完刘强诗的那天，我在微博上发出了一声慨叹："中国好诗人太多了！"他的语言可以不及物，是有人想要而不能得的状态，难怪有人会偷。*

蒲永见

穿过

人生就是这样
对此，我只能说两个字
好！

每天都要这样穿过
穿过巷子，穿过街道
穿过熟视无睹的河流
穿过墨守成规的楼盘
对此，我只能说一个字
好！好！

我只能说纪念碑好
我只能说人民医院好
我只能说“九〇三”好
我只能说太白广场好
当然还有一些车辆和人流
我也只能说好
大大地好！

穿过纪念碑，穿过浮华和喧嚣
穿过昌明河，穿过凝滞和肮脏
穿过人民医院，穿过呻吟和死亡
穿过“九〇三”，穿过畏惧和灰冷
纤尘不染不可能了
但我可以天天穿过
每天都要这样穿过
穿过那些内衣和头发都散乱的女人
对此，我只能说好
真他妈的好！

阳光在头上燃烧

蚂蚁在交换穴位
草丛在蠕动
牧场在远方
我的手臂和坚硬的胡须
依然坚定有力
芳香和歌声啊
依旧日夜回荡

真的好啊，大大地好

☞ *又是来自西娃的“助攻”，又是来自李白故里的诗人。本诗于我，有极大共鸣。在我看来，“穿过”已经构成一大母题，那是我们每天必经的生活，那是我们永远的思考。记得我在一首旧作中写道：骑车向前／如何穿过拥挤不堪的人流／我大喝一声：“浓硫酸！”本诗则采取全景式的写法，谋篇布局，很有层次，错落有致，既有反讽，又有超越，真的是“穿过”了。*

原委

这是做二奶最好的年纪

——补给发小寻的婚礼

车过某站
阳光斜射
湖面倾斜
我在睡梦里
听到笛声
是车过青春
事实中的几年
很狗屎

你去过远方后
我停在了远方
你的衣服破了
我的衣服早就破了
你在动荡
我在更加动荡

而
我想着死亡
借着酒
仿佛一道光亮
我才看清
你骑来的
不是一匹马

这是
做二奶最好的年纪
你却跑去结婚

☞《人民文学》英文版《路灯》请我推荐年轻诗人，我将《新世纪诗典》推荐过的 34 位 85—90 后诗人的推荐诗发给了他们，最后由美国编辑和翻译家选定了 17 位，其中就有原委。我事后总结经验：所有中国独有的经验都落选了，人类共同的经验都入选了。原委的那首《变化》写的是永恒的父女关系。本诗曾在长安诗歌节的现场朗诵过，读起来比当时听起来的感觉好得多。

南人

拔毛

我一根一根
拔掉身上的毛
拔掉这些无法从口中喊出却已从体内
长出来的文字

2013年

☞ *两年过去了，中国现代诗已由诗江湖时代切入到了《新世纪诗典》时代。诗江湖时代，老板南人低到尘埃里，由着我们放肆地玩；《新世纪诗典》时代，他日渐高调，玩得很high。他将成为第三季头一个从5.0晋升到6.0的诗人。我心里盼着南胖子越写越好，还是出自一份浓厚的情结：有他常在，诗江湖就没有死，他的精神，他的灵魂，就附在《新世纪诗典》体上，中国现代诗金链不断！*

光头

规则

规则就是我想到了
兔子
之后我就会想到狼
我要是先想到狼的话
那我想到的就是
羊
我想到了祖国
你想什么
规则还可以继续
把上面的进行重复
你想的和我说的
是不一样的

☞ 在《新世纪诗典》惠州诗会上，他是第一个令我对惠州诗人刮目相看的人。其实他那天朗诵的诗并不强，但我敏感地意识到，这是一个有语感的诗人，在口语上已经入道。于是我表扬了他……那个时候，我并不知道他有多强。现在我已经完全知道了，竟然还是80后！相信从此大家会记住这颗长头发的光头。如果一批有才华的青年诗人从此崛起，那惠州诗会就办得真值。

春树

睡前提问

你认为你是一个知识分子吗

你认为你是一个存在主义者吗
你认为你喜欢吃炸酱面吗
你认为你收藏古董吗
你认为你时尚吗
你认为你比当初进步了吗
你认为你实现理想了吗
你认为你爱国吗
你认为你爱真理吗
你认为你敢说实话吗
你认为你不怕被报复吗
你认为你是个好作家吗
你认为你是个诗人吗
你认为你是个好母亲吗
你认为你是个好父亲吗
你认为你爱过吗
你认为你道德吗
你认为微博促进了中国进步吗
吗吗吗
你认为他们是教主吗
你认为你是脑残粉吗
你认为有些事不能说吗
你认为有些人不能惹吗
你认为这本小说是你的自传吗
你认为你有才华吗
你认为你的东西能留下来吗
你认为你有秘密吗
你认为你心胸宽大吗
你认为你谁都对得起吗
你认为你负责任吗

你认为你守规矩吗
你认为你问心无愧吗
你认为你自以为是吗
你认为你想报复吗
你认为你怕死吗
你认为你讨人喜欢吗
你认为你招人讨厌吗
你认为你还有明天吗
你认为你落伍了吗
你认为你孤独吗
你认为你写的是诗吗

☞ *我有社会法定的学生，有诗歌传承的弟子，但我知道有一个人最想做我的学生超过其他人，真觉得我的诗好得超过其他人，真心为我而骄傲超过其他人，此人即春树。诗人是最敏感的动物，不论相知抑或相斥，甚至无须表达，无不了然于心。我对她很苛刻，以她在世界上的名声，够绝大部分《新世纪诗典》诗人追赶一辈子，目前却才 3.0，今天是她的结婚日，怎么都该是春树日。*

袁绍珊

粽子

三只绿竹叶包的粽子
在早晨的餐桌上迎接我

我用剪刀细心剪开制衣线
仿佛在迎接一个将生婴儿

北方的粽子很硬
台湾的粽子呈三角形

他们嘲笑我们的粽子是裹小脚的鞋
或绿色的便便

空无一人的客厅对我说：
此刻已无关紧要

我用筷子细心打开黏稠的三片叶子
仿佛在开启一部家族史——

圆滑、扎实、朴素
母亲做人如包粽的伎俩已经失传
冷水、放粽、二十分钟
父亲上班前留下微温的蒸笼，烟却消逝了

我对空无一人的饭厅说：
此刻已无关紧要

因为千里外的餐桌上
是我孑然一身的外婆
此刻正与我共享这满载红豆
又带有慈悲味道的粽子

☞ *袁绍珊的第一首推荐诗《流民之歌》相信大家还有印象，它也成功直通《人民文学》英文版《路灯》，我认为那是一首有名作潜质的好诗。你想读懂一个地方就一定要抵达。澳门是个混血儿，两大文化交融于此，一个是大中华文化圈，一个是以葡萄牙语为主的文化圈。在澳门生长、在内地读大学、在加拿大读研究生的袁绍珊，真可谓典型的"澳门的女儿"。本诗同样精彩。*

独化

无题

A

或许是不祥的
但是，让我翔舞
或许是悲情的
但是，让我翔舞

B

我成了一个不讲信用的人
早晨说过的话下午就开始反悔
早晨我说了不想了啊不想了
下午又开始了那既具体又抽象的想

C

如此迅速直接深入地
你进入了我的感情，我进入了你的感情
你害怕了，我害怕了
我们决定放弃。你哭了，我哭了

D

今夜月亮有如一块白色的石头
我突然想清楚了
你就是我黑夜里一块白色的石头
我就是你黑夜里一块白色的石头

E

我们所说无非一些平常的言语
我们所做无非一些平常的事情
但是，你已进入化境
但是，我已进入化境

F

窗外之月如此之好
但是我如何告诉你呢？
我采取了中国最高方式
为你写一首诗

G

融会贯通的感觉实在好
只是这种良好的感觉来得太迟
正如俗语所说
我们都木已成舟

H

你到底给了我什么
我到底给了你什么
金钱，名誉，地位，抑或身体?
不。我们只是用心迁徙那情感的化石

I

你为何如此脆弱
你为何如此敏感
我想告诉你，在我冰冷的血管里
流淌着的也是这两种血液

J

我们相约同看今晚的圆月
天不作美我并未看到
我的愉悦不会减少
因为你看到了今晚的白月光

K

我们都厌倦了质朴厚重的物质生活?
我们都希望清新俊逸的精神生活?
我想大概是这样吧。
你说呢?

L

你藏到了哪里
你藏到了哪里
你藏到了哪里
我想你

M

未通电话的日子里
街上的车流量并未减少
天空依然飘下霏霏细雨
一切又那么冰冷、沉重而有序

N

电话打通了
交流又开始了
我说不清是悲是喜
我水波不兴我狂澜深藏

O

异乡落雨了吗?
身在异乡尚好吗?
我这里秋雨绵长下个不停
而思念恰如这秋雨，无有已时。

P

你又梦到我了
我们依然无缘无分
让我也梦到你吧
即使无缘无分

Q

晨起。散步。
细碎的鸟鸣。冷绿的草。
毫无疑问，无端想起的又是你
并且，来若山倾，去若抽丝。

R

怀揣一颗洁净的心
未敢越雷池半步
祸福同路，
我们的命?

S

汝之幸福则我之痛苦，
我之幸福则汝之痛苦。
那么，还汝之幸福则何如?
那么，还我之幸福则何如?

T

我们将幸福预约到来世。
此生大概只能如此。
此语必将伤及你我。
但是，也只能这样了。

☞ 我力图使《新世纪诗典》的选诗——选与不选、多选少选——向读者、同行、作者本人传递出正能量的信息。譬如，你长时间不出新作，我老推荐你的旧作（哪怕诗够格），对你负责任吗？独化即如此，2.0后我打住了，心想：你不出新作我就不再推了。其间他推荐别人的作品给我，我一个没看上。他弟弟独禽是我在“新世纪诗典互动”看中的，不算其助攻。现在他又进球了！

西毒何殇

戴眼镜的老民工

工地有三四个老头
老得就像是
刚从土里
挖出来

干活很慢
一个栽警示牌的小坑
需要挖一整个上午
没办法，
工头说：
已经找不到年轻人了。

他们很少抽烟
埋头
缓慢地
挖土
他们没了土地
玉米
被挖掘机碾压在土里
还有一些坟
挪到
更靠近河的那边

他们从夏天
干到春天
整个冬天
都在挖土
我每天都能见到他们

跟那些爬脚手架干活的
年轻人不同

他们只在平地上挖土
不戴安全帽
却戴着眼镜
每一个
都把眼镜
用细绳子绑在头上

我从没用绳子
绑过眼镜
如果滑下来
我就用多余的手
把它
推上去

2013年

☞ 80后第三位5.0推荐者出现了，前两位是我的学生，后一位是长安诗歌节的同仁。其实他们饱受了我更多的苛求，一则我还是爱我做教师的名誉，二则同仁之诗真是听得耳朵起老茧了。年轻而居上者，其蓄势必厚。本诗是全方位的好，可做口语诗教科书，其诗中散发出的“我”与这三位老民工的平等气息，是我最为欣赏的，没有俯瞰众生，就是生而平等！

秦巴子

教堂

迄今我只去过三次教堂
三年前的冬天在哈尔滨
著名的索菲亚大教堂门前广场
拍了几张照片是因为那个建筑
然后相机就冻住了
零下三十多度
同行的朋友们进去取暖
而我独自回到了车上
我不是个有信仰的人
我觉得不配得到
上帝的庇护
还有一次在教堂门口
等一个在做礼拜的朋友
他要买房还差点银子
他是个虔诚的教徒
我没让他打借条
另一次也是冬天
我进入教堂里面
拍摄庄严的洗礼仪式
管风琴奏响圣乐的时刻
我也有了受洗的感觉
但在那些互相信赖的兄弟姐妹中间
我是个外人，像个客人
他们手捧圣体而我手握摄像机
感觉到心地荒凉之冷
我悄然退了出来
大口呼吸着外面的阳光
在小贩的叫卖声中
喝了碗暖身的胡辣汤
但我没有告诉刚刚受洗的朋友

☞ *金牌诗人第二个“抢七”，既是金牌含金量的有力后证，又说明诗人没有躺在这块沉甸甸的金牌上。在长安诗歌节《新世纪诗典》两周年“恳谈会”上，同仁们再次令我感动。细数自己每首推荐诗，并自行排了序，我替老秦排的是（他表示同意）：《小春天》居首，《马赛克》居末，本诗可以居中，说明状态正常。高频次推荐的压力，只有当事人最清楚，可谓“幸福的压力”。*

吴投文

养狗记

养狗之后
我的性情有所变化
在不知不觉中
我变得像它的父亲
而它的母亲
也由我一身兼任

我还是它的同伴
和教师
充当一个陪衬者
让它成为主角

这当然还不够
我需要学习它的语言
到把这门外语混熟的时候
我已经忘记自己的语言

有时候看起来还像它的恋人
这怎么说呢
在它清澈的眼睛里
我的影子像一团火焰

有时它躲进黄昏的栅栏里
独个儿眺望童话里的替身
我也在眺望自己的替身
却无法跨越一道火的栅栏

要理解一只狗并不容易啊
当我受困于自己的内心
它领着我慢慢往回退

退回到原始的空白之中

2012年

☞“养狗之后／我的性情有所变化”——不是要制造自己选诗的神话，只是想说出实情。当吴投文在《新世纪诗典》惠州诗会晚间朗诵时一张口，我已经大致决定要收购本诗。一个诗人是不是在良好的感觉中写，听一下开头便知道。诗江湖时代，吴投文只是边缘诗人；《新世纪诗典》时代，他一跃成为优秀诗人。窥斑而知全豹，两年来，现代诗一刻也没有停止前进的步伐。

彦一狐

生命线

起笔很浅
却有无数个点驻足在我的生命线
许多人死了
我儿时的一个玩伴
中学时的好友
我的两个表兄，其实他们都还年轻
我的闺蜜跌入闹市里的一个湖里
我的朋友住进医院二十天就去了殡仪馆
我父辈的那些亲人相继离去
还有许多人今生来不及打个照面
这些年我一个人一直向前
我最终成为这个世上的孤雁
活着是一种罪过我却无法割舍
沿着这条生命线
越走越黑暗越走越孤单
许多悲伤像一缕炊烟渐行渐远
疼痛游走在笔尖
我写了许多诗爱着许多人
却在所有的笔画里找不到自己
我是顺着这条路来的么
我该如何走下去
手里的这支笔停下来是一个坟茔
插上去是我的墓碑

☞ *初见彦一狐是在2010年夏天的衡山诗会上，在那次诗会上遇到的女诗人都成了《新世纪诗典》诗人中的主力军，后证了那次诗会的质量。本诗写得好，生命线是伸手可见的题材，却不见有人抓。也许有人写，只是没有好的冒出来。本诗既有动人之处——“我写了许多诗爱着许多人”，又有撼人之尾声——“手里的这支笔停下来是一个坟茔／插上去是我的墓碑”，特此推荐。*

蒋雪峰

晚年

夕阳落下　火葬场升起
那根孤独的烟囱吐着烟圈　让无数条命归零
再跨一步　就是灰飞烟灭　他在医院或者广场停下
如同一只船　不肯靠岸
另一个他也会从皱纹里跳出来　如同交警
让他重新走一遍　回到青春健康荣誉
回到未遂的私奔　奖状　众人之上的椅子
回到权力的红晕　回到昨天
哦　昨天他还在抱怨　一生过于漫长
现在　他只愿意在往事里作茧自缚
吃饭就是赚钱　而他在赚钱吃饭的时间里待得太久
把灵魂当成一件衣服　想穿就穿　想脱就脱
把身体当成银行卡　想透支就透支
一个人走到晚年　才发现自己走快了
还没有看清一生　而一生就已经用完

2012年

☞“夕阳落下 火葬场升起”——骇人的大手笔！令我初读时后背一凉！尽管写作如赛场，也有“高开低走”的情况发生，但就高不就低，能开多高开多高，因为就算后半盘“低走”了，读者已有所得——这又是写作与竞技体育的不同，后者只要结果，前者要结果也重过程。何况本诗后来并未走低：“回到未遂的私奔”是极有分量的挖掘。西娃如哈维，堪称“助攻王”。

章平

树林路影

下午三点的树林，太阳斜挂
树欲静，风不止。当我经过时
鸟巢与枝叶，不停地摇曳
像语言，有自己隐秘的路径
树影如物我入定，没有摇曳
如天空鸟群飞过，没有痕迹
我感觉我的鼻息，忽然闻吸到
三十年前，我所割草木的
青涩气味，如此的惨痛、浓烈
如此心念跳动，还有凌晨月光
随外婆，把猪只带往屠宰处
我也不懂猪只喃喃细语
淡忘的这些，这时在我心里
恍惚又鲜明。如瞎子寻找光明
这时，我想超越眼前身影
久久追赶也不能。快则快，慢则慢。
我更不能淡定如山中隐士
接近湖畔时，才发现，三只白鹤
拖身影缓缓而行。我恍然转身
朝树林深处，匆匆行去
带着灵魂里那些哀伤的气息

☞ *编选家得是有心人。很早便知道住在比利时的章平，他还寄赠过我一本他的诗集《飘雪的世界》。六年前我去荷兰鹿特丹国际诗歌节，顺访比利时想起了他，只是没有联系方法；《新世纪诗典》第一季铺向五大洲时我又想起了他，只是搞不清他的哪些诗是新世纪作品。"不怕贼偷就怕贼惦记"，前两天我忽然发现他在"诗生活"开有个人专栏并发有新作，功夫不负有心人。*

王彦明

苦于

苦于算计，苦于躲避
苦于羡慕，苦于妒忌
苦于爱，苦于付出太多也日渐无力
苦于恨，苦于咬紧牙关还是终于失去
苦于无奈，苦于变态
苦于抽刀断水水更流，苦于举杯消愁愁更愁
苦于把理想变为火花，苦于把火花形成燎原之势
苦于急火攻心心急火燎，苦于口舌生疮而辗转难眠
苦于面具太厚，苦于意义太多
苦于发言无力，苦于无人注视
苦于广告不可躲避，苦于疗效不可期遇
苦于点燃，还要熄灭
苦于寻求安生，还要下网捕鱼
苦于苦于……
这个秋天
黄连吃尽，清心去火

☞ *一首少年老成之作，写于作者最好的阶段，之所以迟至今日才推荐，是因为我对工整对仗排比句向来抱有成见。我可以容忍年长的诗人玩这个，但不大容忍年轻诗人也玩这个，这正是我喜欢李白胜于杜甫的原因之一。大家想一想，排比句是一种先固定死了的句式；大家再想一想，我们是否从未在意过“自由诗”中的“自由”二字？权且再推荐一首，下不为例。*

杨克

给那个踢球的人当一回总理

几个在绿茵场上奔跑的人
创造了希腊神话
怒吼的卡拉古尼斯
是当今激情万丈的荷马
这个全民的灵魂人物
已创纪录地120次代表国家队
不在乎多出场一次
在球迷兴高采烈的欢呼声中
他像当了总理
地球是圆的，他追逐着圆梦
使同样垫底的经济咸鱼翻身
为看台上脸涂成蓝色的美人
阿弗洛狄忒
拼光牙齿和指甲

而主帅博斯克堪当西班牙财长
他的无锋战术，核心就是控制
球员就像一台精密机器的齿轮
按部就班运转
华丽的脚法，极具穿透力的传递
疯狂进攻不重要，赢才是硬道理
他完全胜任带领一班人马
演绎投资交易哲学如短传渗透
看台起伏的人浪早已忘记了欧元的跌宕
国家的边界瞬间缩小成绿茵场
整个欧洲都随一个球奔跑起来
射门！
盯着电视机的人，全都站起来
沸腾的血让各国元首们也停下了谈判

☞《新世纪诗典》选稿简单如斯，上回杨克兄发来七首诗，我一首没看上，觉其写得太“大”（其中一首就叫《大》），按照惯例，信都没回；这回只有这一首，却正中我下怀。这首也“大”（欧洲经济危机还不够“大”吗？），但它不脱离“小”，从“小”出发。这“小”便是足球——去年欧洲杯，这“小”便是进入角度。所以“大”本身无错，但不能大而无当，空有情怀。

李见心

等待一个不会出现的人

等待一个不会出现的人
等待无人经过
等待无人喝彩

等待一个不会出现的人
等待一个不会出生的人
等待一个意料之中的意外

等待一场哭，生命那么小
等待一场睡眠，死亡那么大
等待一场等待，过程般虚空

等待一个不会出现的人
我的等待才是等待
那个人也才是那个人

等待一个不会出现的人
比第一个人还早，比最后一个还晚
比死神还迟到的人

☞ 又见排比，但一气读下来，我首先想到的不是排比而是绝句。密集出现的张力、巨大的绝句才是本诗的最大特点。有朋自远方来，不亦乐乎；北方有佳人，光临长安诗歌节，乐上加乐！这位传说中具有俄罗斯血统的佳人是真心喜欢我们的诗歌节，有小宇宙爆发般的朗诵为证，有虔诚的聆听为证。说实话，人一美女，诗便被低估。李见心的诗别看评论挺多，着实被低估了。

陈仓

体重说

她的体重在梦中是一个
在别人的心中是一个
在太阳出来时是一个
在晚上星星满天时是一个
在恋爱的时候是一个
在年老色衰的时候是一个
栀子花开是一个，花落是一个
在我身边是一个，离开我又是一个
我离开后的三个月，就是春天了
她觉得自己轻了不少，天蓝了不少
土地冷了不少
她说自己的体重总是在变
像极了空气，起不起雾，下不下雨
有没有闪电与蛙声
轻重是完全不一样的
她说不知道死前与死后
应该做点什么
才能让体重保持一致

☞ *两年前在上海，陈仓待我如亲人，我住在自己亲舅舅家都会觉得别扭，而住在陈仓家却丝毫没有这种感觉。正是在其家中，我给他看当时才开办一个月的《新世纪诗典》……两年来，陈仓多次发诗给我，我也多次去他博客选诗，却都未予推荐，天下待友人苛刻如伊沙者也！陈仓却始终对我持有耐心，对《新世纪诗典》毫不怀疑！直至这个春天，其诗集《艾的门》出版，本诗被欣然选出。*

余丛

爱与恨

我爱我母，
掩我口啊！
不畏我馋，
卸我利齿，
母畏我言！

我爱我父，
束我臂啊！
不畏我蛮力，
缚我筋骨，
父畏我反！

我恨我母，
洗我脑啊！
不畏我迂，
耻我智慧，
母畏我忧！

我恨我父，
昧我心啊！
不畏我势利，
养我心魔，
父畏我良！

☞ 20世纪90年代中期，余丛、符马活办《三只眼》民间诗报时就与我有联系并刊发过我的作品。新世纪，当他们随70后诗人群登上诗坛，我们的交集反倒不多了，尤其是余丛。印象中其诗就像其人一样温和，突然读到这一首，我不禁为之一振！这是一首杰作啊！有《唐》为证，我一直致力于新旧汉语以及现代汉语各阶段的打通，关键在于"通"，本诗做到了，可喜可贺！

沈浩波

中国家庭

她是税务局的
她是
一个小县城的
税务局的
她去五金店收税
她经常
去五金店
收税
她家里摆满铁锅
她家里
一摞摞
铁锅
她的家不大
她的家
很挤
她正忙着择白菜
她在
客厅的桌子上
择白菜
她边择边嚷嚷
她边择
边嚷嚷
她说你再多弹会儿
到开饭的时候
才能歇
窗边坐着
穿白衣的少女
穿白衣的
少女
坐在窗边

弹钢琴

2006年

☞ *作为选家，我注意到一个现象，诗坛公认、沈浩波自己强调、《新世纪诗典》推荐的是他的三种不同的诗。在别人那里也或多或少存在这个现象，但都没有他明显。可以分析的是，前两者都在强调上下半身不同方向的重口味和大动作，我恰恰不喜重口味和大动作。我喜欢的沈诗似乎都是在他休息时间不经意完成的，口味要淡、动作要小、思考要少、沉淀要多。本诗又添佐证。*

韩东

起雾了

起雾了，或者是烟尘
或者是雾和烟的混合物
没有谁惊讶于这一点

可以直视太阳，在灰白的云层中
像月亮一样飘动
没有谁惊讶于这一点

我的这个上午和其他的上午一样
我的昨天几乎等于明天
没有谁惊讶于这一点

即使是晴朗的日子我也看不清沿途的花和树
即使看清了，也记不住
即使记住了，也写不出

如果我不惊讶于这一点
就没有人惊讶于这一点

敷衍生活比敷衍一件事容易多了
应付世界也比应付一个人容易多了
增长了即时反应，也丧失了全知全能

在一片弥漫的浓雾中我机警地躲避着来往的车辆
穿越这座城

2009年

☞ 我听到一种对韩东的议论或者说意见，概括起来可以叫作：写得比说得好。一头狼总在夸张一只羊（从A到Z不断置换），确实是个现象，也能构成问题，但无损于这头狼——这恰恰说明韩东本质上是作家而非评论家，评论家的韩东在我看来还没有理论家的韩东做得好。作为他忠实的老读者，我不关心他怎么说，只观察他如何做，尤其是在诗歌的幽微处，有最好的韩东。

严力

清明时节的同胞

清明时节的墓地旁
我遇见一群掉队的亡灵
一看就是苦难深重的同胞
比战争还要暴力的毒辣手段
把他们杀了以后没有落葬
一拖就是几十年啊
他们说
离家时儿女还小
算起来，再疯狂的档案
也该到了解密的年限
我热心地上网查找有关的政策
他们说
别费工夫了
我们被删掉的那个年代，
用刀不用鼠标！

2012年

☞ 1月初，严力来长安诗歌节给沈浩波颁奖，几首诗朗诵下来便搞定了《新世纪诗典》的两轮推荐，从6.0到7.0。我之所以迟至今日才推荐，是在等，看看高产如初、佳作迭出的他还有没有更好的来取代这一首。一声慨叹：这就是长安诗歌节首届现代诗成就大奖和《新世纪诗典》首届年度大奖成就奖得主的实力！对比之下，某些奖项的颁发似乎只是为了证明评委全是傻瓜！

潘洗尘

小城之恋

我初恋的四个女孩儿
都与这座小城有关

她们都比我只小一岁　却分别在
16岁
17岁
18岁
爱上我
她们是伙伴　且个个面容姣好
我想　那一定与松花江有关

现在　她们当中有三个和我一样
早已离开小城多年
一个远在异国他乡　直到今天
还是我很亲近的朋友
另两个据说各居中国南北
但与我却形同陌路　几十年杳无音信

唯一一个还留在小城的
却已注定要永远留在这片土地上
今年春节一个后来一直跟她要好的同学告诉我
她　在去年
死了

死了　怎么可以这么轻描淡写
这个消息
让我难过得整夜整夜无法入睡
几十年来　她鲜活的生命
怎么就从未划过我的记忆?
而让我更难过的　却是在她香消玉殒之后
我也许仅仅只能用这一个夜晚

来想念她

☞ *我想用一句最简单最朴素最实在最有分量的评语来说潘洗尘的写作:“越写越好!”回头望去,伴随 2006 年博客的兴起而出现在中国诗歌界的“归来者现象”,其中绝大多数没有必要归来。归来干什么?靠回忆上个世纪 80 年代混日子?胡吃海喝不见诗?全都是负能量!而潘洗尘必须归来。本诗貌似平常,但难度极大,很容易写轻薄了,却被老潘写出了万般滋味,颇见境界与功力。*

谭克修

腐烂

腐烂是一种自上而下的传染病
最早由腐烂的乌云传染给酸雨
再由漏雨的屋面传染给楼板
再传染给五保户无人料理的癞痢头
再传染给男人们嗜酒如命的胃
再传染给几个打工少女的宫颈
再传染给众多寂寞大婶的膝关节
再传染给成片荒芜的田野
再传染给穿村而过的S312省道
现在这条通车一年的水泥路已彻底腐烂
正在将腐烂传染给地下的人

☞ 本诗尚未推荐，已经被我提前抓入“新世纪诗典精选集”——《火焰与词语：21 世纪中国诗典》一书。因为在我看来，它比作者的前三首推荐诗更好。我记得是春节前后，作者疯写了一阵子，一个月的写诗量估计超过以往多年。多写肯定是对的，何况对于作者这样过于薄产的诗人。多写的好处不仅是最终可以多中选优，只有在多写中，人才可以做到松弛，四面出击，不怕犯错。

马莉

爱一个人能有多久

爱一个人能有多久
行走在极端小心翼翼的世界上
没有事先约定，也没有预感
在亿万年前还没有到来的时刻
比时间还要久远的时间里
比空间还要寂寥的深邃里
爱一个人能有多久，比死亡，比尘埃
比我们的祖先还要哀伤的世界上
风吹拂你的额头让我听见了你的呼吸
你的咳嗽，空荡荡的心跳，究竟
能有多久，草尖上的光芒也感到了疼痛
让我问问时间吧，还差多少年
还要等待多久，让我问问死亡
亲爱的死亡，爱一个人能有多久

☞ *“爱一个人能有多久”，这话可不是谁都敢问，马莉姐绝对有资格问。当年上大学时她因与朱子庆同学谈恋爱，差点被学校开除。她是这个时代追求爱情的急先锋，可贵的是，他们如今还在爱着，还像小孩一样爱着……在我眼里，他们都是普通人，美好的传奇恰恰是普通人创造的，而非圣贤伟人。“还要等待多久，让我问问死亡／亲爱的死亡……”——爱，成全诗！*

田禾

土碗

土碗里盛满米饭
农民端在手里
生命随着一碗米饭
而延续下来

土碗里没有米饭了
吃饭的人
也永远不再吃饭了
土碗倒扣过来
就变成了
一个农民的土坟

☞ 这种情况似乎经常发生：在你还没有来得及认真阅读一个诗人的文本的时候，他（或她）已经被一些符号涂得五抹六道。譬如说田禾，七年前我们在武汉还见过一面呢，但我被“财主”“乡土诗人”“鲁奖得主”这几重身份搞得不想读其文本。直到半月前，我在例行的教师会议上暗自读诗（二十年的好习惯），突然读到本诗，眼前豁然一亮，差点拍大腿叫好！

沈苇

废墟

人哪，当你终于懂得欣赏废墟之美
时间开始倒流
向着饱满而葱郁的往昔

人哪，当你老了
会像一间老屋倒塌，消失
你步履蹒跚，如同婴儿学步
不知是在走向摇床还是墓地

看哪，枯树也在春天重振旗鼓
一座废墟渴望成为一座完整的建筑
一座宫殿，一个王国
一个传奇——又一次一千零一夜的开始

听哪，亡灵们已开始劳作
以木乃伊的身份，在沙漠中奔走、呼号：
“我的血，我的肉，我的家园，在哪里？”

☞ *又一位“鲁奖”得主进入《新世纪诗典》，沈苇还是首届的。我对各种奖项以及身份符号的态度是既不膜拜也不歧视，就当其不存在，诗人唯一的真实存在就是文本。《新世纪诗典》面对的是新世纪的诗歌文本，看重的是诗人当下写作的现状。沈苇是新疆的诗歌标识，江湖人称“新疆王”，他也自觉深入到这个角色中去了，但我总觉得生于江南的他与广袤的新疆有一种气质上的背离。*

景斌

敌营长

从昨天晚上
敌营长就钻进键盘中
一遍遍地干着坏事
当然
是我让他这么做的
我让他去村子里放火
强奸妇女
往人身上扎刀子
然后掠走老百姓的牛
然后生吞那只老母鸡……

他都做了
而且做出了精彩
后来我对着一大段文字瞅了瞅
还行（我是说很生动）
唯独一样不尽人意
那就是
连我都忘了具体的年代

☞《新世纪诗典》创办两年来，创造了各式各样的佳话：以还非为代表的“成功打捞”，以唐突为代表的“老当益壮”……这些已构成《新世纪诗典》文化——中文世界最先进的诗歌文化。今天，第三次推荐的景斌，我预感他将迅速崛起为“老当益壮”的代表人物。在刚刚过去的长安诗歌节第111场，他朗诵的诗，首首都好，回去发来一大组，竟然还有更好的——本诗有无声的惊雷。

徐江

月梦

我梦见过蓬莱
在贼月下临风
看云雾蒸腾的对面
琼楼里人影一闪
那是苏轼吗
还是李白

我随即忘了这个疑惑
——风大起来
吹得身上更凉了
但月白和夜蓝
融在一起的那道光
很快比身上的凉
更深地吸引住了
我这个恐高症患者

今夕逢此梦
我欲长醉不愿醒

☞ *可以猜得出来，本诗一推荐出来，一些阅历不够的同行会说“徐爷变了”。我认识徐江二十八载，全程目击了他的写作生涯，要说“他没变，这才是本来的那个徐江”。徐江本质上是一个传统的抒情诗人，他在自己的诗歌进程中一直注重现代观念的融入，是良好的自我教育的结果，当观念褪去，原本的他变得更强大。建议听着唐朝乐队的《月梦》读本诗。*

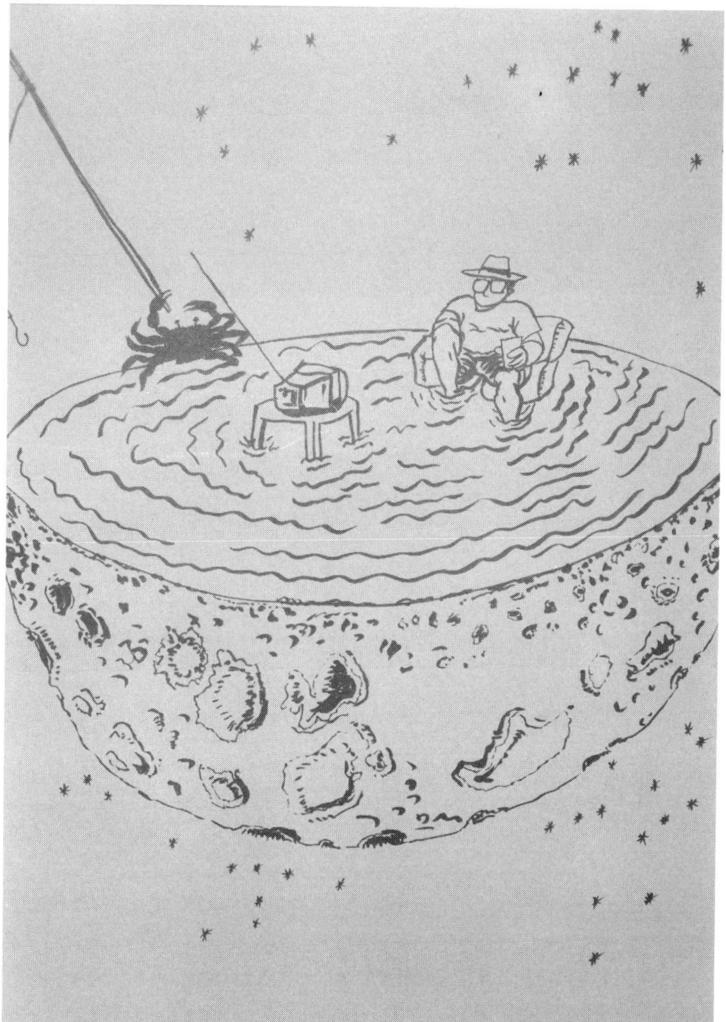

马非

每个少年都想成为一只猫

每个少年都有猫一样的心情
或者说
每个少年都有成为一只猫的意愿
这是结论

这结论来自我的十六岁
和我十六岁的同学
李明学猫睡觉
王春风走猫步
有着猫一样神情的是夏冬
尤其是张朋园
他甚至不满足于仿生学
在某个骚动的春夜
潜入后院
过程他没说
赤脚拎回一只死猫

每个少年都有成为一只猫的意愿
但每个少年都可能屠宰一只猫

☞ *如果把作者的名字隐去，你能辨识出这是马非的作品吗？我反正辨识不出来，我辨识不出来你就辨识不出来。这一方面是辨识能力决定的，另一方面我对马非的作品非常了解。所以，我在唐欣编著的《有个地方你从未去过——中外名诗101首选读》中读到此诗大感意外。马非的诗一根筋拐弯少，本诗却走起了猫步；马非喜欢下结论，本诗结论在开头，还有其罕见的神秘感。*

唐突

妹妹

我的妹妹
她蓬头垢面
我的妹妹
她丢掉了
手上的钻石和翡翠

我的妹妹
她一双美丽的眼睛感叹
乌鸦太像鸽子
断肠草太像
金银花藤

我的妹妹
她的病有点重
却不再服用
当归　熟地　茯苓
益母草　丹皮与人参

我的妹妹
她折腾萝卜和地瓜
鸡蛋和韭菜
把院子和台阶扫了
一遍又一遍

我的妹妹
累了就躺下
蒙头大睡
我的妹妹终于
忘记了真假

2013年4月15日

☞ *老唐突是效率最高的投稿者，第二次出现一组搞定两轮推荐的现象——也就是说他已经达到了7.0——这位老哥哥已经悄然来到了中文诗歌的第一排。《新世纪诗典》第一年是对其诗江湖时代的总结，远没有这么好。《新世纪诗典》第二年反映的是诗人近年现状，他表现出的强有点可怕。一个59岁的诗人都能做到与《新世纪诗典》俱进，黯然消失或举足不前者真是可悲。*

马海轶

乡间邮递员

1980年代初见他时
他是四十开外的老天真
连滚带爬从山上下来
就像一只成精的山猫

有点疯癫，没有正经话
仰面发出奇怪的笑声
先喝茶抽烟卖关子
然后才把信、电报和汇款单

交到等它的人手里
或许还有包裹，包裹里
有茶叶，有糖，或许
还有死在外面人的骨灰

他走村串户多少年
给人们带来喜讯和噩耗
让他们笑，让他们哭
让他们在哭笑声中翻跟头

暮色中，他离开村庄
回到镇上，回到小砖房
咀嚼哭笑之后的清净
以及乡村不为人知的曲折

古人说得真好啊
光阴似箭，日月如梭
转眼30年过去，他
应该是70多岁的年纪

2010年，另一个邮递员

告诉我："他说看够了
奇怪的是，说过之后
没过三月，他双目失明了"

2010年11月8日于西宁

☞ *本诗前面叙述扎实，结尾有出神之笔，又并非异想天开，充满真实的宿命感，当获激赏，也请大家尽情欣赏。我对作者的提醒是在本诗之外，就是看了一组诗，反倒失去了看单首诗的兴奋，我初步判断为用的是同一种手法，也许用不同组诗的方法去写。本诗是马海铁的3.0，请他出场还有一个意图，让他引出其胞弟马丁，就在明天，《新世纪诗典》将收获第二对兄弟诗人。*

马丁

有一天，你走近我

有一天，你走近我
说我是诗人
我想，你的好眼力
透过我寒酸的外表
看到了盛大的唐朝
看到了一个悲怆的陈子昂
看到了一个很酷的李白
和一个很苦的杜甫

你的一双好眼
或许还能看到更多的人
更多的风景
更多与诗搭界的物事
在这更多的东西中
你看透了我
也认出了我
我说，这并不那么容易

2005年10月12日

☞ *诺贝尔文学奖得主莫言做了我母校的教授，挂帅国际写作中心，整个文学界的“精英”都跑去道贺，以评论大腕居多。我目睹他们见面互称“大师”，坐在他们中间我心生一念：“大师”个屁！不懂得中国文学的伟大秘密和灵魂——诗歌之存在者，就不要妄称“大师”了。我庆幸自己身陷这秘密，抓住了灵魂！马丁是马海轶的胞弟，是唐欣、独化、叶舟的同学，写得好似乎不奇怪。*

唐煜然

人间已陌生

已经忘了故乡……野果的名字，泥土的味道
已经无法用方言来问候和祝福
这么多年了，人间陌生
谁还记得初次日升，最后一次月落
谁还能看清渐远的来路和灯火渐灭的归途？

2012年1月1日

☞ *我在我的长篇小说《曹操》中采用了极富挑战性的第一人称，我称之为“亡灵叙述体”，与以往的区别在于有些站在亡灵立场上的看破和反思……盖因如此，我在长安诗歌节第110场（海口专场）听到作者朗诵本诗时，我感到既震惊又亲切。这是一首站在亡灵立场上用亡灵的语言所写的亡灵归来之诗，带来了全新的视角和新鲜的感受，与我真是不谋而合，这就叫创造性。*

（美国）徐贞敏

日坛，五月

*

钟楼燃烧了　打开六块天窗的空间
发新叶的杨树落下春雪
种籽飞过黑鹤的风筝
女人腰卧着
手掌打开，往上

钟楼燃烧了 第二层的故事
杨树叶子　春雪播种过一个女人
在她腰上　一只黑鹤

天眼裂开

一个女人燃烧了
钟楼分岔出第二层，第二个故事
黑鹤在女人的腰上
打开六块光的空间
天的种籽，蓝
石头台阶在拱门里弯曲向左
她爬上烧伤的树叶
台阶在天窗结束

*

厚积薄发
悲伤有高潮，颤动着她
在水泥的大海里，凸起的岩石进入她的手掌
喜鹊飞得很近，近到它的翅膀进入发抖中
它们在一圈一圈的颜色里　她在想
她知道这种蓝色的名字　尽管它拒绝了她的记忆
想要 住在太阳穴下
她走进它栖息的蓝色
它允许她

耳朵冒金星的男人咏诵：
大师是创造者
大师是保护者
大师是破坏者
烧毁的钟楼里没有钟

2010年

☞ *徐贞敏是继梅丹理之后第二位入选《新世纪诗典》的外国籍非华裔诗人。我再重申一下《新世纪诗典》选诗的对象和范畴：全球任何国籍与族裔的诗人创作的汉语原创诗歌，外语或中国少数民族语言翻译成汉语的作品不含在内。随着汉语在世界上影响力的增强，我相信外国籍非华裔诗人用汉语写作的队伍还会不断扩大，他们的写作为汉语贡献了别样的思维、风采与魅力。*

符符

伞兵

——给我的亲戚李苇和小安

半夜的天空
那些好的伞兵
伞还没打开
就已经睡着

☞ *符符，当年在橡皮论坛上注意到这个名字，上个月的海南之行才真正认识了诗人符符。他是一个比较独特的诗人，说成是中国最独特的诗人也不为过，他的诗思迥异于常人，他的诗与他的人高度吻合——我感觉他迷迷糊糊的就像一个在跳伞时睡着的伞兵，是典型的热带岛的诗人。回来后读到文本，我才发现还有副标题，也才意识到此诗不仅有独特的诗意，还有三观在其中。*

王单单

卖毛豆的女人

她解开第一层衣服的纽扣
她解开第二层衣服的纽扣
她解开第三层衣服的纽扣
她解开第四层衣服的纽扣
在最里层贴近腹部的地方
掏出一个塑料袋，慢慢打开
几张零钞，脏污但匀整
这个卖毛豆的乡下女人
在找零钱给我的时候
一层一层地剥开自己
就像是做一次剖腹产
抠出体内的命根子

☞ *足球金靴奖（最佳射手）评选规则：先比进球数，若相等，再看助攻数。这是进了七球的沈浩波的第二次助攻——次数不算多，但都很漂亮，前次是旋覆，此次是王单单。大概是沈浩波助攻之故，我读本诗上当了，以为层层解开终见平胸（沈有一诗），于是我便成了本诗的最佳读者。此前我不知道王单单，我不知道的优秀诗人还有多少，我希望永无最终的答案。*

吕露

蒲公英

他们依旧在谈钱
女人，和酒精
我逃出来
坐在草坪上
草坪上都是蒲公英
好多的蒲公英

☞ 多久没有90后的诗了？如果我没记错的话，2013开年后一直就没有，这也充分说明《新世纪诗典》的严肃性：绝不降格以求，绝不拔苗助长。吕露因“吕露访谈录”而成名，但我接触的诗人似乎对她与那些老男人的对话印象不佳。我正在跟她进行对话，读了她这首诗我愿意把这场对话进行到底，因为在本诗中我看到了绝对的真实，也听到了灵魂的声音。

刘春

月光

很多年了，我再次看到如此干净的月光
在周末的郊区，黑夜亮出了名片
将我照成一尊雕像
舍不得回房

几个老人在月色中闲聊
关于今年的收成和明春的打算
一个说：杂粮涨价了，明年改种红薯
一个说：橘子价贱，烂在了树上

月光敞亮，年轻人退回大树的阴影
他们低声呢喃，相互依偎
大地在变暖，隐秘的愿望
草一般在心底生长

而屋内，孩子已经熟睡
脸蛋纯洁而稚气
他的父母坐在床沿
其中一个说：过几年，他就该去广东了

2008年

☞ *近期以来，不论是在国际化的澳门文学节上，还是在莫言坐镇的北师大“走向世界的中国文学”高端论坛上，我都能听到对文学世界性的偏执一端的强调，我编“新世纪诗典精选集”（英汉对照）也不得不考虑这个因素。但是，我反对“二元对立”，主张“大路朝天各走一边”，“为国修诗记为民作诗传”同样是大路，本诗最打动我的恰恰是最后一句——沉淀下中国经验的那一句。*

周琦

降生

母亲的肉体是我一生中最华丽的衣裳

2001年

☞ *日韩与台湾有此做论文的风尚，一行诗、双行诗、三行诗……研究。年轻时我曾对此不屑一顾（主要是受到中国大陆的“假大空”影响），现在我对此持完全肯定的态度，我希望将来有人能写这样的论文，《新世纪诗典》的一行诗、双行诗、三行诗……研究。我记得本诗是《新世纪诗典》所推出的第四首一行诗，因为短，必然首首都绝。作者周琦写作本诗时才 17 岁，更值得赞赏。*

张甫秋

等，天使飞过

我知道深夜
我打开单机游戏
的感觉
我知道深夜
抚摸半干衬衫
的感觉
我知道深夜
捧接掺沙自来水
的感觉
我知道深夜
贴靠余热暖气管
的感觉
我知道深夜
提拉下坠睡裤
的感觉
我知道深夜
干嚼全麦面包
的感觉
我知道深夜
手握冰凉双脚
的感觉

☞ 与诗人打交道就是与常人甚至俗人打交道，有些人求的是现世报，并且还是随时报，毫无耐心，你若不常报立马下黑手，《葵》评奖，“新世纪诗典精选集”的目录早公布十天，我岂止能长十分啊！张甫秋是“新世纪诗典精选集”的落选者，小姑娘却表现得很大度，短短几个月，她经历了直通《人民文学》英文版的high，又经历了“新世纪诗典精选集”落选的失落，2.0忽然又至，这就是人生！

刘川

在孤独的大城市里看月亮

月亮上也没有
我的亲戚朋友
我为什么
一遍遍看它

月亮上没有
你的家人眷属
你为什么
也一遍遍看它

一次，我和一个仇家
打过了架
我看月亮时
发现他
也在看月亮

我心里的仇恨
一下子就全没了

☞ *刘川的诗，越写越好。过去其诗，强在骨架、弱在血肉，强在枝干、弱在花叶；如今其诗，逐渐血肉丰满、枝繁叶茂起来。聪明的写作者，一定会在保持其优点的同时，尽量克服自己的缺点，在《新世纪诗典》诗人中，刘川在这方面是一个突出的榜样。《新世纪诗典》开办两年了，我说我是最了解中文现代诗发展动态的人，大概也不为过，那可真是大浪淘沙，不进则退。*

陈衍强

一个正科级干部的财产公示

本人在文联工作
靠工资养家
靠稿费糊口
奋斗几十年
终于有两套房
一套50平方米
有房产证
另一套110平方米
小产权
欠债10万
算不上房哥
顶多是房奴
本人以前有很多辆私家车
装5号电池才会起步
儿子长大以后就不开了
本人是鸟叔的爹
因为养过画眉
本人不是他妈的著名诗人
只是人民团体中的好男人
不仅长期挪用私房钱买菜
还天天做饭兼偶尔受气
本人一个户口
两个身份证
一个第一代
一个第二代
有点像两个老婆
一个早已是前妻

2013年2月12日

☞ 我知道这种诗谈不上有多高级，但是我喜欢，因为读着它我很快乐。这快乐也并不轻浮，因为其中饱含辛酸，当然也饱含豁达。什么是中国性？这就是中国性。那些脱离了当下性在故纸堆里找破词儿的“中国性”是可疑的，除非你能写出中国人特有的思维和情感。《新世纪诗典》编选的讲究与内行指的就是把混子诗排除在外，把真东西请进来，传出去，传下去。

张执浩

高原上的野花

我愿意为任何人生养如此众多的小美女
我愿意将我的祖国搬迁到
这里，在这里，我愿意
做一个永不愤世嫉俗的人
像那条来历不明的小溪
我愿意终日涕泪横流，以此表达
我愿意，我真的愿意
做一个披头散发的老父亲

☞ *作为大学教师，我每周除了上八节课外，每两三周还有一个下午的例会——这个时段从来都被我用来阅读各地诗友寄来的诗书报刊，已经坚持20年了，《新世纪诗典》开办这两年来，这样的阅读变得更有目的。许多《新世纪诗典》的作品便是如此被发现的，本诗正是来自上个月的一次例会阅读，作者是抒情高手张执浩，经《新世纪诗典》这台显微镜一照，张执浩出众的抒情才能被一览无余。*

叶子

血社火

正月里耍社火
个子小，我站在人前头
队长说，把这孙子绑了
几个娃娃高高过来
给我安装上木腿
我说我不会走路
队长说，不行
我说我真的不会走路
队长看我额头上冒汗，就说
那就装死狗
几个娃娃过来，把我的腿卸了
我坐在墙上
他们端着颜料跳来跳去
围住给我画脸谱
好了么，我问
日你先人，别说话
过了一阵阵我又问
好了么
日你先人，画歪了你赔啊
我叫人家架到三蹦子上
低头
我低头
不准动弹
我不动弹，就这么
三蹦子跟在锣鼓后头
锣鼓跟在秧歌后头
一路上，吹吹打打
到了政府门口，镇长笑着放炮
说了些表扬的话　也可能
说了些批评的话
我看见队长点头　哈腰

哈腰　点头
他们朝三蹦子望着
这个额头上镶着一把斧头的人
有人指指点点
有人说我死了
有个小娃娃捂住眼睛
我认为很成功
我一动不动

☞ 有一次在《新世纪诗典》诗会上，一位读者问我：被推荐者中有没有农民诗人？我回答：没有。不是《新世纪诗典》没有，是整个诗坛都没有。有过个把打着“农民”旗号的可疑诗人，怎么看都不是农民。我等一行赴宝鸡，在长安诗歌节第112场，一个真正的农民诗人操着浓重的西府口音朗诵本诗。令我等无不震惊和震撼，在这片诞生过古老《诗经》的厚土上，又闻当代《国风》！

徐红

寂静

寒山寺，
我在他的眼睛里坐下，
长满青草的心，
覆着雪。

☞ *起初我已知道白雪，但不知白雪就是徐红。初见“徐红”误看成徐江，发现不是心里还有些恼火，于是对这名字心有抗拒。两年前在青海湖国际诗歌节上见了面，印象中是一个比较正常的女诗人，后来是不是又成了“新红颜”？其诗走的是新古典的路子，这个路子上也是骗子多多，越高端似乎越是骗。本诗写得有感觉，不论哪一路最终还得看有无“事实的诗意”。*

东荡子

逃亡

给你一粒芝麻，容易被人遗忘
给你一个世界，可以让你逃亡

你拿去的，也许不再发芽
你从此逃亡，也许永无天亮

除非你在世界发芽
除非你在芝麻里逃亡

☞ *在广东，有一位秘密的民间诗歌领袖，我所遇到的诸多广东诗人都尊其为“老大”——这个“老大”就是东荡子。我在广东不止一次见过他，也坐在一起吃过饭、喝过酒、聊过诗，感觉其诗的修养颇为深厚，他也送了诗集给我。迟至今日才推荐，还是出于感知度的考虑，其诗是那种结构较为封闭的纯诗，一般读者读起来比较困难。本诗又是来自“助攻王”湘莲子的推荐。*

黄仁锡

理想

两个女孩
在操场上说她们的理想
一个说长大了要当总统
像朴槿惠
一个说长大了要当总理
像默克尔

我很惊讶
她们的见识
我也很羡慕
这两个外国女强人
但我更觉得悲哀
为我们国家
那么多的英雄豪杰

☞ 蒋涛对于《新世纪诗典》绝对是正能量，如此干将若有百员，《新世纪诗典》大业可成！我对他召集的“新世纪诗典互动”给予厚望的原因在于，年轻诗人必要经历一个井喷期，否则自己打不开，那些写作曾经中断的中年诗人，也有个重新出发的问题。作品质量也不负我的期待，长期坚持者几乎都上了《新世纪诗典》。黄仁锡便是其中一员，我对他与我同龄还是感到吃惊。

赵立宏

等诗来找我

现在不喜欢
以前那样写诗
像扯蛋一样
牵出一大串词语
我喜欢等诗来找我
如同耶稣所说的
像仆人一样等待
主人回家

她会在任何时间
任何地点来找我
比如，今天早晨
我在厨房炒菜
翻动炒锅时
她就来了
又一次
她竟然在我
爱抚一对乳房时
来找过我

2010年

☞ 前一阵编“新世纪诗典精选集”，诗与诗之间的竞争异常激烈，甚至可以说成是惨烈！3.0未入选者有之，1.0单枪匹马杀出者却大有人在——后者令我深感钦佩，那意味着他们被推荐的那唯一一首真好，赵立宏便是其中之一。他在此之后的一次来稿又一次让我看到了他的实力，说句《新世纪诗典》的“行话”：一次管了两三轮。毫无疑问，赵立宏是继邢昊之后又一位实力派的山西诗人。

吴刚

两只公鸡

两只公鸡两小无猜
时光在它们的身边静静地生长
开出一朵朵美丽的花
它们就这样一天天地长大
可是长大以后就开始反目
每天都是刀光剑影杀气腾腾
你啄我一下
我啄你一下
你蹬我一下
我蹬你一下
眼睛都红了
大有置于死地而后快
结果鱼死网破两败俱伤
而一群母鸡
曾与它们青梅竹马的一群母鸡
就站在旁边静静地观望
好像鲁迅笔下的某些文字
好像这场战争与它们无关

☞ *本诗选自自由来稿。自由来稿入典率远低于《新世纪诗典》诗人的助攻，但我要求自己每稿必看，生怕遗漏好诗。坦白说，本人正值创作巅峰，时间比钻石还珍贵，稍微自私点，不做《新世纪诗典》——就此事攻击我者该遭天打五雷劈。对小人来说，想找碴儿怎么都能找。吴刚是我本家，我们五百年前是一家，算不算诗坛腐败？正因为我知道有这样的诗人需要我，我才在坚持。*

王小龙

坠落

醒来，你听见谁在和太阳撕打
打得风不成形水不能饮树不发芽
去窗前张望，你能看见雾霾的嘴脸
一边打一边吃还一边拉

你能感觉被噬咬的疼痛
鸽群的呼救在拍打你的肺叶
你能想象龌龊不堪的北方
一个骄傲的青春坠落时擦出的火花

我的女孩，你没呼救
你无声地叹了口气
跃出窗台，张开翅膀
想剪坏这匹难看的蒙昧之旗

我拦不住你
我够不着你
我替不了你
我叫不醒你

原来雾霾是这世界这年代的癌症
那些异型在鼓吹一个个肿瘤的气球
当八九点钟的太阳在窒息中坠落
崩溃将如约而来

☞ 我偶然看到王小龙年轻时的“玉照”——确是“玉照”：英俊、干净、洋气、上海。岁月真是一把杀猪刀，那一个王小龙，跟我在1985年《新诗潮诗集》上读到的《纪念》《出租车总在绝望时开来》等诗高度吻合。作为中文口语诗的开山鼻祖，王小龙在我心里树立起了这样一个标杆：一、王小龙还在写，你们怎么有脸不写了？二、你们今天的诗有王小龙30年前洋气吗？

水笔

9月22日夜，裕丰大厦起火

很多人围观，我也在人群里
我从来
没见过这么大的火
十多丈高，在风中呼呼地舞蹈
我打电话给你
你在哪，快来八一桥看火
她说你有病啊

我没病，可我很难过
这场大火
要烧多少东西啊
我想你这辈子
恐怕再也看不到这样的场面了

2007年

☞ *水笔给生病的妻子写了一部情诗集《遗情书》，其中感人之作不少，我心生一念，若将最好的选出来，指定能入《新世纪诗典》。我想象那一定是一首感天动地的情诗（标准的情诗范儿），但是没想到，我最终选出的竟是这一首。情到深处人最真，真到人性最深处，真到令人哑然无语，拒绝了我们所有的阐释！我们最近爱说：好诗是活出来的。那么好的情诗呢？是爱出来的！*

紫箫

他的天空

他在打望天空
他的办公桌
远离窗台但不妨碍他
幻想有鸽子飞过
他幻想家门前
收割的田野中
堆积的秸秆
他幻想落日幻想风
他幻想拾穗归来的母亲
迎着风点燃秸秆
他幻想落日幻想风
他走出写字楼打望天空
他望见北京的天空
笼罩的灰色雾霾
他幻想母亲
迎着风点烧秸秆

2013年

☞ *《新世纪诗典》今日之风光谁都想要，我知道有人不服气，那请扪心自问：尔等搞的玩意儿对中文现代诗的发展贡献何在？有没有发现和推出过一大批无名的新老诗人？我这伯乐癖患者最大的能耐就是会辨认千里马，紫箫便是其中一匹。他在短时间内的经历也如过山车，既有入选《人民文学》英文版的起，也有落选“新世纪诗典精选集”的落，都是宝贵的财富。*

二、我要生50个宝宝

我要比她们都厉害，

我要生50个宝宝，

这样他们就有伴了。

——游若昕

百定安

拐角

两条大街的拐角处，我去过三次。
一次去看画展，一次去买书，
一次是在路边等一辆的士。
每一次都见到你，每一次
你都像路灯一样准确。
道路上土豆滚滚
唯有你，是一株草莓，单个儿地红着。
天上几片空荡的云彩
是你举过头顶的叶子。
拐角可以通向许多条路，往左一条
往右一条，一转身，你就能轻易地消匿在
第三条巷子。但你是上下生长的。
有一次我看见风把你的丝巾
吹成了一团鬃毛
你的身体立刻动了起来。

2012年

☞ *迄今，百定安还是《新世纪诗典》“最快进球纪录”的保持者，他的1.0推荐日期与写作日期相距九天，等待着后来者打破，尽管难度甚高。前不久我接到一部年选，方才意识到国内年选都讲究个原发在哪里，有的网络、民刊都不算，非得是官刊，我心想，仅凭这一点，你怎能选得过我？我是“一万年太久，只争朝夕”，完全是一副“抢发”之姿，“原发”率非常高。*

巫昂

十年

十年间，他永远对我说
你是这世上我喜爱的几个人之一
比起诸多甜言蜜语
这话多实在
喜爱的，几个人，之一

卢梭是我喜爱的几个画家之一
玻璃杯是杯子中的一种

十年间，我们各自历经生活的摧残
但都还活着
生活是我喜爱的几种活着的方式之一
应该为她喝酒一杯
伏特加，佐以大蒜

2012年

☞ *初读本诗时有点为巫昂高兴，因为诗中有了一点拉家常的气息，不是事后诸葛亮。“下半身”火爆的十年前我就认为他们走了捷径，他们集体性地绕开了口语诗的日常性，或者说“下半身”本身就是反日常的。诗内不日常，诗外就做不到日常写作，这本是“双修”。我希望巫昂从自白中走出来，走入具体的日常生活，如此一来作为读者的我们便可以更多地读到巫诗。*

李异

那时我们到底在想什么

我见过一些事。
在我开始硬的时候，
又一次偷听
父亲的电话，
他要带一个女人回家，
我假装熟睡
然后等他们把房间
关上，
我蹲在窗户下
不放过里面发出的
任何声音。
那是夏天，
太阳很大，
所有人正在上班。
这是老爸摔断腿
前的一件事，
母亲永远不知道。
她原以为靠和父亲
在公园散步
就可以度过
余生（他们已经这样干了两年），
但是她终于在皮夹内
发现了私生子
的照片，
当然了，
还有一个女人。
我母亲六十岁，
见到了父亲六岁的
孩子，
我的姐姐疯了，
我的母亲也疯了，

她正在努力逼父亲
一起疯掉。
我的父亲
年轻时受过苦，
他活了
下来，
他不想
就这么完蛋。
现在的情况
好多了。
但是之前那段日子，
母亲决心报复父亲时，
我正在失业，
我把整条烟一下子抽完，
我觉得我的肺快要
废了，
它在冒烟，
它在变黑，
它在慢慢扩散成为
癌，
我希望我能吃掉
母亲的癌。
此刻
我站在门口
掏出钥匙
但不急于进去。

☞ *每年春夏，都会有一连串好消息传来，我的学生们在研究生考试中攻城拔寨，从世界知名学府到国内名牌高校总有人往，我和我的领导和同事们一样兴奋，但是每当我兴奋地告诉他们，我们的诗人学生又取得了怎样的进步时，他们却面无表情。他们愿意把这份兴奋让我一人独享吗？对不起，我又兴奋了，为李异这首诗，不仅仅因为好，还因为它先进（先锋的结果）。*

湘莲子

离婚理由

她太像她了
哦，你的情人
我的敌人
1979，在越南
你开枪了
她突然开枪躲在
牛背后
你打死了她
她打死了我的战友
你就打死了她
我打死了她的牛
她死了
她的牛死了
你找到了她
我找到她的牛皮
你买了
我买了她的牛皮
你吹牛吧
没有
牛皮挂在我屋里
她很像她
有时候
我真怀疑她们
是姐妹
跟敌人一样
做梦一样

2013年

☞ *我大肆写《梦》三年来，写梦的诗一下子多了起来——这总归是个事实吧？新世纪，中文先锋诗从身体出发向下，没有更低，没有真脏，沦为垃圾；更没有向左向右，向意识形态投降，而是向内，向人性最深处的潜意识挺进……我没有信口雌黄吧？本诗是我在这三年中读他人写梦写得最好的一首，出自我的《梦》最信任的读者湘莲子医生（心理医生）之手，一点都不奇怪。*

丁小琪

新年晚会

我唱花腔　我是大号女高音
改唱花腔压轴

另一场演出也在等着我
我到化妆间

看到一个男人和一个女人
肆无忌惮地露着私处
女人的腹部有个刀疤
那个男人在刀疤附近忙碌着
我转身离去　给他们带上了门
他们若无其事地　看看我

继续忙碌

☞ *忆往昔峥嵘岁月稠。丁小琪在新浪微博上说她看在我老婆老G是她南阳老乡的面上曾在诗江湖帮我骂过架，公道话是说过几句，但她与我眼中的个把对手貌似也不错——我意思是江湖恩怨绝不可能成为我约其诗的理由，真正的理由是：尽管我很少读其诗，也很久没有读到了，但我记得她感觉好。果然没有令我失望，当她推开化妆间的门，《新世纪诗典》收获了又一新视角。*

袁源

饥饿史

早饭　午饭　晚饭
早饭　午饭
午饭
饭
饣
反

☞ *汉字是世上独一无二的象形文字（据说还有朝鲜文），它注定了汉族的思维方式是独一无二的，我相信也会注定我族“诗”维方式的独一无二。早就有诗人打过汉字的主意，我不也写过《致命的错别字》吗？我在自由来稿中发现本诗，令我无不惊艳、惊喜，从小档案里得知作者此前还未发表过作品，那么本诗就是其“处男作”了，在《新世纪诗典》发表“处男作”，起点可是不低。*

秦菲

爱情的肺炎

那夜在浦东
凌晨了
大雨倾盆
狂欢散去
我在街灯下奔跑
淋了大雨
之后彻夜地长谈
太兴奋了
怎么也睡不着
其实是舍不得就这样睡去
回家后连番咳嗽
咳足24小时
像一只被恶作剧喂食了盐巴的小刺猬
爱情它是发财娃娃
被雨水
爱水浇灌
在咳嗽声里发芽
现在开出了一根绿豆芽
未来会变成黄豆芽
等到我们爱得死去活来
爱情的玫瑰红了
红得发紫
最后开出黑豆芽
我要像老年慈禧一样
将它宫廷御制
这段情
将收录在我的长篇小说《一个陌生男人的来信》里
爱情的肺炎
有些激烈
有些狠

2013年于上海

☞ 秦菲，又名“性 13”，她在新浪微博上的表现让我有 N 种理由拒绝其诗。首先，是这种背时的木子美的范儿，其次，与恨我的假冒伪劣“诗人”为伍，还老是一惊一乍的，不断放出幺蛾子……秦巴子的推荐只是一个契机，在这之前，我已经意识到了写诗对这个女人来说已经成了一种身心需要（这就不一般），并且她的诗中并不缺少真，与这些相比，技巧不重要。

不染

睡吧睡吧

大暖还寒
几个人在仲宣楼下
晒太阳
一只小狗
从远处跑过来
挤在墙角倒头就睡
我们说仲宣楼说王粲
自然要说到登楼赋
又说到昨日两妇人吵架
一人将另一人的小儿
从楼顶扔了下去
不知生死如何
循阶除而下降兮　气交愤于胸臆
夜参半而不寐兮　怅盘桓以反侧
天地不仁
以万物为刍狗
小狗醒来　挪出人影的遮挡
继续睡
酣然如初生的婴儿

2013年3月21日　世界睡眠日

☞ *又见女医生，看来这真是一个能写出好诗的职业。本诗给我最大的专业感受是，此前我还没有见过文言文嵌进现代诗有嵌得这么自然的！全诗整体的语境也造得实在很妙，这个“世界睡眠日”实在没有虚度，失眠可以出好诗，睡眠也照样可以出好诗。本诗来自《新世纪诗典》优秀诗人唐突的“助攻”——一个诗人状态好时，“进球”漂亮，“助攻”也如此漂亮。*

宗树春

清明祭

爷爷是去年去世的
外公也是
他们的葬礼
我都没来得及参加
他们埋在哪里
我也不清楚
如果有一天
无意间经过他们的身旁
即使隔着墓草，我想
他们也能一眼
就把我认出来

☞ *清明节——《新世纪诗典》的热门题材又有新作品的收获，以真实的感觉四两拨千斤。我把它当作端午节的粽子送给大家，是想提醒大家，端午节也是一大祭——屈原祭。这一天中国的诗神在天空中望着我们，这一天是全球中文诗人共同的节日，千年以前杜甫认定李白就是那个与屈原的灵魂对话的人，千年以后也一定会有这样的对话者，屈子在上，一眼就能认出来！*

徐徐

爱人如同见上帝之面

一个人活过他的一生
然后死。
他死
然后在你梦里笑。
笑，金色的风，微凉的光亮。
然后你也笑，接着你哭。
婴孩想起前世的模样，老朽忘掉了来生的情仇。

他亲吻了你和你的星球，叮嘱山川草木：
她走
或停歇
你们爱她就别挽留，让她一个人
你们不爱她也别赶她走，让她一个人。

☞ *本诗是《新世纪诗典》所推荐的第800首诗，出自第410位诗人。我相信《新世纪诗典》的策划、诗人欧亚在第一季接近完结的广州诗会上第一次说出的“《新世纪诗典》是个传奇……”——当时我们不知道这个传奇究竟有多伟大，现在我们愈加不知道了。本诗作者才写过四首诗便登上了《新世纪诗典》，但这样的诗多少人一辈子也写不出来。我们的传奇是日常性的，在它平凡的每一天。*

吴晓彬

千年鸟道猎杀

它们结成雁字，一片又一片
飞过平原，山梁
无数个夜晚，无数次轮回
从寒冷的北方，迁往南方
午夜刺骨的风
从它们羽毛里吹过
迎接的，是来自天堂的枪声

☞《新世纪诗典》过端午竟逾八百，望千首而小天下——新的征程已经开始，似乎还脱离不开这个语境：一个楚国少年，用现代诗发出天问，也算是对屈子在天之灵做出回应。近期一连推出三位85后诗人，竟然全都出自自由来稿，中国现代诗的土壤可谓厚矣！从《新世纪诗典》的编选来说，新老作者主动投稿肯定是第一选择，故作清高淡薄者的机会会越来越少，而这也是绝对公平的。

雷默

立夏

四月彗星一样划过
我的睡眠是夜的皱褶
芍药接过牡丹的衣钵
布谷鸟的歌声像针灸的针

☞ *在上个世纪 90 年代雷默编选《新禅诗》时还曾选入过拙作——仅凭这一点，我断定他不仅懂禅，也知道什么是新禅诗。中国有一种泛佛教的写作，姿态虚伪，在诗歌艺术上毫无建树，新禅诗并不属于这个现象。真正的禅悟并不在山水画般虚构的自然和寺庙中，而在我们的水泥森林中，在我们的居所里，就像四季轮转节气变化一样自然，就像本诗“布谷鸟的歌声像针灸的针”。*

德乾恒美

西藏秘密

西藏的秘密口耳相传
这些鲜为人知的秘密
深藏在山崖间、水底里
生长在洞窟里修行者的舌苔上

红衣僧伽，翻破经卷
吐露贝叶间秘密的音节

2013年4月30日于青唐修改

☞ *九年前，我应青海人民出版社之邀润色了仓央嘉措情歌的汉译文，为此，一个住在兰州的藏族人不断撰文骂了我九年。前不久，还在新浪微博上圈了一大堆藏族名字，发动他的藏族同胞来骂我。如果我没有记错的话，德乾恒美也被他圈了，但我没有看到诗人跳出来骂。我自然也不会将个别人的丑态与愚行迁怒于一个民族，更不会累及这个民族的诗人。*

代光磊

老兵

烈士陵园立于雨中
路边穿格纹衬衫的男子
凝望着深秋

你不敢走进黑漆漆的展厅
不敢直视英雄的黑白照片
拉着我紧往外走

你就不怕拉出一个
身着军装的老兵
把你抱紧

☞ *麦克阿瑟有句名言,“老兵不死,走进夕阳”。我对烈士陵园有感觉。《中国往事》里写过:春游到此,我在那个环境里吃不下带去的便当,被老师批成“思想有问题”。本诗写得好,好在一个“拉”字,我喜欢动作性强的诗。代光磊的1.0,用他自己的话说“被选了四次”:《新世纪诗典》《人民文学(英文版)》《词语与火焰》《中国诗歌地理(陕西篇)》,说明过硬。*

庄生

白与黑

晚自习
一个初一学生问我
林肯是黑人还是白人
我脱口而出
黑人
后来我发现我错了
林肯是白人
我之所以有这样的常识错误
源于他废除的奴隶制

☞ *庄生悄然来到4.0，多少同行会跌破眼镜，我记得第一季他还属于《新世纪诗典》培养的两个“苗子”之一呢。第一季里诸多年轻的“天才”，他们如今在哪儿呢？徐江说我“捧谁谁死”，我以为恰恰说出了我对天才的超敏感和天才自身的超脆弱。然而，本主持“狡猾狡猾地”，不会只捧“天才”，我亦很注重“三观”对路的人，我认为庄生便是这样的人，他执着而干净。*

蒋涛

胖姑

胖姑悄悄告诉我
那时批斗她打她
甚至学生给她剃阴阳头
她都不怕
但如果他们拿个死耗子来
她就全交代了
当儿子给她买来了电脑
说那个叫鼠标时
她抵触了很长一段时间
现在
终于用得欢实了

2013年5月3日

☞ *有人写一辈子，顶多是个诗歌作家，而非诗人，蒋涛写诗那么晚，却比任何人都知道享受做一个人。为什么？因为他最早接触的是摇滚人，他从他们身上学到了。当我们期待这位“外星人”再给我们带来匪夷所思的“诗”维空间时，他却忽然做回了地球人、中国人，写了一首真正主流的诗，并且写得不那么自我感动和正确，写得不那么“脏”，又一次超出了所有人的预料。*

邢昊

同学在东莞打工时不幸中毒而亡

上帝赶着马车来
赶得低低的
把同学带回老家去

走在嘎吱嘎吱的雪地里
天使们一身的白
白头发
白眼睛
白手套
白裙子
上帝也是雪白的胡子
雪白的靴

天使敲打着铙钹
上帝吐出一口火焰
把南姚村的欢乐烧了个精光

☞ *如果我没记错的话，邢昊从3.0至4.0花了一年时间，其间几度来稿，都未被选中，主要原因：老一套，缺变化，一味强调自己原本固有的某个特点——不少人就是这么把自己“卡”住的。本诗至少在结尾之前，让我感觉不一样，其实我所要求的“变”本来就是小变（大变不真实），是求新和拓宽。从诗江湖延续到《新世纪诗典》的诗人，从感情上我也希望他们越写越好。*

高歌

！！

棺材！还是棺材！
都是小的！刚漆的黑！
绑在一起！在三轮车上！
一个老汉！在奋力地蹬！
还东张西望！冲我一笑！
在机动车车道上！
在送货上门的途中！
像拉家具！比如鞋柜！
像运啤酒！满满一车！

2013年5月30日

☞ *估计还是会出乎一些爱拿成见当饭吃的同行的意料，高歌成了第五位达到 5.0 的 80 后诗人——这个结果实实在在，令人欣慰！和我一样，高歌是球迷，我就拿足球来说他的表现：他就像一支底蕴不够雄厚却比较生勇的球队，三条线的人员搭配也不够均衡，其中有些队员时不时还要犯低级错误，但是这支球队前锋不错，经常在补时阶段完成绝杀，绝杀得还很漂亮。*

（澳大利亚）欧阳昱

慢

现在都说慢好
连诗人也说什么
诗歌就是慢
那好
我就让你慢慢看
且说那人慢
慢把手伸过
去掐
住后座上那
个婴儿的脖
子先用双
手发现多余之后就改
用单手好像修改
诗
歌因为脖子太
瘦
她掐啊啊啊啊啊啊啊啊啊啊啊啊啊啊啊啊啊啊啊啊
直到婴儿被掐啊啊啊啊啊啊啊啊啊啊啊啊啊啊啊死
这个过程大
约用了几百微秒
如果换算成诗歌要的那种慢
可能有几千几万微微秒
或
几亿极微秒
然后他
把婴儿在雪堆中藏
起
就像平时从超
市买了肉要藏
在冰箱冰柜中一
样

要慢吗，你
那就这么慢
给你
看

☞ *刚看了NBA总决赛的“抢七”大战，便推荐欧阳昱的“抢七”之作，不论《新世纪诗典》最终会办几年，我相信最后一个或几个满额推荐者便是最终的“总冠军”，每一轮，每一季，谁从满额推荐的行列中掉下去，谁就等于失去了争夺“总冠军”的资格。这是硬碰硬的比拼，欧阳昱绝对是有实力的选手，即便写如此沉重的题材，他也能够使我开心颜！*

游若昕

我要生50个宝宝

外婆真厉害，
生了3个宝宝。
奶奶的妈妈更厉害，
生了8个宝宝。
妈妈最不厉害，
才生了我1个宝宝。

我要比她们都厉害，
我要生50个宝宝，
这样他们就有伴了。
妈妈说，那可要生到70多岁。
我想了想，
算了，
还是生2个？3个？
不，
还是生4个宝宝吧——
这样他们就可以在家里玩“老鹰捉小鸡”了。

☞ *我初读本诗时，以为是一首成年作者写的“拟童诗”，读得开怀大笑，决定采用后才见到作者简历和照片，我被吓着了，一个到8月份才满七周岁的小姑娘，小学一年级学生！此时我反倒慎重了，又反复读了三遍，当我意识到本诗连“先锋指数”都存在时，我推荐它的想法变得坚定不移！其间我还在百度里搜“游若昕”，竟然不是一片空白，本诗也并非其处女作。*

莫渡

助听器

刚戴上助听器
那晚
他第一次听到
母牛反刍的声音
第一次听到
院墙外白杨树叶的掌声
听见狗打翻了食盆
五年来，他第一次听见
那部座机电话的
三十二和弦铃声，以及
孙女叫的那一声爷爷
也是第一次听见
老伴半夜起身
往盆里撒尿的声音
他也起身撒了一泡
然后睡下
那一夜，他听到了
从未听到过的宁静

☞ *又见真正的农民诗人，其实他已提前来到了我们中间，加入了给好诗抬轿子的队伍。诗坛上曾有过“伪农民”，诗里头全是将乡土当牌打的文化策略，比知识分子更懂得诗坛需要。有些东西是装不像的，不论先前推荐的叶子的《血社火》还是本诗，都有着“伪农民”永远不能写出的那一种滋味和质朴，而它们更好的地方在于，起于农民而不止于农民，写得相当高级。*

余跃华

鬼

出门捕食
蛇母嘱咐蛇子

万一碰到了
夜行的两脚怪
快快逃开

☞ *初读本诗，我忽略了标题，读完一愣，以为写的是人，然后才见标题。这世上有鬼乎？反正我没见到过。这世上无鬼乎？怎么有那么多鬼把戏！哦，我释然了，人即是鬼，人类已经把这个地球变成了一个鬼魅的世界！一首小诗，竟然给我这个选稿者内心带来如此的翻腾，不是好诗是什么！后接作者简历，发现他也曾受教于我母校，便多了几分亲切感，北师大出诗人已是常识。*

魔约

沸水之痛

一滴冷水
一下子就走进了沸水的内心深处
整个过程简短且从容不迫
一颗汤圆
翻来覆去滚在沸水的表面
从壳熟到心
馄饨见状立刻跳了下去
皮儿破肉绽
饺子潜入水中拯救馄饨
面条默默加入
粉丝加入，方便面加入
菠菜，大白菜，黄心菜，生菜
西红柿，鸡蛋，香椿也都一一加入
肉丝儿停止喊痛，抱着同胞加入

☞ *又是一首我本人非常喜欢的诗，是那种诗趣盎然直接可以见到诗心的真正好诗！又是选自自由来稿——也许这句话将在今后把大家搞烦，那是当我发现我亲自去挑选的诗要高于同行“助攻”来的诗，其新颖度也高于老作者，我工作的重心已经暗自转移。或许我前世就是《诗经》时代的采诗官，走遍中原大地，只为采到一个早熟民族的风雅颂，今天我在其再度崛起时采。*

伊梅

想到一些长安诗歌节上的事

长安诗歌节后回到家里
不时地会回想起诗歌节上的一些情景
一次，想着想着就开始狂笑不止
笑得眼泪长流接着就真的哭了
我想到的是我的诗友方冲天
不老实假报名二次登台朗诵
经现场所有人揭发被从台上赶了下来
所有人都说朗诵过了朗诵过了
他还使劲地往前赶
还差点赶不下来
你说那么老实的有点口吃的
不太会说话的方冲天
人到中年的方冲天
怎么就那么冲动呢
不就是朗诵个诗嘛
还真有点要冲到天上去的劲头

2013年5月12日

☞ 5月份，长安诗歌节出长安赴宝鸡搞了一场，在那场叫作“青铜之音”的朗诵会上，我作为《新世纪诗典》主持人有两大收获：一是农民诗人叶子，他的《血社火》已经成功被推荐；二便是本诗作者伊梅，她在现场虽然获得的是“最佳朗诵奖”，但首先是因为作品好。本诗是她会后新作，读罢让人忍俊不止，这种诗无经历是写不出来的，本诗所写才是诗之民间，诗之中国！

宋壮壮

荠菜饺子

春江水暖鸭先知
那是在水里
我觉得陆地上最先
得到春来了消息的
是挖野菜的大妈
她们动作利索
铲掉春天的乳牙

2013年4月1日

☞ *本诗充满生趣，技巧娴熟，连标题的设置与正文之间也构成一种“妙”，等于藏下了另一首诗，留给读者充分的想象空间。作者系北京中医药大学在校生，本诗是其“处男作”。“处男作”竟能达到如此水准，请允许我为作者本人感到高兴，为《新世纪诗典》感到骄傲，对中国现代诗的真实状况信心百倍！我可以承诺，有《新世纪诗典》在，中国现代诗的真相便在！*

周晋凯

我想写一首诗

我想写一首诗
写我必须参加的
刚刚结束的一次会议
我计划这样写
对各位领导
他们都已走上主席台
各就各位了
所以忽略不写
对那些职员
他们都已面向领导
挤挤挨挨地落座了
所以也忽略不写
我就写我
写我紧挨窗口
写窗口外那方草坪
写草坪上那位老人
写那位老人
他正弯下腰来，开始剪草

☞ *题材的丰富，也是《新世纪诗典》的一大特色——我脑子里有这根弦，记得在推荐丁小琪时曾说过：她带来了新的视角。办公室文化或曰“中国特色的体制文化”是不少诗人多有涉猎的（马非是此中高手），所以初读本诗时我没做好思想准备，以为好戏将在会上上演，却不料作者通过一个窗口带来意想不到的视角，好极了！本诗作者来自《新世纪诗典》诗人赵立宏的“助攻”。*

王晓波

流泪

眼泪是并排流下来的
而不是
左眼先流
右眼后流
流泪的时候，总是两只眼睛一起流泪
流泪的时候
要开着灯，看着自己流泪
灯光从左边打到右边
先粗后细，细得可以扎死人
这个晚上
我在训练，用一只眼流泪
左眼
或者
右眼
我不停地哭呀哭的
眼睛都肿了
即使这样
也不会走过来一个人对我说
别哭了
歇歇
等一下再哭！

☞ *请仔细读本诗，句句有感觉，感觉不凡，才气逼人！出自90后之手我不奇怪（00后都选出人来了），出自女诗人我更不奇怪（在表现情感的奇崛上女性高于男性），我奇怪的是中国有这么多有才的诗人在诗坛之外，而已经登上诗坛的人里头却混子多多！中国诗坛的当权者是看人选诗的，我一定给它拧过来。茫茫稿海，看我发现！必须指出，本诗作者来自南煜的“助攻”。*

冬子

自白

我天生不全
我有一个致命缺陷
我一出生，心就在手里捧着
爱上谁，就给谁

我天生不全
我有一个致命缺陷
我相信爱情
依赖、信任、自我
生命
全都给你
朝圣者的虔诚
以至于当你要离开我时
我才会有那么巨大的孤独和悲痛

我天生不全
我有致命缺陷
我的人生不过是一场
又一场灾难

☞ 即便对推荐过的作品，即便对出版了的作品，对我来说，也需要不断认识。前一阵编选“新世纪诗典精选集”——《词语与火焰》便是一大契机，于是这样的情况发生了：3.0推荐者无一首入选者，1.0推荐者最终获选不止一人——我当即便想一定要增加后者的推荐，冬子便是其中之一。本诗虽比其第一首推荐诗平淡了些，但语言的舒服却更凸显，他的语言有声音，是诗歌。

鬼石

镜中

斧头看着
自己的脸
瘦削而又干枯
它的一生
最想砍的是
那些留中分的人

2013年5月25日

☞ *鬼石是新人匮乏的第一季的收获。前段时间，我看他评点同行作品不够准确，出于爱护予以指出：在我看来，这绝非小事，于己关乎修养形成，于人关乎同行印象，金杯银杯不如同行的口碑——小众艺术家尤其如此。也很久没有读其诗了，忽然读了一组，还好。本诗貌似写得狠，实则写得很有意思。至于为什么"最想砍的是／那些留中分的人"，千万别阐释过度哟。*

乌城

不朽

很久没有见过白毛了
酱油上长出的白毛
腐乳上长出的白毛
臭豆腐上长出的白毛
酱缸里长出的白毛
腌菜缸里长出的白毛
统统都不见了
还有最神奇的
小闵上学时
保温饭桶里长出的
有一个饭桶那么高的白毛
也早就不见了

那些白毛都哪去了
死光了吗
让食物不长白毛的技术
能否创造一个不会变质
不会腐烂的世界
在那里
不管灵魂能不能不朽
我们可以让自己的肉体不朽

2013年4月14日

☞ *又是一首我非常欣赏的诗。其可视性多么强啊，搞得我满眼白毛，那种景象妙趣横生，又叫人哭笑不得。我还记得乌城的第一首被推荐的诗是以气味见长的——可视性、可嗅性、可感性对于读者感官的激活都属于我在中国文学界最早提出并倡导的“身体性”（早在1996年）。在《新世纪诗典》，乌城升级很快，并不因为去年冬天我们在北京见过一面，而是因为他的诗好，并且新鲜。*

李东泽

老婆，我埋了你的胎盘

老婆，我埋了你的胎盘
那是一个雨天
我拎着它走到广场
一眼就看中了一棵树，新鲜，帅气
就在它的脚下
我用鲜土，埋好了你的胎盘
我也不知道为什么要埋
俩妈都没有告诉我原因，只说是老辈传下来的
咱权当是入土为安吧
起身回来的路上
我又停下来，端详了几眼
老婆，那个位置狗叼不去，树砍不走
也容易找到
等咱们的一朵长大
我会带她去看，并叮嘱她
输送你营养的皮囊又做了大树的肥料
你要像树木珍爱泥土一样
爱你的妈妈

2013年5月14日

☞ 李东泽的第四首。我隐约记得，在前三次的点评中，我提及他爆发力和事实的诗意不够的问题，令我欣慰的是，他真的接受了，文本就是最好的回答。本诗，不论爆发力还是事实的诗意都太够太够了，以至于需要一点遮挡，譬如标题上可以先不露馅。如此公开、有效、美好的交流，让我觉得，我和东泽都是真君子！他心态好，心态好的人自会不断精进走向长远。

南子

羞愧

到了晚年
我的心才获得了屠宰厂荒废时的寂静——

我老得既没有世亲
也找不到宿敌
爱独自在洋槐树下徘徊……
像是寻找我的心在年轻时
被深深改变的那部分
沉默　隐忍　却与他人迥然相异的那部分——

那么多年
我爱过的都是些什么人　说过了哪些话？
时光已逝　当年的月光也褪去颜色……
而被时间烘烤的恨意
竟然持续得比爱漫长

我老了
老年的身躯　有着黄昏般湿润的根须
见到的世界　总有一背影
我与比我更老的街坊们　练习甩手操
谈论天气　素食和心脑科门诊
脚下的老猫　打着哈欠看着我
——看着没有性别的彼此
不知道窗外的落叶正如火焰般翻滚
一如年轻时　那个热烈的孩子
放出的情欲之火

羞愧啊
这把不中用的老骨头
可能到死　都没能获得更宽广的爱
羞愧是暮年中最后的饥饿

扑向比别人活得
更长久的我

2012年

☞ *南子发来新作，她很具个人品格的抒情状态依旧，我从中选出的却是唯一有所不同的这一首。在本诗中，我看到了她的想法、抱负，甚至野心——该当如是，这样的南子与我二十多年前在陕西师大校园里认识的那个跑来进修却比任何一个在校生都更认真更用心的形象是一脉相承的。《新世纪诗典》是长途拉力赛，过程一长，女诗人的弱处便暴露出来，其中之一便是缺乏抱负。*

左右

一个萌美女在微博上把我拉黑了

她在微博很激动地说
她要出去卖旧衣服了
以前的旧衣服拿出去卖
挣很多钱买新衣服
我看到这条微博也很激动
我问：有旧内裤和文胸卖吗？

2013年6月2日

☞ *我始终认为最好的诗选，只能一个人来编，绝不可能出自合作或集体。因为最好的诗选要有整体通盘考虑，要体现编者的“诗”想，最好的诗选只能是一个人的“编著”。譬如左右这首，如果是只会这么写的主儿，我就不会选，但它出自写过杰作《聋子》的左右之手。我首先替他高兴（不只会苦大仇深），也就毫不犹豫地选了，这里头有分寸，他写则真，你写可不一定。*

王有尾

三条鱼

一条
炖了汤
淡了

一条
刮了鳞
放在冰柜

一条
在洗脸盆
就着自来水
游啊游

人肠做的河道
冰柜做的河道
洗脸盆做的河道

只是出家人
打的诳语

“它们相互不认识
不认识吃它的你
不认识它自己。”

2013年5月

☞ *都说我选诗出人意料，那是我能欣赏风格不一的好，使《新世纪诗典》的选诗没有形成一个模式。王有尾这首，我估计大家又没预料到，其中包括他本人。高频次推荐者，只会越选越选到他（她）主体风格的边缘地带去，因为重复意义不大。在长安诗歌节某场中，我对有尾说：“你不妨写得‘二’一点。”——这么说的前提是，他有“二”，一种内在的自我挣扎和折腾吧。*

魏娜

或者，不是变态

我挂在外面晾晒的胸罩
又丢了　与内裤一样
性感的火红　浪漫的粉红
这次又是火红
我赞叹着　那个偷儿
在颜色上的喜好　竟与我如此相同?

2013年5月22日

☞ *长安诗歌节宝鸡专场“青铜之音”朗诵会的收获还在延续着。当时魏娜朗诵的诗并不像叶子、伊梅那般跳出来，跃入我眼帘，一个月后她做了一件很对的事：精选了一组诗投进《新世纪诗典》的稿海。我是在茫茫稿海之中将她打捞起来的，等照片发来才知是故人。她在信中说，她刚改写口语诗——那口语诗可太适合她了，一组都好，首首有感，本诗最极端。*

李岩

我年少时见过的那些壮汉哪里去了?

我年少时见过的那些壮汉哪里去了?
那些我在集市上见过的高大、健壮的男人。
那些吞糠咽菜、吃粗粮，干重活的人。
那些负重的人。高一声、低一声吼喊着夯歌的人。
那些用宽阔的脊梁背着巨石缓慢挪动的人。
那些山岳一样的艄公。那些“呸呸”在手心唾两口，
再搓搓手就来了劲儿的人，那嘿哟嘿哟的人
都到哪里去了?
那大河里的水到哪里去了?时间的上游流到哪里去了?

每到国难当头，清晨的渡口上身着长衫
背着包袱出远门的书生哪里去了?
那磊磊落落石料砌成的旧世界到哪里去了?
村头镇庄的石狮子哪里去了?门楼上的瑞兽哪里去了?
老槐树上叽叽喳喳的喜鹊子哪里去了?

雕花的石榴牡丹的石碾子哪里去了?
精工细作的每一个日子哪里去了?
那粗布而庄重的北方到哪里去了?
那不坑人照旧心安理得活着的人们到哪里去了?
如今，忙死忙活的人们那份安闲哪里去了?
那含泪送别远行亲人依依不舍的目光到哪里去了?

2011年11月

☞ *不论昨天推荐之王有尾，还是今天推荐之李岩，都是在经历了一次选稿失败之后，重新调集兵马卷土重来终获成功，在我眼中，他们都是本诗典呼唤的“壮汉”之一种。《新世纪诗典》不因人而选诗，但最终发现，选诗即选人，你要不是铁打“壮汉”，中文诗歌之“壮汉”，在此流失是随时的事。本诗我听李岩亲自朗诵过，其朗诵水平有限，听起来不给力，但看起来就不同了。*

游连斌

家

小女在我的床上
过家家
我看书累了想躺下
小女不让
我说给个理由
她说这是我的家
不许别人进来
我要和我的老公我的孩子一起住
我问你的老公是谁
回答说
我老公是没人
孩子是没人

☞ *整整半月前，未满七岁的小诗人游若昕登上了《新世纪诗典》，一诗惊天下。其父游连斌来信感叹，他多次向我投稿未果，小女的诗却一步登天。其后再来稿，我读其诗，首先排除了他为游若昕“代笔”的可能，若昕之诗，是大人打死也写不出来的那种。而且本诗还沾了孩子的灵气。我不喜欢制造佳话，但我笑纳自然产生的佳话，今天《新世纪诗典》收获了第二对父女诗人。*

商子

鸟及其他

天
慢热
偶尔雨
间或起风
一只灰麻雀
停留在槐树上
上蹿下跳般焦急
它内心巨大的恐惧
与挖掘机强烈的声音
起伏着颤抖着无所不在
城市弥漫的灰尘随风而逝
最终落在事物表面人的肺里
没人在意缓慢如裂纹般的危险
一只灰麻雀最终遁入遥远的天际
灰麻雀走了老鹰来了它俯瞰长安城
它内心贪婪表面温善如水般清柔
挖掘轰鸣着与倒塌的楼体纠缠
一些纷纷倒下的思念如废铁
被外来拾荒的人分拣锤炼
最终变成铁艺或劣质钢
于灰暗角落安度余生
没人在意这些场景
一只灰麻雀走了
一只老鹰来了
老鹰的欲望
很强很烈
在城市
伏击
鸟

☞ 我声称不看在微博上圈我名字的作者的诗，似乎也不尽然，本诗就是我在新浪微博上看到的。这里头还闹了一个心理上的笑话，我把作者商子当成我认识的另外一位诗人了（照片长相和另用笔名都像），我还为那个现代诗没过关的诗人高兴（觉其终于过关了），直到简历发来才知道搞错。由此可见，作者认不认识，对我不构成问题，就像形式主义，关键看有话没话，自不自然。

阿文

工厂卫生间

卫生纸卷筒的下方
画着一条红线
上面写着：一米长

一米长有多长
是从手到嘴巴上坡的长度
还是从嘴巴到屁股下坡的距离

一米长已足够
捆绑住了双手
覆盖嘴巴的方圆

一米以下
我们苍白的疲惫
爬不回身体的卷筒

☞ *抒情诗像唱歌，意象像哲学（或心理学），口语诗才更像文学（或者说回到文学）——还可以再分：前口语絮叨芜杂少讲究，后口语凝练精巧多智性，更能全方位调动文学的表现手段，就像本诗，工厂卫生间里的一个特写镜头，道出了一切，道破了本质。大家想想，以前我们见过的“打工诗”是如何写的？如此说来，手段与技巧也真的有落后与先进之分啊！*

长安瘦马

看看二叔

二叔死的那年
我十五岁

清晨
我去猪圈撒尿
在猪圈后面的场院里
看见了二叔

二叔直挺挺地躺在
厚厚的麦子上
旁边
还有个石磙
像个殉情的烈女
陪着光棍二叔

昨天晚上
我二叔说
他娘是饿死的
他要去给娘
送个锅盔

2013年

☞ *近期新人强劲、陕军爆发——陕军爆发至少一半靠的是连我都不知在哪儿“猫”着的新人！我总是在定稿之后才向作者索要简历和照片，拿到简历才知他们“猫”在哪儿，因此陕军近期的爆发也让我享受到了惊喜。本诗写得好极，也许陕西人会在“味道”上更能欣赏其妙，诗的最高境界正在“味道”。看新人竟然生于1968年，更觉诗坛黑暗无边，《新世纪诗典》责任重大。*

六指

六指

一定是为了让我把命运
抓得更牢，上帝
给了我右手六根手指
而作为半成品的诗人
我必须用五根手指
抓稳现实，用第六指
指向虚无

☞ *本诗早就订货，一个月前，我向作者连发两信索要照片（简历来稿中已附），均无回音——如此情况，《新世纪诗典》史上遇过一例，我揣摩是作者不想以照示人吧？没关系，《新世纪诗典》尊重所有人的意愿，并且绝不会因为缺照而废其诗，更何况是如此棒的一首杰作！《新世纪诗典》确实已经发展到最好的阶段，那便是无名作者贡献杰作的阶段，新人带来的绝不仅仅是新鲜。*

薄语

十二个人的时间

一个不说话只吐泡泡的人
一个上面很软下面很硬的人
一个瞳孔游离在脸庞之外的人
一个嚼碎自己牙齿的人
一个植入硅胶大脑的人
一个笑起来像猪笼草的人
一个有鼻子没鼻孔的人
一个被肋骨刺穿胸膛的人
一个戴血红色工作证的人
一个降生在福尔马林罐子里的人
一个赤裸写诗的人
一个偷盗钟表指针的人——
十二个人的时间
是一个圈

我为什么闯进他们中间，为什么
殷勤而又恶狠狠地旋转？
我第十三
我不见了，时间只剩下
一个圈
我第十三

2013年2月15日

☞ *我忘了是谁写的，反正写进了文章，说中国当下诗歌，是由两所高校毕业的诗人书写的：北大和北师大——这大概是在五年前。说法貌似极端，却不无道理。我每次看到北师大又出了诗人，心里头自然是高兴的，因为自觉与这个学校诗歌传统的建立还是有关系的。薄语的这首诗带给我的正是这种喜悦，名门正牌科班的优势也体现出来了，那便是有着更多形而上的思考。*

杨森君

桃花

我实在不愿承认：这样的红，含着毁灭；
我本来是一个多情的人。
有什么办法才能了却这桩心事。
我实在怀有喜悦，不希望时光放尽它的血。

2006年

☞ *能喝善饮，是宁夏诗人留给我至深的印象。如果诗坛办一场喝酒大赛，宁夏一定是团体冠军的有力争夺者，至于写诗，恐怕就没那么厉害了，纯粹的诗人少见，一个个事儿事儿的，莫说远离纯粹诗人的形象，甚至不像西北汉子。不曾谋面的杨森君是我眼中最好的宁夏诗人，一位写抒情诗的高手。现代诗范畴内的抒情高手往往懂得自抑和节制，桃花写者多，由此见功力。*

丛棣

虚构，纯属虚构

我喝光了柜台里的酒
砸烂了所有的桌椅板凳
彩绘的玻璃门窗
也打破了那些穷凶极恶的脑袋
然后一瘸一拐地走出
从熊熊燃烧的纸房子中　走出
把仇恨随手涂抹在路边
的广告牌上

今夜　一个妓女的眼泪
让我忧伤
也将被我遗忘
当我骑上摩托重新出现在
被大雨冲刷一新的街头
当我被满世界的警笛　追逐
没人会真正记住这个日子
当我冲进教堂掳走了别人
的新娘　当我终于说出了那句话
让她伏在我的背上
就像驮走一片白云
她哭了
搂紧我　一起躲避着雨点和子弹
一起甩下了城市和乡村
又一起冲下悬崖　坠向
波光粼粼的海面

……

有些事　永远都不会发生
也不必发生　有些事
想想就够了
想想都会心痛不已

感觉这么多年都白活了

2005年3月10日

☞ *条条大路通《新世纪诗典》。丛棣是我新浪博客的常客，是一位很有实力并且十分成熟的诗人（这两年75后诗人全面成熟）。如果不是见稿读诗，只是按照谁能折腾就是谁的江湖逻辑（此为民间选本也照样选不好的一大因素），这样的诗人几乎是不存在的。本诗写的是“想象的诗意”。“想象的诗意”其实也是“事实的诗意”之一种，因为它在你头脑中真实地发生过。*

黄灿然

高楼吟

那些高楼大厦，我爱它们，
它们像人一样忍辱负重，
而且把千万个忍辱负重的人藏在心窝里，
它们比人更接近人，比人更接近天，
比人更接近大自然，但它们像人，
它们的苦和爱是无边的，像我，
它们的泪水是看不见的，像我，
它们的灵魂是纯洁的，像我，
它们像人一样，像人一样，
互相挨着互相拥抱互相凝视，
它们眼睛硕大，炯炯有神，
它们通神，它们是神，
但它们像人一样，像人一样，
它们年轻、健壮、衰老，
皮肤剥落，身体崩溃，
像人一样，像人一样，
来自尘土，归于尘土。

☞ 沈浩波来电，主要是报喜：阿赫玛托娃的诗选出来了。顺便提及他近期在读黄灿然诗集，向我建议道：这个诗人可以再推。黄灿然当然是有实力的，我反思了一下，他是如何停在 1.0 长达如此之久的？主要是第一首《祖母的墓志铭》推荐时有些负面的评点入了我心。由此可见，同行或读者的反映还是会影响到我的。再次推荐黄灿然，当算作沈浩波的一次“助攻”。

李伟

音乐与田野

在像音乐一样
好听的田野上

左边这块地里
生长着小提琴

右边那块地里
生长着小号和黑管

前边那块地里
生长着吉他和萨克斯风

而在后边那块地里
甚至还生长着古老的竖琴

只有钢琴
这个巨大又沉重的家伙

必须像一台拖拉机那样
从更远的地方隆重地运来

☞ *李伟忽然来稿，让我吃了一惊。为什么会吃惊？李伟兄自当反思。《新世纪诗典》是反遮蔽的，以打捞诗人为己任，但凡事都牵涉主客体，所有被遮蔽的诗人自己多少都有责任。被动就要挨打，性格即命运，此中之道深着呢，非但不是邪门歪道，我看还是人生大道。吃了一惊后我又“意”了一“外”：我很希望在其新作中有所斩获，但选出的却是一首老诗，就诗论诗，杰作无疑。*

君儿

一天

有时我欣赏外国女人
有时我上淘宝
有时我抱着垃圾回家
有时我的半码垫伸出鞋外

2013年5月

☞ *君儿 6.0，我想说声“不容易”！从编选者的角度来说，我总是要看她几乎全部的诗，才能选出进入《新世纪诗典》的个别“意外之作”。说得直白一些，君儿的写作与《新世纪诗典》在方向上有偏差。在我看来，其好诗往往出自“被写”或曰“活出来的诗”，而这是怎么造成的呢？我以为这是她对纯粹之诗与存在之诗的双重忽略而造成的首鼠两端，若言重请见谅。*

侯马

存在

我穿过
一段走廊
忽然发现
怎么没有听到
脚步声

我立刻
郑重起来
确保每一步
都发出声响

踢踏
踢踏
踢踏

扮演着自己的
拟音师

2013年2月27日

☞ *这诗坛就像大杂院，院里的人都知道，当警察的侯马下班最晚，很忙。最先说出侯马是天才的是徐江，起初我还有点不以为然，但后来见他貌似未尽全力便将这大杂院里的人唬得一愣一愣的，也不得不承认他是个天才。是的，靠天赋、修养、洞察力，侯马足以唬住中国诗坛，但危险也正在于此。梨园行有句高话：一天不练自己知，两天不练同行知，三天不练观众知。*

唐欣

母亲

母亲又一次失口叫了他的昵称
他暗自吃惊　没有答应
他心里有数 在这群阿姨当中
母亲当然是最好看和最聪明的一个

一辈子没有睡过懒觉　每天坚持运动
星期天他们俩戴着纸帽子用石灰刷墙
父亲几天后才发现　咦　墙怎么白了

在北方居住了大半辈子　还是不明白
饺子有什么好吃　要吃面就吃面
吃菜就吃菜　为什么要包在一起呢

她居然羡慕起她儿子那可怜的厨艺
嘿　他说　这不都从你那儿来的嘛
她总是把“佛”念成“福”字
他私下以为　这不仅是口音的问题

他的朋友都知道　晚上得聚会
他肯定要早退的　不然她会一直等着
睡不着　不放心　父亲开玩笑说　好像
有谁还稀罕她的老儿子似的

2010年9月

☞ *外人不知道所有入选《新世纪诗典》第一季一书的作者又在我这里经历了一次“大考”，即上学期从本科生到研究生课堂上的讲读，最要命的是那一遍声音的传达——我读学生听或学生读我听，语感差或没语感的诗人哪里经得起这个。唐欣是读起来舒服（不是传统的朗诵而是现代的轻读）听起来舒服（说人话又不一惊一乍）的最突出的一个，动静小，沉淀多，真高手。*

吉狄马加

影子

我曾写下过这样的诗句
凡是人——
我们出生的时候
只有一种方式
无一例外，我们
都来自母亲的子宫
这或许——
就是命运用左手
在打开诞生
这扇前门的时候
它同时用右手
又把死亡的钥匙
递到了我们的手上
我常常这样想——
人类死去的方式
为什么千奇百怪？
完全超出了
大家的想象

巫师说：所有的影子都不相同
说完他就咬住了烧红的铧口！

2013年7月25日

☞ 我们汉人，在形而上终极追问和思考方面，不但弱于西方人，也弱于我们的少数民族同胞，这从《新世纪诗典》中就能看出来。每当少数民族诗人登场时，一定会带来更多形而上终极追问和思考，吉狄马加在他们中又更加突出，因为他更加了解中国和世界——也只有在一个更广阔的平台上，才能发出更具个性的声音，只有了解全球化、世界性，才能表现出地域性和民族性。

子梵梅

松针

仿佛是一阵迂回的刺痛
终于使我安静下来
天无限透明，鞭子无限透明
骨头无限透明
看得见里面的松针

☞ 西娃邀请了九位女诗人与她一起推荐中国当代诗歌，她在她与李白共同的故乡江油向我披露说：共有五位女诗人推荐了我的作品，其中令她最感到意外的是子梵梅。我也深感意外，因诗风相去甚远并且从未打过交道。我的上一部长篇小说名叫《士为知己者死》，它的主题出自豫让的一句话，“以国士待我者，我以国士报之”。刚好，《新世纪诗典》正是国士册、国诗册。

赵应

卖凉粉的汉子

投石的吆喝，被路人置之
不理，单肩挑的担子
一个在前，一个在后
我作证，他卖的都是真货

卖凉粉的黑壮汉子，不比
自家的猪更会安身
立命，四口之家的口粮
全靠他一年四季
反复追求，他儿子时髦
喜欢玩微博，有一天
突然对他说：爸

咱俩互粉吧

☞《新世纪诗典》从来不以年龄、写龄论资格，未满七周岁如游若昕者，上了；写诗七个月如易小倩者，上了；将满 20 岁写诗不到两年的赵应当然可以上。我读其诗时统统不知道这些背景，觉得这是一首非常成熟老道的妙作，甚至于它转行的技巧运用十分娴熟并富于匠心，这个小时代的青春偶像将诗说成“敲回车键”——白痴碰巧说对了，诗歌就是“回车键艺术”，看谁敲得妙。

若樱

太小了

绿荚里的豌豆太小了
山坡上的紫花地丁太小了
青蛙眼里的天空太小了
蒲公英的降落伞太小了
我站在地图上哭泣，声音太小了
原谅我爱着你，心眼太小了

☞ *来自李白故里江油的女诗人，来自于西娃的“助攻”（西娃大有成为“助攻王”之势）。在江油，西娃谈及她的顾虑：怕江油诗人上多了，会有不良议论。我对她说：谁敢说李白故里不该出好诗人！是不是不想吃这碗饭了？本诗我起先以为借鉴了秦巴子的《小春天》，后来发现借鉴与否已不重要，因为倒数第二句太强了！而倒数第一句，打死老秦也写不出来。*

裸穗

杂货铺与李小花

乡村杂货铺
一些杂货装在
几个红色的木箱
杂货箱像几口棺材
装着杂货的尸体
几个穿制服的家伙
围着这些棺材
不是悼念
而是掏出一张
白色的罚款单
杂货铺里的李小花
僵尸一样站着
“快签字吧”
“我不会写字”
“照着你的名字写”
“我不会写字”
“那你会啥”
“我会绣花”
“那就绣吧”
李小花终于拿起碳素笔
一笔一画绣成了
“李小花”三个字
“写得还真不错”
“再按个手印”
李小花按了
按成了一朵桃花

2013年7月9日

☞ 怎么称呼这路诗呢？“新新乐府”“新国风”“中国新史记”……我现在就可以断定，这路诗日后在诗歌史上的地位会相当高，这一方面来自它的现实（历史）意义，另一方面来自它的美学（诗学）意义——真正的诗歌不正是逼仄人世中绣出的一朵花吗？

王妃

空位

孩子，如果我睡了，你要明白
这个世界照样醒着，并繁华如初，我所留下的
空位，很快就会有人填补，比如：
我所从事的岗位；或者我作为
你父亲的妻子。但
我必须醒着！因为
在今天和明天，有两个位置
我不能让它空着——
你的母亲　我父母的小丫头

2011年1月8日

☞ 还是那句话，“条条大路通向《新世纪诗典》”。王妃来自我在新浪微博的观察，先决定要推荐本诗，等其简历到了，我心竟然发出如下感慨：在安徽，能够写出如此澄明而诚信、人性而人味、不乖戾而说人话的诗，不容易！面对本诗我想说：诗人若无灵感，请你回到爱！

朱光明

贫民窖

贫民窖
这地方我太熟悉不过了
我长年累月就住在这地方
我对贫民窖
这个名字
颇为赞同，而且体验深刻
我居住的那个地方
真的就小得像个窖
北方农村用来
储存大白菜的那种
阴暗、潮湿、狭小的地窖

我在那里
是被从故土里拔掉的
大白菜一样廉价的
贫民中的一员
在我们当中
时常有人像大白菜一样烂掉

2013年3月20日凌晨01：20

☞ 我在江油中国校园诗歌节颁奖现场见到朱光明，他交给我厚厚一沓诗稿，等颁奖仪式结束我也看完了，选出了两首，这是其一。他是在校学生，明年参加高考，他直言没戏。他家境贫寒，母亲在西安某建筑工地给人做饭……他此次所获的一等奖似乎改变不了什么，如果我是大学校长，可以凭此一首诗录取他，并保障他日后比绝大部分中文专业毕业生强，但这是痴人说梦。

杨晓芸

论痛苦

小儿见证的痛苦，大小约等于
化脓的扁桃体。在自己的体内
在想象中，痛苦在加剧
孩子，你得躺下，输液
一滴，两滴——我们与时间
短兵相接，将一瓶水分解成
珍珠的颗粒
孩子，我们更要有
化整为零的能力，从容应对生活

你问我："妈妈，我的脸一定很苍白？"
感伤的镜头翻转，病房晦暗
奄奄一息的病人
都饱经沧桑，脸色苍白。你以为
病人都有一张相同的面孔。你以为痛苦
都一样，不分灵与肉
我说："不，孩子，你的脸白里透红呢。"

2007年

☞ *这是我第一次感觉到推荐语如此难写，即便是在敲起键盘的此刻，我也不知道该说些什么，就向我曾见过两面的美丽的女诗人推荐一本好书吧。我和我妻子老G合译之《我知道怎样去爱：阿赫玛托娃诗选》（外文出版社），当为这个灾难不断的酷夏含金量最高的文学书籍。在课堂上我对学生如是讲阿娃：上帝给了她美貌与智慧，也给了她苦难的命运，最终还是她赢了。*

吴涛

一个人的县城

一个坐着的人
一个面露着笑的人
一个端着杯子滋滋喝水的人
一个喋喋不休的人
一个面前白纸积满灰尘的人
一个压着声音拨弄电话的人
一个举着报纸瞌睡的人
一个还要用手指指点江山的人
一个按时按点出现和消失的人
一个被自己坐坏的座椅碰伤了的人
一个脚印越走越飘越歪扭的人
一个我给他续水发现他杯子总也添不满
而水温竟如泪水的人

2012年12月

☞ *每当我第一次推荐某诗人，都会忍不住在心里产生预感：这是“一首游”诗人抑或不是？第一次推荐吴涛时我感觉他还会有今后，“新世纪诗典精选集”的入选是其实力的再次证明，但似乎没我想的那样顺利，他投稿未果一次，这一次也是在众多诗中冒出了这一首。本诗最突出的是一个句子内部的张力彰显，我的本家诗人让我也很得意，拙作《燥》是此种张力之集大成者。*

安琪

到机场接女儿

今天是9月28日
我的女儿坐飞机到北京来看我了
其实是我想看她就用北京诱惑她来看我了

我提前一个小时到达机场
我以为提前一个小时到达机场就是提前一个小时
见到我的女儿

天上来往着那么多飞机
每一架都像坐着我的女儿
天上的飞机每一架轰鸣着就像女儿飞跑着

天上的飞机落下了
我的女儿走来了
我们彼此看了看，不说话，彼此有点羞涩

我的女儿长高了
我抱了抱她，她说，妈妈我很重
你抱不动了

她说，妈妈我要尿尿
她被我抱在手上尿尿时说
妈妈我会尿到你的

那是在机场洗手间
我把女儿抱在手上我希望女儿尿到我
像小时候我给她换尿布她冷不防喷出的小尿柱

☞ 诗人康蚂撰文说我是个“细节控”：一、写诗重细节；二、选诗重细节；三、译诗重细节。真是说准了，新证据又来了。我之所以选择本诗，看重的正是两大细节：一、“不说话，彼此有点羞涩”；二、“我把女儿抱在手上我希望女儿尿到我”。两个动人的好细节，一首抒情短诗便成了。在《新世纪诗典》，安琪貌似后劲很足，或许是因为这个特点：念杂而不执。

三、汉字像一些精灵

每一个汉字都是精灵

都有自己的姿态与思想

——李轻松

潇潇

秋天的洪水猛兽

——为时光流下的日子而作

九月的某一个日子
带有水果疯狂的气息
朝东的阳光弯下腰来
眯着眼，从窗台上偷听
那间卧室粉红色的声音

当秋天的尖叫在一张床上溅起浪花
左边流淌的洪水就越涨越高
骑在水上的猛兽
一次、二次、三次落进高潮
这时的死亡含有蜂蜜的味道

2009年9月16日

☞ *好性感啊！在我这里，“性感”是对一首诗的高度评价，它指向生命与艺术。涉性并不一定性感，不涉性并不一定写不出性感。我在新浪微博上对潇潇公开建议：她应该好好选一本诗集交付给主流出版，因为她的诗有着被大众读者接受的潜质。《新世纪诗典》第一季出版后，在书店促销时或在我的课堂上，她的诗多次被读者或学生自由选中朗读，这绝非偶然。*

桑眉

末日清晨

——度过末日，我们都是婴孩，要快乐噢！

六点半，小林往常一样
在厨房轻拿轻放，用气声跟铃铛说话
铃铛是她的宝贝，像果儿和朵儿是我的
2012年12月21日，小林如往常一样，一丝不苟地
做早餐、送铃铛上公交车，然后去公园

小林打太极回来的时候
天就亮了
楼上，先是一双脚在走动，“咚咚咚”
然后是无数脚在跑动，“轰隆隆”
隔着天花板，把硕大的脚印盖过来
在耳廓、额头、鼻梁……
——仿佛象群来了！

但不是象群惊散我往世迷雾
是你——记忆中的婴孩
莹亮的、漆黑的、柔软的婴孩，伸过小手
在我掌心放上蜜饯；在我眼眸点上星光
当我在这个清晨醒来
世界便重新降临，并允许我重新爱一遍！

2012年12月21日

☞ *很显然，这是产生于前年“世界末日”的一首诗。“末日”最终没有降临，但那一天的日常景象伴着诗人的想象却被写了下来——这便是诗意与诗歌存在的价值！世纪初，我在西安电视台《纪录时空》栏目做主持人，跟诸多纪录片导演对过话，记得其中一位宣称：只有被影像纪录的历史才是历史。经验证明那极有可能是伪史，肯定不如深入心灵的诗歌更内在更真实。*

蓝蓝

火车，火车

黄昏把白昼运走。窗口从首都
摇落到华北的沉沉暮色中

……从这里，到这里。

道路击穿大地的白杨林
闪电，会跟随着雷
但我们的嘴已装上安全的消声器。

火车越过田野，这页删掉粗重脚印的纸。
我们晃动。我们也不再用言词
帮助低头的羊群，砖窑的滚滚浓烟。

轮子慢慢滑进黑夜。从这里
到这里。头顶不灭的星星
一直跟随，这场墓地漫长的送行
在我们勇气的狭窄铁轨上延伸

火车。火车。离开报纸的新闻版
驶进乡村木然的冷噤：
一个倒悬在夜空中
垂死之人的看。

2007年12月

☞ *这是一种比较标准的“翻译体”所书写的中国现实经验。请注意，每当提及“翻译体”时，我几乎没有使用过贬义，也从不带有讽意，即便是在民间口语诗与知识分子“翻译体”最为对立的“盘峰论争”中，更何况是我和老G掀起翻译风暴的现在。我能够正确地看待这样的事实：30年来面对世界的“拿来”，丰富、扩大、加强、刷新了我们的汉语，现代了我们的诗。*

刘天雨

失眠者之歌

心脏跳动的声音
血液顺着管道流动的声音
头发拔节生长的声音
眼睫毛互相碰撞的声音
气流出入鼻孔的声音
肠胃蠕动的声音
膀胱中水晃动的声音
一根压弯的汗毛弹起的声音
电风扇呼呼转动的声音
饮水机定时烧水的声音
水龙头干哑的声音
静电流动的声音
床头闹钟咔咔走动的声音
床板呻吟的声音
塑料拖鞋被压扁的身体慢慢鼓起的声音
角落深处两只蟑螂窃窃私语的声音
窗帘微微摆动的声音
车灯透过窗户落地的声音
汽车更换挡位的声音
引擎轰鸣的声音
橡胶轮胎飞速碾过地面的声音
卷起的尘埃在空气中撞击的声音
花木伸懒腰的声音
路灯忽明忽灭的声音
夜虫扇动翅膀的声音
睡在街角的流浪汉梦呓的声音
一个人冲着墙根撒尿的声音
一只野猫踮着脚走过垃圾箱的声音
从遥远的地方传来来历不明的声音
云在夜空中流动的声音
星星像一窝挤挤挨挨的甲虫

盔甲相互磨擦的声音
以及这一切都无法掩盖的
黑夜在反刍白天吞食的生命的声音

2012年

☞ *刘天雨是我当年在诗江湖论坛亲眼发现的，那时他叫“驼城刀客”，那时的他在我眼中还是一株幼苗，《新世纪诗典》第一、第二季的刘天雨已经“晋升”为一名新锐，那么，今天从本诗（他的5.0）开始，他已经算得上是一名悍将了——《新世纪诗典》的悍将，自然就是中文诗歌的真正悍将！“海阔凭鱼跃，天高任鸟飞”，《新世纪诗典》就是催人奋进和成长的正能量！*

起子
怀念一条有盲人走过的街道

在我住的小镇
我已经二十多年
没在路上
遇见过一个盲人
真不知道他们
都去了哪里
只有在一些电影里
还能看到他们
戴着墨镜
手里一根杆子
不停敲击着地面
而他们的头
微微仰起
仿佛杆子敲在地面上的声音
是天上的神灵
发出来的

2013年6月3日

☞ 在F1赛道上，跑在前面的赛车如果横加阻拦身后的超车者，是要被判罚分的——《新世纪诗典》就是--条诗坛的F1赛道，它的规则奖励超车。在过去一年中，起子就是一位成功的超车者，从第一季的1.0一口气提高到今天的5.0，也就意味着大踏步进入中文诗歌最优秀者的行列。但最近这一圈他却比较艰难，两大组换来这一首，我以为他再想超车，就需要提高境界与功力了。

马培松

北京真大

北京真大
走了一天
都没有遇见一个
认识的人
直到走到天安门
看见毛主席

☞ *在李白故里得遇马培松，当地诗人向我介绍，他有一首在绵阳、江油一带诗人中口口相传的“名作”。有人随口吟出，稍后我又从诗人自己口中聆听了一遍，那些瞬间，我仿佛梦回唐朝，李白不死，中国古典诗歌伟大的民间日常传统不死！我没有当场决定推荐，是想看看文字阅读效果，以及诗人有无更绝的佳作。回来一读，毫无问题。这是一首写至绝妙境地的好诗。*

星尘小子

照片里有股烤肉的味儿

星尘小子
你想过自杀、毁灭
带着对末日的笑
想过做自己喜欢的事
爱自己爱的女人
就这样,
你一个都没做到
瞧瞧,
你都做了些什么

☞ *他是我学生中第九位登上《新世纪诗典》的诗人，请大家记住，西安外国语大学业已成为新世纪以来最能出产诗人的高等院校，并且无须加注“之一”，原因自明，引你深思。他是与李异、韩敬源同级的汉语专业学生，上学期间以小说为志向，毕业时曾请教我该如何努力，我说先写满 100 个短篇小说再说，后来他写到了 30 多篇，转而做了诗人，这一点又和大一级的纪彦峰相似。*

罗晖

午后的太阳

窗前攀过一根幼嫩的小草
它被暴晒的太阳
糟蹋得几乎不成样子
我透过空隙吸着干燥的空气
感觉有一股烧焦的味道

躲到庭院的树荫里
母亲吆喝着烦躁的牛羊
我看见邻居戴着草帽
似乎要去东北远行
两点钟后我的鼾声终于响起

街道两旁的树无神地活着
蝉在无休止地歌唱
它把我吵醒了
我探着头看天空的太阳
仍没有下雨的迹象

河床的水干了
青蛙坐在田间伤心地哭了
农家给死了的庄稼下葬
我问太阳：你不能宽厚一点么？

☞ *与罗晖相识甚早，我还应其邀做过他主编的《中国诗歌选》的挂名副主编。然而，《新世纪诗典》开办以来，我对老友却苛刻有加，对他已经存在我这里的诗迟迟未予推荐，对他多次来稿也是公事公办未予选出便一字不回。为了《新世纪诗典》，我是把好人做尽坏人做绝，最关键的原因便是我觉其诗现代性不够且浑然不觉，他做的选本便是明证，当然，本诗除外，是首好诗。*

茱萸

玩具门诊

它肺部咳出一声声
迟暮的哑音，连新的电池
也不能提供足够的
能量和动力。它记不起
第一块砖和最初的子弹
是如何穿透巨大的玻璃幕墙
稳稳停到手心的；
每启动一次按钮，
它就抽搐得更加费劲，像
童年时期在群架中的落败。

他拿起听诊器，仿佛捏着
父亲新长出来的髭须。
扎人的酥麻感透过
二十年的回忆传了过来。
他翻检那个昏暗的箱子，从里头
掏出一件件当年的时髦货色；
他抖落金属片和木头
碎屑，掰开塑料壳子，
找到了电路板下藏着的小零件。

他想起那些画面，想起
假装飘零的往事；
他想起旧时的屋宇、经霜的橘树，
想起一段皮筋和一颗螺丝钉，
想起伤感是如何摧毁了自己
这名玩具医生的心智。

他疯了，填满现成的病历；
他撕开了它的皮囊，散落出
零星的构件。它们是

城堡建筑的废弃物,
带着因拆迁而产生的呼啸,
掉进时间的深潭,露出
半个作思考状的小脑袋。

他拿起听诊器,仿佛捧着
母亲不再奶水丰沛的乳房。
那批旧玩具的触感透过
二十年的回忆传了过来。
这个病恹恹的医生,
他正在自己的门诊里
为自己刚刚挂上了号。

☞ *我推崇简洁与朴素,但从不拒绝繁复与华丽,我是评论家眼中反修辞写作的代表,但这并不妨碍我能够判断出修辞化写作的真伪与好坏——如今我的翻译成了最有力的证明,他人只能译同类型的写作,我通吃。上海形成了一支高学历并且明显带有学院趣味的青年诗人群,茱萸是其中的代表人物之一,他的写作我能接受,通达、晓畅、可读、可感,诗才令人信服。*

罗铖

风吹……

风吹……婆婆，你的牙齿在灶台
的香炉里。火焰够不到你
黑夜，也漫不过残损的齿根

风吹……婆婆，旁边是刚结的迎春花
的蕾，一束，永远的一束
是母亲拖延黑夜的泪腺上的疼

这风，像灶神孤僻的缄默
而我，在淌眼泪，像风中的稻草人
寒冬是我的骨，露珠是我的心

风吹……婆婆，风吹门前的河水
屋后的竹林有阴冷的喧声，你的脚踝呢
在宽敞的黑棺里，疼不疼，疼不疼？

2009年1月7日

☞ *我从不相信，那些个整日泡在成都茶馆里戳是弄非的过期老倌能够代表四川新世纪的诗歌。我的不相信就是一种确信，感动了上苍，让我逐渐触摸到真相，于是我生身之地的诗人们在近期爆发了！罗铖是7月江油行的收获，他人长得极其骨感，意象诗写得清晰而又精致，在口语风盛行的80后诗人中，我还从未见过玩意象的功夫如此了得者。*

桑格尔

天山

我在天山
和雪山一起
和天空上飞翔的鹰一起
看着羊群，毡房
随着雪线一天天退缩
然后消失
一同消失的还有
冬不拉，在草地上唱歌
看不见的哈萨克姑娘

☞ *西娃第一次将桑格尔的诗推荐给我时，我还以为他是个少数民族诗人，等到在江油一见面发现并不是。本诗所触及的题材估计还会引起误解，但这似乎没什么要紧。几年前，我到过天山，写过天山，听过冬不拉和哈萨克姑娘所唱的忧伤的情歌……本诗的视角正在于这些濒临消失的事物，诗中的忧患浸透了悲哀，诗人或许本来就是林中啼血的杜鹃，也会和森林一起消失吗？*

李轻松

汉字像一些精灵

每一个汉字都是精灵
都有自己的姿态与思想
它附在今年夏天，一只流行的黄莺
要灭绝所有的物种
它附在空气里，一滴雨饱含着自己
一滴雨要打开一种植物
它附在我的手上，我便开始写诗
每个字都带着自己的翅膀
它附在我的身上，我像非法的动词
风一样暴乱。我替使用说出规范
说出被动式的幸福
从此我不敢亵渎任何一种事物
因为神明突然来到了我的内心……

☞ 比我文字量大的写作者越来越少了，女诗人中大概只剩海男和李轻松——后者在中国大陆还没有“畅销书”这个概念时就写出了风行一时的《玫瑰血》，除了长篇小说还有各种剧本。大概只有天天与文字打交道的人才会对文字生出如本诗所写出的感觉和感情。我不敢说汉语是最适合诗歌的语言，但我绝对敢说，汉字——因为它形象，是全人类唯一的象形文字。

铁心

慢生活

这个城市里的人工河
散发着难闻的臭气
总有不少
手持钓鱼竿的人
在那里守候
他们偶尔
抽支烟
喝口矿泉水
换换饵料
轻声打招呼
他们弄得水面
起了些涟漪和泡沫

☞ *我不知道有多少人像我一样欣赏本诗，但我知道如此之诗一下子将读者划开了，欣赏者欣赏有加，不欣赏者会认为它不是诗或是很浅的诗。你如果是后者我感到很遗憾。*

阿坚

玩什么的

在旅店里遇见几拨旅行者
我问甲，你们是玩什么的
人说，我们是玩山的
我问乙，你们是玩什么的
人说，我们是玩穿越的
我问丙， 你们呢
人说，我们是玩古塔的
我说，不错，你们都各有专业呀
他们问，那你们是玩什么呢
我说，我们是玩玩儿的

☞ *本诗是玩出来的。时间过得真快，一转眼老玩家阿坚已经玩到 58 岁了。他还像上个世纪那样，用寄信的方式给我寄来他的新作打印稿，我读了很有收获，但绝非诗的收获，我总是要看他很多诗才能选出一首，心中为他感到惋惜。他的“分行游记”如果校正一下方向就会成为诗，甚至是好诗。但是，我提醒自己，不要为了写出好诗的功利而去指点他人的人生。*

赵思运

广播

70年代我很小
模模糊糊记得家里有个广播
黑色的硬片片
圆的
像现在的家用钟表一样大
有线的
现在我只记得
每到中午12点
就唱《东方红》
娘就说
该做饭了

☞ 2010年衡山诗会上的很多人，日后都成了《新世纪诗典》的诗人，后证了那次诗会的质量。某日在我房间，我对两位评论名大于诗名的双重同行说："即便要做好评论也要先把诗写好。"其中响应强烈的是吴投文，如今诗名已经压倒评论名了；响应不甚强烈或者没有响应的便是赵思运，所以我所推荐的还是他的旧作，他的诗名也还没有压倒他的评论名，以及"博士""教授"这些头衔。

巴蜀书虫

我们的学校在雾中，宛若仙境

仙境里，有人在
做广播体操
仙境里，有人
躲在厕所
吸烟、手淫
仙境里，有人
酗酒、打架
仙境里，黑风衣
举着喊话器吆喝

我在仙境里
每次用键盘准备敲出
“仙境”二字
电脑弹出的都是
“陷阱”

2013年3月1日

☞《新世纪诗典》诗人谭克修欲高举“地方主义”之大旗，邀我加盟，我思考再三，最终还是婉拒了。之所以思考再三，正在于，“地方性”为我所欲也，任何“主义”则为我所不欲也，我终生写作之《行》系列就是在追求“地方性”之集大成。我高兴地看到巴蜀书虫这个重庆娃儿写出如此之妙的一首雾诗，写出此诗，你就对得起生你养你的故乡了，这是诗人的天职！

沙白

K589次列车上

北京西、保定、石家庄、高邑、邢台
沙河、邯郸、磁县、安阳、鹤壁、
新乡、焦作、月山、济源、关山、
平顶山、南阳、襄阳、武当山、
十堰、安康 、紫阳 、万源
妈妈，路过22个他乡后
我就会抵达我们的故乡

2011年9月25日[①]

☞ *人皆有之的经验，你想到过把它写成诗吗？你没有，别人写了就是别人的；你再写，这首诗已经不属于你。你更不要充当吃不着葡萄说葡萄酸的狐狸，说如此写来无难度——情感本无难易之分，只有真伪之别，好诗源自真挚的情感。所以，单纯从文本上谈论此诗没有意义。诗这东西，庸人自扰，诗人们在貌似情感纵深处制造了多少庸作，沙白来到最表面却写出了好诗。*

①这首诗中的站点是作者写作时这列车所经的站点。

K589

梁平

鱼刺

往往会吃鱼的人会吐刺
一条鱼进嘴以后
留在渣盘里的只是
鱼的骨架

不会吃鱼的人
只能从骨架上想象
那鱼的丰腴，他会说
鱼好，但是刺很可怕

猫吃鱼的时候就没有刺
左边一牙齿
右边一牙齿
充其量打几个喷嚏

所有的猫吃鱼
没有理由，而人不同
有人心动不行动
有人行动之余，回味刺

吃鱼有说不出的感觉
比如爱
快乐是一种
伤痛又是一种

我不吃没有刺的鱼
就好像
我不喜欢
没有伤痛的快乐

☞《星星》是官刊中的“老二”,《星星》的主编既是官也是诗坛中的重要角色。7月江油见梁平，感觉特别舒服，其一，他是重庆人（家父便是重庆人）；其二，身为官刊主编，他竟有可爱的江湖气；其三，他为人公道，能看到《新世纪诗典》的业绩；其四，他认为余幼幼是《新世纪诗典》推出来的……好了，看诗。本诗让我觉得，即便对现代诗而言，四平八稳的周延也可出佳作。

图雅

无题

我是父亲和母亲
互相挤压的结果
肯定不是那么凑巧的一次性挤压
一定是经过若干次挤压
以至于把骨头
挤压碎了的
那种

以致我到今天
还痛

☞ *从《母亲在我腹中》开始，图雅在《新世纪诗典》有一个惊人的“高开”，随后的表现不能下结论说“低走”，却归于平淡。我发现她不善于写日常生活中的凡人小事与凡俗情感（多少诗人都如此），将日常写成家常了。由此可见，与日常生活对应的日常写作是最难的（多少人浑然不觉）。本诗又回到她擅长的领域：极端的情感体验，关于诞生的说法也很有新意。*

桑克

试试罗扎斯基的写诗法

我的名字是某某，而不是桑克。
我戴眼镜，个子不高，有脚气，而且心眼小。
我的父母住在乡下，舅舅虽近，但我却没去看他。
我没有一个情人，也没有一个儿子。
我没什么感觉，除了活着就是没劲。
我没什么需要，除了工资就是尊敬。
我给予过什么，我全都不记得了。
我为末日担心，为认识的人和不认识的人。
我喜欢看风景，但是不想住在里面。
我住在哈尔滨，对它的看法比较复杂。
我姓李，但愿你能相信我说的鬼话。

2008年7月15日

☞ *我的《梦》中刚写到过桑克。事实上，我梦见最多的就是我这几个大学同学兼诗界同行，这是不以我的意志为转移的，这是需要多少年的沉淀才能做出的梦！《梦》提醒我，人无法背弃自己的出身和谱系。事实上，我无法不为之骄傲。若以学校论，北师大诗群是对当代诗歌贡献最大的群体。桑克在其中的重要性日益凸显，关键在于他越写越好，越来越清晰，越来越智性。*

摆丢

鸡蛋1985

不小心
把鸡蛋打落
在光溜的黄泥路上
碎了
苗族奈妈懊恼自责
她俯下身
想把鸡蛋收起来
带走，没成功
10岁的我
正挑禾谷回家
目睹了下面这
铭记一生的画面
奈妈跪下
用嘴亲吻大地
不，是鸡蛋黄
啧噜几声
一吸而尽

2013年

☞ *我最初读罢本诗曾久久无语，一首要什么有什么的杰作（可以马上抓进诗歌史），让摆丢来到了他的4.0！两年多来，一切发展得那么快，想想看，摆丢是在第一季末期才勉强上了第一首的！我很早便用“在熔炉中淬火”来形容《新世纪诗典》的作用，有人大概以为我在夸大其词，在新老诗典土生土长的摆丢大概是最信的，也最会加以利用，于是便成新人中最好的。*

康蚂

类似梦境

我曾把活蹦乱跳的鱼杀死
类似的经验还有
我曾一脚把青蛙踩死
我曾用放大镜把蚂蚁烤死
我曾把螃蟹在锅里蒸死
我曾把蝴蝶一巴掌击落
我曾用苍蝇拍打死数以万计的苍蝇
类似的梦境还有
我曾被人推下悬崖
我躺在救护车呼啸而过的傍晚
我看到一把斧子冲一头牛流泪
我闭上眼什么都能看到
死不过是黑暗化了浓妆
生不过是光明偶尔尿急

2010年4月

☞ *在一种游戏里玩另一种游戏，在《新世纪诗典》就要玩“拼刺刀”的游戏，就是拼佳作、拼力作、拼杰作，而这又不是孤悬的。我很难想象，一个诗人整体成就很大、平均水平很高，但就是出不来尖子作品，因而不适应《新世纪诗典》。康蚂久违了，又一位“高开”的诗人。他的第一首推荐诗《秃鹫》令人难忘，被我选进了“新世纪诗典精选集”，这一首找回了状态，但也不是最近的。*

纪彦峰

跟奶奶学说话

娃，有小子和女子
猫，有儿猫和女猫
牛，有犍牛和牲牛
羊，有羯羊和母子
猪，有牙猪和母猪
鸡，有公鸡和草鸡
马，有母马和儿马
驴，有叫驴和草驴

只有骡子，就是骡子
它们只有一种

2013年6月7日

☞ *纪彦峰2.0《我们村是怎么没的》引起了强烈反响，甚至引起了文学界外的关注，也确实是一首成功的力作。但作为他的老师我心里清楚，一首诗的成功不能解决整体写作上存在的问题，越成功甚至越难解决，对纪彦峰来说便是“进城”的问题。乡土小说尚且存在这个问题，现代诗人则必须“进城”。果不其然，上次来稿，他全军覆没，此次一首生还，但还是没有解决根本性的问题。*

刘亚丽

飞翔的床单

一只花瓶不能飞翔
一把椅子一张桌子
桌子上的书籍和白瓷缸
它们都不能飞翔
一块擦洗得光鉴可人的窗玻璃
收集过阳光、雨点儿和鸟翅
同样不能飞翔

我将洗净的月白色床单
晾晒在楼下的花园里
我拿着塑料夹再次下了楼
那块床单不见了
它挣脱生锈的铁丝绳
和废弃的花园
它越过一树开得稀烂的玉兰花
和一只乌鸦一起飞走了

它告别花瓶椅子桌子
桌子上的书籍和白瓷缸
它穿过光可鉴人的窗玻璃
载着我沉甸甸的睡眠
它载着沉甸甸的我飞走了
它载着我飞翔在乌鸦的故乡

2000年

☞ *很久未见刘亚丽，我在青海湖国际诗歌节上见到了她的老公、我的老友、诗评家李震教授，自然问及她的近况——一言以蔽之，大隐于长安，时常在陕北。难怪去年《新世纪诗典》在西安外国语大学举行以其诗名命名的“我在什么地方打动了你”朗诵会，她也没有露面。不过，在我看来，“隐”在新世纪该有新概念，诗在，人在，就不算“隐”；反之，天天微博自曝，也等于不存在。*

天狼

苦命的人

我说李俊是苦命的
当然，也包括他的老婆
他在远离家乡
荒无人烟的山沟
做矿工

每天
井下工作十五小时
地上
除了睡觉的工棚
没别的地方可去

老婆领着孩子
一月一次
到十里外的镇上
取回李俊寄来的工钱
居家度日

这些都不重要
李俊说
还不是最苦的事情
在他看来
最苦的事
是矿上每年给的那几天假

他奔走千里
回到几度梦泣的家乡
却总比
老婆的月经
晚到了一步

☞ *在天津《葵》盛典上听天狼朗诵此诗，听到最后一段我感觉欲哭无语！这是当晚我听到的最出色的诗篇之一。网上认识多年，初次见到天狼，貌不惊人，比其照片还要不帅，纯属丢到人堆里找不着的主儿，但在我心目中，他已经大步走进了中国优秀诗人的行列，比多少人模狗样的红男绿女更有实力——而这一切，似乎就发生在这两年，甚至是近一年。什么叫“淬火”？*

梅花驿

1983年

那年　夏天刚过秋还不深
我背着行李去县五中读书
那时清晨露水若有若无
开往县城的客车上乘客寥寥无几
公路两侧地里的玉米长势喜人
以后我再也没见过那么高的玉米了
公路上不时有汽车超车而过
车厢里押着一片黑黝黝的人
乘客们对此大惑不解
到学校后我才陆续听说
昨夜“严打”　犯人押往县城
看守所里已经人满为患
龙山宾馆的地下室也塞满了人

2012年9月8日

☞　*我注意到《中国诗歌地理（河南篇）》展览了二十来个河南诗人，竟然没有我心目中的“河南第一诗人”梅花驿。要搁过去，诗江湖时代，我肯定会打抱不平说上两句。现在不了，不但不生气，心里还高兴，没有尔等胡作非为，哪有我《新世纪诗典》科学完美！“八三严打”，我在诗和小说中都写过，那次事件正史无结论，但在民间在人心却挥之不去……史失，求之于诗。*

李勋阳

死灵魂

这些菜市场正在被屠宰的
鸡狗牛羊
灵魂也正在离去
是否也变成了鬼
动物鬼？！
被死去人们的灵魂
或者鬼
再屠宰一遍
端上餐桌
补充自己的灵魂

☞ 80后诗人的成长与成熟比我想象的艰难和缓慢，想想看，“大80”已经是三十上下的人了。李勋阳是《新世纪诗典》诗人中第七位达到5.0的80后，这也出乎我的预想，自己的门生我更敢直言。虽然他各文体均能操练，却绝非天才，甚至于感觉常不到位，却硬碰硬地碰撞出了五首佳作。心诚、坚韧、苦干使然，再过两年，我们或许会说，《新世纪诗典》就是把天才踹下去的擂台。

朱剑

黄昏时过九曲黄河第一弯

牛马摆尾
星辰不动
在河流转弯的地方
听到骨头的声音

2013年

☞ *在青海湖国际诗歌节上，朱剑朗诵了两首《新世纪诗典》中的作品。《磷火》和《南京大屠杀》，很受欢迎（所有朗诵《新世纪诗典》作品者都更受欢迎），令其诗歌生涯“第一个大满贯赛事”很成功。马非当场“不服”道:“你20年才出来这两首！”“不服”是朋友间的玩笑，道出的话才是真言：20年，好诗是文火慢炖熬出来的。那就继续熬下去，不过可以换口大锅炖全羊。*

伊沙

在江油的饭局上

酒喝得差不多了
一位本地诗人说：
“容我说两句酒话
在座的诗人
都写不过伊沙
伊沙的诗
我能记住五首
其他人最多
只能记住两句……”
只听哗啦一声
桌上一半的人
一下站了起来
愤然离席而去
我右边那个
还撂下一句
“话不投机半句多”
我左边那个
有点气糊涂了
竟然鼓动我：
“伊沙——走！”
我如惊弓之鸟
无辜地望向四周
心想：至于吗？
又不是李白在宣判

2013年

☞ *某报在就《我知道如何去爱：阿赫玛托娃诗选》采访我时，问及什么东西在成全伟大诗人，我回答了四点，其中一点是命运。关于这首自荐之作，你若问我写的是什么，那么我的回答依然是命运。今天，我尚在远离伟大的中途，但命运已经露出了它的端倪，这不是随便谁都会遇到的故事，性格即命运，命运独属于我，我已经到了秉笔直书自己命运这一层。*

韩东

食粪者说

我是一个孤儿，靠食粪为生，
佛陀拯救了我，
让我放弃那肮脏的恶习。
他让我去清凉的河水里洗干净，
给我穿上衣服，让我跟随他，
踩着他的脚印前进。后来
我才知道这并不是教导我的方式，
只是为了不踩死蚂蚁。
他让我把大粪留给蚂蚁和蛆虫，
让我和他在同一个钵子里吃饭。
虽然现在我仍然是一个乞丐，
但已经不那么臭了。
四肢健壮有力，心也变得平静。
佛陀又告诉我：
“不要留恋这些，我们的本质
即是你以前所食之物。”
只是这个弯我没有转过，
并思量至今。

2012年1月11日

☞ *6月份，韩东空降长安，我们有过一聚。他说，他上个世纪90年代的头号名作《甲乙》是《世纪诗典》炒热的；他新世纪的头号名作《这些年》是《新世纪诗典》炒热的。虽说这都是事实，但听诗人亲口说出来的感觉不一样，至少大大鼓舞了我这个编选家，所以更应显示自己的水平。老韩近况颇佳，几首亲情之作大受读者欢迎，但我却心仪本诗，它伸向了陌生的领域。*

岳兵

我决定爱冰岛

一些人说
爱上一个人就去西藏
一些人说
不爱一个人就去西藏
还有一些人
张嘴闭嘴把西藏挂在嘴边上
其实
我也喜欢西藏
只是喜欢的人太多了
我警惕一切
与人多有关的东西
我于是在地图上
搜索一个同样
荒无人烟
空气稀薄的地方
叫冰岛
我决定爱冰岛

☞ 又是一首我在天津《葵》颁奖朗诵会现场“订货”的诗。诗前部关于西藏的那些话，令我有共鸣感，但并非决定性的；诗后部出现冰岛也并非决定性的，但是将冰岛说成“荒无人烟／空气稀薄的地方”便是决定性的，这符合我们儿时对冰岛的真实想象，自觉入诗就脱离了僵死的现实逻辑的钩。同理，不理解我为何要写《梦》者，真是太笨了！

张后

冬天

湖上的冰蓝得像豹子的静脉
小鸟穿得暖暖的在上面踽踽而行

太阳惯用一只独眼
傲然地俯视苍穹

我对冬天还算满意
虽然不大出门
但隔着窗户
总能看见许多街上的景致

有人摔倒了再迅速地爬起
拍拍沾在身上的绒毛
没事似的继续赶路

忽然门铃响
我以为是送报的
我打开门
一只狐狸跑了进来

☞ *我不反对与人交往夹带功利心，但我看到的是，太功利而失去平常心者，最终反而得不到功利，因为没有耐心。主持《新世纪诗典》反而让我失去了一些朋友或者说“关系”，你老不给人推荐人家交你干吗？有此一个背景，张后堪称君子，君子之交淡如“诗”，我终于等来了他的大精进。读本诗，我第一反应是“特朗斯特罗姆体”，有惊人的“高开”，也有惊人的“高走”。*

汗漫

草

爬行到流浪者的脚上，叫作草鞋
煎煮在中医们的陶罐里，叫作草药

捧起新婚者热烈的躯体，叫作草席
为锄禾的农夫遮起太阳，叫作草帽

在乡村作坊中变轻变薄，叫作草纸
被咀嚼、反刍然后被高亢地叫响，叫作草驴

与虫子一起浮动于水墨，叫作草虫
覆盖成隐者的天堂，叫作草庐

追着马蹄绿入苍穹，叫作草原
簇绕风青月白的民间，叫作草野……

2000年10月11日

☞ *一年前，在河南纪念杜甫1300年诞辰活动中得遇汗漫，我以《新世纪诗典》的名义向其约稿，一年后，他的诗才到。在我印象中，汗漫可称“《诗刊》头条专业户”，他在《诗刊》头条发表长诗的次数肯定比我在《诗刊》露脸的总次数还多。我之所以向其约稿，是因为觉得凭其才华实在不必走那条阳关大道，他果然不负我望，凭本诗一首便超过他所有头条长诗艺术成就之和。*

从容

倒车

妹妹，我与你的声音相遇在涠洲岛
二十年前你录了一条广告只挣了七块钱
广告商对你说，你的声音会传遍天涯海角
黑暗的香蕉树下，你在说“倒车，请注意”

我被分配进一间客房412，怎么回事？
怎么会是你的生日号码？
你是提前来涠洲岛等我吗？
我从412房间望出去

比汉堡包要精致得多的层层火山岩
用硬朗裸露的姿势挑逗大海
而大海用一天亲近她，用另一天躲避她
他多像你爱过的男人
他们总是留给你一些细碎的贝壳、小石子
和比“黄金海岸”还要柔细的沙
硌疼你的眼睛

妹妹，更奇怪的是从涠洲岛回到北海
在老街那条窄得只能摩肩抱乳的摩乳巷
我与年轻时的姥姥相遇
她现在不姓陈了，她请我吃了一碗活着时最爱的银耳羹
还与我在菩提树下合影留念

我想到了你，故意让我听到的声音：“倒车，请注意！”
你是在暗示我：“过去，请注意！”
你们俩站在我到来之前的未来的树下等我吗？
小时候姥姥问，你们长大找个什么样的丈夫？

“像爸爸那样的！”

直到你死去，我们俩都没有找到
难道我们的爱人隐藏在过去的某个拐角？
“倒车，请注意！”
妹妹，你能再透露一点吗？
我将在未来的哪一天遇见前世的爱人？
如果他来了，你是让我替你爱他？

☞ *本诗是我在青海湖国际诗歌节的现场订货，在风景如画的贵德国家地质公园的那场朗诵中，从容在朗诵它时不断哽咽，泣不成声，甚至无法将它顺利读完。中国诗人的出场都没有翻译，但我相信所有外国同行都深受感动，我或许是所有在场者中最被感动的一个。首先，我是最用心聆听的一个；其次，我儿子学会的第一句完整话便是从容的亡妹录下的：“倒车，请注意！”*

锤子

打死她

你打我
你打死我吧
你打
你打你打
女人歇斯底里
她说
你打
她说
你打你打
她重复
她不间断
你打
你打你打
像是命令
你打死我吧
像是哀求
你打死我吧
语速快一些
或者慢一些
语速连接情感

☞ *四年前，我在本城一本书的首发式朗诵会上见过锤子，感觉他歌也唱得好诗也写得好，典型摇滚青年的范儿。再次见面是在不久前，他在长安诗歌节上的出色表现后证了我出色的听力。这才是真正纯粹的语言诗、废话体，不需要任何解释，语言的魅力自现……至于那些整天把“废话”挂在嘴边的，诗外的废话真是太多了，像自学成才永远自卑的知识分子。*

吴元成

想起故乡和16年前亡故的父亲

分水岭陷入雪夜深处，揪心的疼
通过怀抱的黄土传递

绕坟三匝，无声而泣
父亲开出的荒地种过辣椒

如今掩埋一个57岁的农民
父亲遗言：平头百姓，碑志不许超过一尺

☞ *天津《葵》盛典，吴元成和李霞从河南赶来，我向没见过他俩的同行介绍道：“河南最好玩的两个家伙到了，两个不会说普通话的家伙，你们准备喝酒吧！”此言实在不虚，我离津赴京前的最后一幕便是老吴举杯相邀。真是一方水土养一方人，河南诗人普遍好酒（大河奔流般的酒），河南诗歌（我说的是有根的）中都有中原大地，以及对于土地的一往情深，如本诗。*

李少君

青海的草原上

连绵不绝的清风啊
吹拂着连绵不绝的白云
连绵不绝的白云啊
追逐着连绵不绝的羊群
连绵不绝的羊群啊
寻觅着连绵不绝的歌声……

整个草原上，只放牧着一个孤独的牧羊人

☞ *作为诗评家的李少君，新世纪以来都干了什么呢？他在我们日新月异的城市中心建了一座植物园，内设百草园和百花园，将百草命名为“草根”，将百花命名为“新红颜”……有无价值呢？我觉得它的价值大不过写好一行诗，“写好每一行”是庞德说的，送给李少君。正是因为写好了一行，也就写好了这一首，也就在长安与《葵》诗歌节西宁分场的朗诵中，赢得了掌声。*

简Jane

隐形的大提琴

虚怀大提琴，你让我再次看见
一只小白鸽穿越永不褪色的翠柳
从清晨到日暮，从日暮到清晨
怎么飞也飞不出宣纸

你身后的画案是我父亲的画案
撂荒已久，恰好随心所欲
今夜，我要用他没有带走的狼毫
画一条鸽子街连接神灵的寓所

你能不能专注，继续无实物
把持琴弓，别再抖动
颤音令人心慌，恰似信鸽起飞前
早已抖空了杂念，不必再抖

不必再抖呀，刻画眼睛的时刻
别让眼神儿改变了方向

☞ *简Jane，像她中西合璧的芳名传递的信息。她是在外国译诗中泡大的，我们现在愈发清楚，那是一片被拙劣译本污染严重的海域，所以她在此游泳得到的不光是好东西。我们在微博上公开讨论过“接地气”“及物”“有话要说”等问题，本诗充分体现了她好的一面：相当高级，颇有难度，音乐和绘画元素同时摆放在一首诗中，还不缺少心物交融的风景，还有细节。*

了乏

耳环

寡妇杨小莲被强奸后
沉默无语
连续三天把自己关在家里

第四天夜里
邻居看到她幽灵般出现在强奸现场

“你怎么还敢来这”
“我我我，我找耳环”

2013年5月18日

☞ *在天津《葵》盛典，初见了乏，他朗诵时采用省力又讨好的办法，就朗诵入选了《新世纪诗典》的两首诗，自然是很好的了。他自我介绍说，他是军人，并强调，现役的。我感慨《新世纪诗典》的诗人，这下工农兵齐全了。我的编选思想一贯“左倾”，深挖文学的底层和社会的基层，站在多数一边，站在好的一边，站在真正诗歌艺术的主流一边。本诗残酷，但愿无负面效应。*

惠建宁
诅咒

你死去　我会难过
我会怀念你　你活着
我会更加难过
我会唾弃你活着
我甚至会在你活着的
时候　就开始
怀念你

2013年3月26日

☞ *诅咒，一直是西方文学的一大母题（来自泛基督教文化），甚至是一种传统的诗体，中国人在这方面牵绊障碍多一些（中国人之写作现代诗，貌似是完成自我现代化的过程，其实是在补很多文明课），所以，我在读到这首《诅咒》时，有一丝莫名的惊喜。惠建宁是能够带来意外的诗人，而且每一次意外的方向都不一样，没有《新世纪诗典》，如此诗人只能窝在陕北。*

惠诗钦

犹太人

不再越过雷池
再不越过雷池
哪怕一步
哪怕仅仅一步
让那些统治阶级也孤独
让那些自诩超越一切的人
固步自封，无处超越

2013年3月11日

☞ *惠诗钦是85后女诗人，忽然来这么一首，令我小吃一惊。在世界范围内，关于犹太人的话题是说不完的，也是最不好说的，一味苦难化身写浅了，没必要写；写深了似乎又很难把握，很容易与政治正确与否发生瓜葛。本诗显然不属于前者而属于后者，小惠知难而上，语焉有点不详似乎也是对的。年轻诗人是否有大好未来，不能光看才气，还要看写作是否自觉。*

江湖海

方女士

高速公路服务区
我到厕所撒尿
槽板上赫然写着
方女士
附有两个手机号码
是尿槽隔板广告
我有些难为情
目光和尿线偏向一边
仿佛方女士
也难为情地站在面前
我睁开眼正要离去
发现身边的光头男人
故意调高尿线
对准中间的女字
我感觉方女士
在面前打着冷颤

2013年7月30日

☞ *初读本诗，我差点笑倒，心中笑道:“好个老江，玩着玩着，就玩成现代派了！”诗江湖那阵子，大家天天喊先锋，穷追作品冲击力，《新世纪诗典》强调一个“典”字，让一些同志忘了“现代”“先锋”这个茬儿了，但是老江没有忘，不忘者反倒会更得《新世纪诗典》的垂青！聪明人应当心里明白，我做选本必会大批量出人，谁做好了准备谁就会立于不败之地！*

西娃

底层人

一个遥远地方的诗人
进京办事
说顺便来见见我

酒至半酣
他告诉我
他炒过垃圾股，亏了
做过钢材生意，垮了
种过西红柿，烂了一地
写过浪漫剧本，没通过
……

我本想安慰他
说出口的却是：
如今的底层人们，怎么活
都难得活出一条路

“你，那你，是哪层人？”
他突然如牙痛
僵直的脖子扯动着牙神经

“还用问吗，我就底层人啊”

“哦”，他向我频频举杯
松懈自如的神情
像我没见过的上层人

☞ *江油夏夜聊诗，感觉西娃对口语诗很纠结，对写现实很抗拒，而在写作上她却不断得到这两者的好处……上帝（她的上帝是佛陀）会成全这种“分裂”吗？从写作理论上说是不会的，在我看来，现在她所得到的惠顾是因为她有写小说的才能，而“后口语”与小说片段的区别在哪里？其实也早有技术上的总结（我之“及物”与“不及物”），所以必须趁早决断。*

秦巴子

马

今天我看见一匹马
在街边停车位上
安静地站着
就像前面和后面
已经熄火的汽车
我走过去
拍拍马的脖子
它没有任何反应
甚至懒得看我一眼
它显然已经不再等待骑手
而我久久不肯离去
我意识到
是我在等

☞ *本诗来自长安诗歌节的近期某场订货。作者本人与知情同仁供认，本诗的灵感来自一张摄影作品，图片上是一头骆驼在停车场上……这说明了作者的敏感，但这还不足以构成这首好诗。懂行者会看出，本诗化用了布罗茨基的名句；原译者会看出，本诗还借用了布考斯基的杰作《冰献给鹰》的口吻（这种口吻对一位非口语诗人有较大提升），老秦用心修养之深厚由此可鉴！*

马非

仿佛他犯了什么罪

在编辑一本诗集时
一位海地诗人的作品
引起我的注意

如果我不知道他的祖国
是世界上最贫穷的国家
人民生活在水深火热中
我会喜欢这些诗

像英国或瑞士或芬兰
那些富裕的国家诗人
例如特朗斯特罗姆
写就的诗行

出于巨大的好奇
我还核对了他的履历
没错，是海地
看不出他去过别的地方

尽管我无权把他拿掉
还好在内心的书页上
可以抹去

☞ *国际题材在中国诗人笔下呈如此走势：上个世纪 80 年代靠臆想（王寅不就是因此而讨喜的吗？），新世纪玩现场，所以诗歌的发展也离不开国家的发展。马非写到的这位海地诗人，我在青海湖国际诗歌节的现场见到了，我对他的不满在于论坛发言他唱歌，诗歌朗诵他又唱了同一首歌，貌似有点浅薄，只是我们调侃他时要意识到他就是昨天的“我”，所以本诗好，标题更好。*

郑玲

当我有一天

当我有一天
消逝在你的右侧
不要给我盖厚土
还加一块石头

你不是怜悯我力气小么
那就薄薄地
盖上一抔净土吧
以便我被秋虫惊醒了的时候
扶着你栽的小树走回家来
看看很冷的深夜
你是否仍将脚趾
露在被窝外面

☞ *说起来有点历史的内伤隐痛。郑玲是继沈泽宜后，《新世纪诗典》推荐的第二位30后诗人。他们是我父亲的同代人，是我真正的父辈诗人，却令我踪迹难觅，作品难寻。郑玲老师近年曝光率不低，却被我忽略了，是连同官方主流诗媒被一股脑打入另册的。《新世纪诗典》在尽量消除民间对官方的遮蔽（丝毫无阻于官方继续遮蔽民间）。在我看来，郑诗有抒情的纯粹，且不小气。*

杨艳

计生

游小雁的老婆
第三胎
终于生下个儿子
刚出院
游小雁就把她送去结扎了
为此，村委奖励他们3600元
游小雁还跟我妈说了
月子中就去结扎
省得两次照顾老婆
省得花两次营养费

2013年9月4日

☞ 从哪天起，《新世纪诗典》推荐现场飞来一只“老乌鸦”，相信很多同行都注意到了。我注意到这只“老乌鸦”，是发现“它”评得准，说话靠谱。然后有一天我从邮箱的投稿中读到一组诗，觉得很不错，一股清新之气，然后我知道了，“老乌鸦”是个女孩，名叫杨艳。听说，计划生育会取消，至少标准会改，当这一切变成历史，本诗会不会读起来更有意思？

严力

不团结才是更难的事情

中秋前夕好友送我一张
月光下的座位票
并嘱咐
月光下不一定非要
思念亲戚朋友
更要享受个人的冥想
他还说
反正人类是一个大家庭
到哪儿都是与亲人团聚
不团结才是更难的事情

2013年9月

☞ *这一切并非来自刻意的安排。老严力发来一组新作，号称“交流”——我想他这么说是不想给我压力，但肯定有在《新世纪诗典》争取他的8.0之意。我看后，觉得最好的就是本诗，根据诗的内容，这才有了向大家祝贺节日的想法。那就废话少说，借花献佛，祝所有《新世纪诗典》的诗人和未来将入《新世纪诗典》的诗人中秋快乐！*

潘洗尘

去年的窗前

逆光中的稻穗　她们
弯腰的姿态提醒我
此情此景不是往日重现
我　还一直坐在
去年的窗前

坐在去年的窗前看过往的车辆
行驶在今年的秋天
我伸出一只手去想摸一摸
被虚度的光阴
这时　电话响起
我的手　并没有触到时间
只是从去年伸过来
接了一个今年的电话

☞ *一个月前，潘洗尘携家人游长安，我们有过两夜欢聚。前两天，他下榻的索菲亚酒店打来电话，说潘先生临走之际预订了一盒酒店特制的月饼给伊先生，希望我去取。哦，君子之交淡如水，甜如一盒月饼，现在我是吃着潘先生的月饼推荐潘先生的诗，一首表现中国诗人最为擅长的时空感的诗，一首东方智慧的佳作，特别适合在此花好月圆之夜来读，再祝大家中秋快乐！*

湘莲子

懂风水的同学说——

你家梳妆台的镜子
跟门对冲
不好
我急忙把镜子挪到床头
她摇头
镜子对床头
主凶
我吓得一脚将它踢到床尾
她摇头
镜子对床
犯冲
对窗也不行
犯冲
实在没地方挪了
我扯下脖子上的围巾
严严实实
罩在镜子上
她摇头
绿巾盖头
绿帽顶头
犯冲
我换了一条鹅黄纱巾
她掐了掐手指
摇头
你今年命犯太岁
冲黄色
我翻箱倒柜
找到一条红坎肩
她摇头
今年寡年
红

不能辟邪
你只能
摆个吉祥物
摆个镇魔的东西

里里外外
她看了又看
之后
她从书架上取出《曹操》
她把《曹操》从中部打开
压住镜子

☞《新世纪诗典》第900首，一个大节点，一次荣誉推荐。我根据如下标准选人：一、成名于《新世纪诗典》；二、精进的传奇；三、对《新世纪诗典》建设有重大贡献。结果，此人非湘莲子莫属，那便可再加一条，“中国创作现状最好的女诗人”（安琪语）。我不避嫌疑选出本诗的理由是它的文化含金量：这是真正表现中国人生活的诗篇，我们的哲学、神学在我们的日常生活里。

梁余晶

中国病

朱利安·法默
家住撒莱的非著名诗人
喜欢中国的一切
尤其是李白王维
喜欢得发了疯
一度住进精神病院
经过护士精心呵护
以身相许
终于回归正常
娶妻生女
家庭美满
只是偶尔疯病发作
竟去买了只中国灯泡
结果意料之中
头天晚上就熄火
摸黑给我发邮件
抱怨中国
害他好多年
你还不明白吗？我说
不要买任何made in China
这里一切都是垃圾
除了诗

☞ *来自朱剑的助攻。朱剑在助攻时多了一句嘴，说是欧阳昱的学生——放眼《新世纪诗典》，夫妻、情侣、兄弟、父女、师生、同学、校友、同事、同仁……盘根错节，关系多多，构成谱系，但我始终把握一点：绝不硬凑佳话，佳话自然出了，就要大肆渲染，因为里面一定暗藏诗的名堂。小梁的这首诗，我感觉就有老欧阳诗中那种可贵的冲动与无理，读来有种莫名的痛快。*

吴猛

一朵云的胎记

母亲告诉我
那云，真像我脊背上的胎记
我看不到自己的后背
我只能看那云
从无可名状到无影无踪
为了弄清一朵云的出处
我需要把头扬了再扬，抛向蓝天
我不想与太阳，小鸟，飞机有任何瓜葛
我只是为了找到那片带走我胎记的云
有着和我一样的身份和辈分的云

多少年来，我找了又找，昂首挺胸
直到我无法再追着母亲问哪朵最像
在母亲的坟前
在一片火烧云下
我的后背灼热着
那云，是分离还是在镶嵌
慢慢地，慢慢地
母亲摇着云走
笑着问我
哪朵最像

☞ 大家有所不知，我已经擅自修改了我自己定下的“读一首诗不能决定上《新世纪诗典》”的老规矩，已经有那么两三位，我就只读过他们一首诗，但也推荐了。本诗又是这样，作者就投来这一首，我读罢深感其好，按老规矩应该再问其要一组看看，现在不必了，这一首诗足以说明作者的才华、修养（很明显，他懂得炼字炼句）。等简历发来，惊讶于竟然是个90后。

闫永敏

来去自如

在路两边相对的位置
一边是保育院
一边是殡仪站
有人往东走，有人向西去
你在天上飞翔
他在地下游荡
我只想说来就来，说走就走

☞ *又要惊呼“天才”了！如果你像我一样，读了本诗作者一大组诗，几乎首首都是一个水平，让人左挑右拣很难选定（因为都好），你就会和我发出一样的惊呼。只是现如今，再遇“天才”时，我已经不像第一季那般兴奋了，因为仅就《新世纪诗典》而言，“天才”的流失似已构成一大现象，发现“天才”比“天才”的自持容易。那就从避免“一首游”做起吧。*

海岸

夜宿垃圾箱少年

南方某个寒冷的雨夜
五位少年，夜宿社区街头

垃圾箱，绿底白盖，铁质般冷漠
流浪的孩子们害怕寒冷
从拆迁工地上，收集一把烂木头
钻进垃圾箱，生火取暖
冷漠的城市任其自生自灭
良心失去了底线

南方某个寒冷的雨夜
五位少年，中毒蜷缩垃圾箱

他们的鼻孔冒出最后的白泡
柴火的光亮微弱，一根又一根
回家的灯火，伴梦中飞鸟的温柔
世界失去温情
惊慌的天使也折了翼
栖息垃圾的孩子找不到生命的出口

南方某个寒冷的雨夜
五位少年，殒命街头垃圾箱

2012年

☞ *身为复旦英语系教授，海岸既没利用好“复旦”，又没利用好“教授”，甚至没利用好“英语”，这是诗坛混子的看法，经我转述便成了夸奖，在正派之地《新世纪诗典》说出来便成了赞美。本诗给我们带来一个启示，就是如何“土事洋写”。为何“土事”经过“洋写”就变得不那么讨厌（这个题材有多少“土事土写”令人厌恶）？错位感—陌生化—拉开距离—站得更高。*

李振宇

天机已泄

小区门口
拎着两岁的小宝休闲

迎面碰到
儿时伙伴老吴
现在和我
一起跻身省示范性高中
玩命

老吴大学学习地球物理学
人类未来学
整天戴一副天文望远镜
乜斜双眼问
“暑假忙啥？”
我信口撂出一句
“不忙啥……反正也写不出天书。”

哪知老吴回敬我
“天书？我看你能！”

2013年8月23日

☞ *李振宇在第一、第二季连续搭了两年末班车（他从不少投，搭的还是真正的末班车）。第三季，他不用把自己搞得那么紧张了，现在正值第三季“中点”，他凭本诗上车了。他之所以难上，是因为现代意识和感觉上的欠缺，补上这一课，振宇还怕谁？本诗告诉你，他的文字功底相当扎实，字字有考虑，能写出生活的滋味。*

张甫秋

送葬者

逝者自己抬着纸花圈
走在送葬队伍最前面
回头说
别送了，我走了
别哭了，我听够了
别烧了，我用不着
别吹了，我不认识你们

白幡跟着人头飘了又飘
它送自己
也顺便送一程
他们

不止一次看见

2013年6月11日

☞ *8月天津《葵》盛典，张甫秋给大家留下了美好的印象，以至于大家忽略了她的诗。在过去的一年里，她的进步够快的，希望她能把这种状态一直保持下去。世间最脆弱的现象之一，一定有年轻女诗人的成长，我和沈浩波谈过这个问题，沈一言以蔽之："一当文青准没戏。"此言可谓重矣！说的是存在方式的问题，当然也内含三观。希望《新世纪诗典》的女诗人都能"诗"颜永驻！*

臧棣

每一分钟都很天才协会

梧桐树下的阴影中
麻雀的啁啾听上去
像卖西瓜的小贩看见城管来了，
把三轮仓皇拐进死胡同。
稍稍往里一点，狗屎和破瓶子
已葬送过暧昧的地头蛇。
但今天是幸运的，毕竟在湖南
已连续发生过那么多事情。
树荫下，马齿苋将生吃扩大化。
随便揪一把，就事关个人免疫力；
不习惯，就是真忘本——
显然，我不止是被蚂蚁误解过。
我检讨着生活的阴影和植物的阴影间的
每一个差别。每一分钟都很天才，
每一分钟都不该浪费在
被误解的阴影中。每一个阴影中
你面对自己时，都可能有
一个无法被生活的政治所败坏的东西。
是的，每个角落都会包含有
一个仅仅属于你的绝对的内容。

2013年7月24日

☞ *最近听到一句笑话：臧棣变成了知识分子中的“伊沙”。我听罢哈哈大笑，实则哭笑不得，心说：不就是骂了个把人嘛！有时候，我们未必上演的是卡通片，但是你会经常发现我们的观众是幼稚园的儿童，他们信奉抬头挺胸坐好手背后，好孩子最懂文明礼貌，只有坏孩子才说脏话才骂人。最近还有一个念头，只要伊沙的选本中有臧棣，没人敢说这个选本狭隘。*

蒋涛

我右手大拇指会咯嘣咯嘣地动

小时候
我姐姐的同学把我围起来
要看我大拇指咯嘣咯嘣地动
我就咯嘣咯嘣
她们很开心的样子
姐姐把我拉开
生怕我手指咯嘣坏的
刚才我试了试
还可以咯嘣咯嘣
我会带着它
去下个世纪
咯嘣咯嘣

2013年7月13日

☞ *蒋涛在长安诗歌节上朗诵本诗时，我脱口而出点评道："这是一首真正有效的废话诗。"等到从来稿中读时，我的感受有了较大变化，这哪里是什么"废话"呀？废话诗属于语言诗的大范畴，而这完全是一首生命之诗：咯嘣咯嘣，关节的声音、骨骼的声音、身体的声音、生命的声音、事实的诗意。蒋涛真的写得好，为什么写得好？因为他特别有诗意，他就是诗意本身。*

韩敬源

癌症病房

和岳父同在一个病房的两位病友
一个肺癌
一个胃癌
年级相差不大
六十上下
他们互相打气
要向对待战争一样对待癌细胞
要像战胜童年的饥饿一样战胜癌细胞
这让我的岳母和妻子心情很好
有一个间隙
三个病友的妻子和儿女都不在病房
其中一个说要不是为了他们
我都不想活了

2013年8月

☞ *尽管连续三个轮次，韩敬源都是最先抵达的80后诗人，也是目前唯一的80后6.0诗人；尽管《新世纪诗典》是显微镜、铁尺子，但我也不想宣布说韩敬源是80后第一诗人。贪图虚名，不属于伊门风气；制造虚名，不该是伊沙所为。我希望我的弟子们都能像我一样，踏踏实实写，写出真正的佳作、名作、传世之作。读罢本诗我无言，不想说什么，就像面对真正的生活。*

李岩

巍巍昆仑

这是个电影名字
这不是个电影名字
这是个老掉牙的故事
这也不是老掉牙的故事
这是一座山
这也不是一座山
这是个神话
这不是个神话
这是大地上走过一支灰色的队伍
这也不是大地上走过一支灰色的队伍
这是他们颂扬的神迹
这也根本不是什么神迹
这是个绕口令
这也不是个绕口令

2013年2月23日

☞ *无限精彩的力作！李岩公开朗诵过（记不住是哪一场朗诵会了），我不是一点没听出好，但我绝对没有听出这么好，怪他的朗诵比较差。被《新世纪诗典》擦亮的“老诗人”可谓多矣，最亮的那颗星是李岩，他也实在对得起那块银牌（今后完全可以争金），这一切皆因老李自己诗硬。*

四、在冬日的群山中

即使生命只是
上帝做出的鬼脸
也不能使我心
归于枯寂

——沈浩波

沈浩波

在冬日的群山中

在冬日的群山中
我感到坦然
如同置身
失去辉煌穹顶的废庙

对面圆顶的山峰
褪去金黄的僧衣
这肥胖的和尚，百无聊赖
晾晒着灰白的肚皮

残余的碎雪
有细微的光辉
人类的城市在远方
像遗落在大地上的风筝

谁有权利审判
人类中饥饿的灵魂？
落日像孤独的宗教
张开空虚的怀抱

即使生命只是
上帝做出的鬼脸
也不能使我心
归于枯寂

2013年

☞ *感觉大家在看着沈浩波，因为他被官方主流诗坛接纳了，还大有将其竖为一面旗帜的架势。大家在观其反应，内行自然会在写作内部看，看文本。我听到有人在议论他近期诗作的“改邪归正”。我本人是这么理解的，他过去十年冲得太快了，现在试图回到他忽略掉的一些点上重修，譬如本诗（我以为是他今年最好的一首），似乎是想重返里尔克和叶芝。*

徐江

希默斯·黑内

在加班的间歇看到这个人的死讯
说是今天
考虑读时午夜已过
应该说——昨天
更准
希默斯·黑内
早先我叫他“希内”
决不接受他们叫他“希尼”

每一个诗人离去的时分
烛火熄灭
大星在黑色天幕上晃了晃
然后稳下来
那是死
让新的人重新读起了诗
持久付出血汗
然后缓慢地
挪进空出的位子

当蝉声被蟋蟀取代
熏风开始把图章移交给凉爽
希默斯·黑内不再
名望不再
走狗不再
第三世界吸血的牛虻不再
贝尔法斯特的枪声不再
乔伊斯笔下勃鲁姆的猪腰子在
诗在

所以　上苍
请把一代代大师收去

正如你曾温柔地
送他们来

☞ *同样的感受：我从未叫过“希尼”，一直呼其“希内”，徐江改呼其为“黑内”，我准备改呼其作“黑泥”（既然我把伦敦改称了“蓝灯”）。这路诗可以统称为“致大师”，是徐江最擅长的一种诗型。知识分子们也喜欢写这路诗，徐江比他们先进的两点是：一、对大师有个人心得，而不是集体言志；二、有中国的接受现场，而不是从书到诗的读后感。请欣赏徐诗。*

（澳大利亚）欧阳昱

瓶中婴

喏，你看，我指着装蜡烛的小瓶子，对她说
她不屑一顾，继续把脸朝向别处
小瓶子漂浮着，有的亮着蜡烛，有的没有
我让她把浮到手边的一只拿起来，心里有点生气
那瓶，小得比想法还小，里面有一个baby
细若虫卵，旁边支着一支形状像蜡烛的蜡烛
她这时才如梦初醒，惊讶地看着浮游的baby
“啊”了一声，接着又“啊”了一声
几只装baby的瓶子，朝下方漂去
那么多baby，她说，是谁生的呀
瓶子没有声音，baby也是无声的
只有几只亮着，什么都不像

☞ *经过九百余日的精心打造，《新世纪诗典》业已成为21世纪中文世界现代诗人的实力榜。在这个榜上，你可以看到中文诗人的真正实力（而非笼统甚至错误的印象）。此榜显示，欧阳昱是目前身居国外的诗人中被推荐最多的自然也是实力最强的一位。本诗是其8.0，他几乎每一首都能带来惊喜，本诗也不例外，有一种奇妙的幽美，仿佛来自天堂，据作者自供：这是一个梦。*

左右

回声

有人敲门
我小跑过去，但是没有人

有人喊我
我不敢回头，也从未回

我的身体里养了一只很大的兽
每一天躲在声门的后面，阳光绑着我

声波有时很像我大伯心情不好时，吸着的烟斗
它会驾驶蜻蜓，从另一个世界来陪我

很想知道谁在说话。此刻又有人
从屋顶落下内心空虚的砖瓦和灰尘

我瞥见一只老鼠在燕窝外，深情回味
一只母猫“嗷嗷”的叫声

☞ *上帝剥夺了他的声音世界，便让他成为中文诗坛上声音写得最好的人——我说的正是左右。他的出现，在短期之内迅速打破了80后的秩序，这是他的5.0，到此他已经成为第八位5.0以上的80后诗人。才华是明晃晃的，左右是有实力的，但他本人一定要明白，伊沙与《新世纪诗典》并不等于诗坛的全部，这个坛子瞎子傻子多多，还会故意装聋作哑，你要独自学会坚强和忍耐。*

君儿

歌钟

头发越掉越少
我想好了
等到“全裸”时
我就去买个假头套
买个十八岁姑娘的外表
去大街上招摇过市
去陌生的远方开辟梦想
让假头套替我逍遥快乐
让假头套替我神魂颠倒
让假头套替我去挣钞票
让假头套替我应付填表
而真的我
秘密坚守一个秃女的谦卑与骄傲
身体变轻 灵魂出窍
那是我的血由红变黑
那是我的繁华在体内葳蕤

☞ 当君儿在天津《葵》盛典上一口气读出四个“假头套”时，我没注意小伙伴们反应如何，反正我被惊呆了！在现场点评中将其评为当晚最佳诗作之一，并为《新世纪诗典》当场收购。君儿的诗路整体上与“新奇怪”不染，但是当她偶一为之沾上这三字中任何一字时，她的诗作便会迸发出惊人的力量和炫目的光芒，个中原委，大有创作奥妙，耐人寻味。

宋晓贤

想象

想象空气
有颜色
蓝的，像工厂的烟
红的，像化学雾
黄的，像坦克
投入人群中的
毒气弹

想象水
有颜色
白的，像牛乳
绿的，像小球藻
红的，像被稀释的血

想象灵魂
有颜色
蓝的，像精灵
白的，像漫游的冤魂
金的，像弧状光环

幸亏
空气，水，和灵魂
都是无色的
故，哪怕是一丁点污秽
在纯粹的本色面前
都暴露无遗

☞《新世纪诗典》之伟大不仅在自身，它的诸多衍生物也是其伟大的组成部分，甚至比其本身更伟大——我说的是"《新世纪诗典》互动"。已经四百多天了，与《新世纪诗典》一样，一日不断，我多次说过，这是我最尊敬的一个诗人小组，他们的写作完全进入了无功利的大自在。其中首席诗人当属宋晓贤，凭其资历、名气、地位，貌似不该与新锐为伍，因此我更加尊敬我这位师兄。

第广龙

听我朗诵惠特曼

我热爱诗歌，惠特曼大胡子
用来生产，文字的风暴
啤酒肚，可以超强度发音
这是我迷恋的形象，在野性的井队
洗净油污的双手，我把一本《草叶集》翻烂
也会独自一人，用普通话大声朗诵
惊飞一群柳树上的麻雀，孤寂的大山里
只有冷表情的井架，是最忠实的听众
有时会晃动身子，为我叫好
一些老工人知道我有这个特长，会让我朗诵一段
像听戏，看热闹一样，大家很高兴
冬夜，《船长》从头顶的星河里驶过
活动房组成的狭小的营地，似乎也在太空来去
而一首《我歌唱带电的肉体》，听着最过瘾
里头的词和句子，好懂，也能激发联想
有的人，睡下后可以在被窝里手淫了
都是受苦的人，出死力气的人
都感到奇怪又能接受，我这个
在值班报表上写写画画的青年，多年后
他们还会对儿女说起，有个疯子
喜欢大声念诗，跟秦腔的调子差不多
这话，当时就在我背后说过
当时我就没有在意，搬铁疙瘩的黑日子
磨损着我，我的心，和他们一样粗糙
一样经得起摔打，惠特曼陪伴了我
也能给大山里的一帮粗人，带来阵阵笑声
惠特曼就是个好人

☞ *通过《新世纪诗典》，我们正在创造一种先进的诗歌文化，我们也建立起了一种独特的诗歌生态系统：《新世纪诗典》每天的日落是李异的酷评（那是他的婚纱影楼打烊的深夜），日升是第广龙一生的“喜欢”或“拜读”（那是这个暴走狂人在暴走后提前抵达办公室的凌晨）。老第是真正的石油工人出身，近期他开始“动真格的了”，书写“生命作”，本诗是其中最出色的一首。*

小麦

风景

一辆皮卡
四个诗人
后面车厢
还有两个
对一份诗稿
在争论不休
陪他们的
是一辆
默不作声的
自行车
皮卡穿街走巷
诗歌一路叫嚣

☞ *小麦从 1.0 到 2.0 用了相当长的时间，感觉都把自己熬老了，关键还是一个现代意识的问题：从生活到诗歌的现代意识——这一关不扎扎实实地全面过掉，你活多老混多大都得出问题（国庆长假期间发生于新浪微博的“《哭庙》之争”其实便是这个问题在多人身上的一次大暴露）。让他实现艰难突破的本诗，貌似童话，却再真实不过——我看中的就是这种真实感人。*

邢非

气泡

这个不知从哪来的女人
头发散开
往湖里走
水漫到腰，又折回来
冲我喊：快滚！滚回家去
这有鬼，咬死你
我吓得躲到树后
过一会儿，探出头
水面上一个大大的气泡
那年，我七岁
从此记住
每一个气泡下面
都有一个美丽的生命

☞ 邢非 1.0《收废品的男孩》推荐时间是 2011 年 10 月 17 日，距今已快两周年。事实上，《男孩》推荐后很受同行与读者的好评，这种好评还一直绵延着。照理说，前一首有响动者，后一首就容易上，但是我一直未接到过作者来稿。本诗还是来自徐江的助攻。有这么一个道理（《新世纪诗典》也信奉）：你把自己不当事儿（或当大爷），世界就不会把你当回事儿（它本是爷）。

黄仁锡

一二三

那个年纪跟我差不多的人
拿着一本书
站在街口
反反复复地念着
一二三
一二三
一二三
……

一些大人学着老师的样子问他
一是什么一
二是什么二
三是什么三
他像小学生一样毕恭毕敬地回答
一是一二三的一
二是一二三的二
三是一二三的三
一些小孩子看到大人们这样
也学着这么问他
一是什么一
二是什么二
三是什么三

而他依然像小学生一样
毕恭毕敬地回答
一是一二三的一
二是一二三的二
三是一二三的三

2013年7月6日

☞ 中文口语诗发展到21世纪，大体可归为三大流向：一、为人生的诗；二、为语言的诗；三、为文化的诗。第一种是我所理解的“后口语”，是当前真正的主流，也是《新世纪诗典》的主流。我貌似轻视后两路，不然，说这话的人估计忘了我是《结结巴巴》与《唐》的作者。有没有兼而有之者？当然有，我以为本诗就是前两路的完美兼容，既有语言之妙又有人生之思。

来小兮

出城记

向东走，走到我的母亲，
她的睡眠在尘土下，轻如草芥。
向南走，走到我的父亲，
他异乡的左腿，有老下去的城堡与啜泣。
向北走，走到我的儿子，
我喜泣世界的源头，这个世界的源头。
向西走，走到我的爱人，
他大海的低垂眼眸，向我涂抹更多关于黑的意义。

2013年5月9日

☞ *通向《新世纪诗典》最便捷的路就是——投稿。我要把复杂的问题彻底简单化，我平时不读当代诗，就是为了每半月两晚上，在茫茫稿海中捞金针的敏锐、果敢、决断。本诗就是我捞上来的金针，此前我对作者一无所知，拿到简介、照片后仍所知寥寥，但有这首好诗就够了，而且它是在整体水平不俗的一组中选出来的，从诗中我看到了作者的经典意识和并不缺少的创造性。*

冯谖

矿工与茶叶蛋

事实上，他们是
刚刚下了早班
找到一家面馆
让过度绽放的身体稍事闭合

两块五毛钱的手擀面
他们舍不得再加一点儿浇头
只要了一颗
跟肤色相近的茶叶蛋
幸福地囫囵起来
他们把蛋和面汤剩到最后
像是在提醒自己
不能将这黢黑
传到妻子待产的腹中

☞ 网络时代有据可查。从今年1月2日到9月22日，冯谖向我投稿11次，本诗也曾被我pass过，原因我也想得起来，当时在同一批来稿中我已经选出了天狼超好的一首写矿工的诗，不想在短期之内有题材上的重复，就将本诗粗暴地pass了，但好在作者又顽强地投来。至于他90后的年龄，那是收到简历后才知道的（《新世纪诗典》的一大公平），于是更加惊讶，为他击掌！

宋宁刚

黄昏是美好的

黄昏是美好的
太阳从满是雾霭的城市边上沉落是美好的
下班回家是美好的
向不很熟悉的人打招呼是美好的
经过一群穿粉色T恤的中学生身旁是美好的
小店铺里美丽的少妇教女儿一起做保健操是美好的
有序的行进是美好的
汽车低沉的鸣笛是美好的
在绿灯的保护下穿过十字路口是美好的
公交车开进站台是美好的
人满为患的车厢　送进清风是美好的
透过车窗玻璃看到另一辆车里安详的表情是美好的
孩子在老妇的怀中熟睡是美好的
修地铁时女民工走出铁皮隔离区擦脸上的污垢是美好的
住宅区里响亮的炒菜声是美好的
一碗淡淡的玉米粥是美好的
红而多籽的石榴是美好的　小个子的苹果是美好的
撇开这一切　在夜晚的灯下
读《定西孤儿院纪事》《夹边沟记事》《古拉格：一部历史》
是美好的
为了压住晕车的恶心深深喝一杯水是美好的
抬起头来听窗外无边的宁静　感到自由是美好的
不必担心这些微末的自由被剥夺是美好的

☞ *宋宁刚是《新世纪诗典》诗人雷默介绍到长安诗歌节上来的。他在第119场（公开场）朗诵中凭借本诗一举拿下“最佳作品奖”，现场唯一的评委便是本主持，奖品除了《新世纪诗典》金牌诗人秦巴子一帧书法作品，便是《新世纪诗典》今日的推荐。我之所以看好本诗是因为深知这种准排比句铺陈的全景诗不好写，它形式上的单调迫使诗人必须在单个特写镜头中见精彩，见功力。*

马梦

无法回到春天的女人

中午醒来时
谢慧躺在床上
一边抽烟
一边看着窗外刺眼的阳光
怎么也想不起昨晚在哪个酒吧
又和哪个男人
去了哪个宾馆
一直到怀孕
谢慧都不知道
孩子的父亲到底是谁

孩子的父亲是谁
其实并不重要
重要的是
谢慧连续打了二十个电话
都找不到人为她打胎
快过年了，谢慧挺着大肚子
在火车站走来走去
再也无法买到
返回春天的车票

2013年9月

☞ *我们说一篇小说写得好，像诗一样。诺贝尔文学奖给莫言的颁奖词写道：他是一个诗人！诗之好被别的文学种类拿走，便成全了别人的至好，诗却清高得像个公主，于是便成了老处女。有人不想变成老处女便主动去拿别人的东西，从小说、戏剧、稗史里拿，这就是后现代的诗，在中国体现为后口语，所谓“拟小说”或“小说化”，马梦的这首诗便很好地体现了如上的特点。*

鲜丹

占椅子

自习室少了
一把椅子
其实是一件很小的事情
自习室有那么多把椅子
长得都一样
如果非洲死了几个人
你也会觉得没什么
因为
他们长得也都一样
可是少的这把椅子
就在我的座位旁边
这下可好啦
每天我一不注意
我的椅子就被搬到旁边去了
我只能在我的椅子上
也贴了一张纸条
不然
我能怎么办呢
白天我找不到丢了的椅子
正如晚上非洲难民找不到失踪的伙伴

☞ *太好了！不是吗？我们的90后诗人都知道“曲径通幽处”“悠然见南山”的高妙手法，诗坛奔五的“著名诗人”却只会直奔主题去哭庙、句句图解喊口号！上述手法在其笔下又表现为一种后现代式的迷人的散漫和絮叨，其用意若隐若现隐藏在后面，厉害！对劲的生命状态胜过所有文化图谋上的处心积虑。祝贺鲜丹（我喜欢你的名字），17次投稿终于投出了杰作！*

东荡子

让他们去天堂修理栅栏

鱼池是危险的，堤坝在分崩离析
小心点，不要喊。不要惊扰
走远，或者过来
修理工喜欢庭院里的生活
让他们去天堂修理栅栏吧
那里，有一根木条的确已断裂

☞ *《新世纪诗典》创办两年半以来，东荡子是第一位去世的《新世纪诗典》诗人（此前去世者都是在后来入选《新世纪诗典》的）。在此，请允许我代表《新世纪诗典》为他送行，用《新世纪诗典》特有的方式，在此隆重推荐其遗作。本诗是他通过新浪微博发布的最后一首诗，一如顾城、海子死前，他最后的几首诗也出现了创作上的回光返照：一个纯诗写作者，忽然变得有话要说，谶语迭出！*

李成恩

招魂歌咒

我在旅馆的梦里
隐隐听到了招魂歌咒

“我把肉体寄存给泥土
要的时候你可得还啊

我把骨头寄存给石头
要的时候你可得还啊

我把鲜血寄存给江水
要的时候你可得还啊

我把脑浆寄存给雪山
要的时候你可得还啊

我把体温寄存给日月
要的时候你可得还啊

我把体温寄存给炉火
要的时候你可得还啊

只有心我得自己带走……”

我醒来后
推开窗户
看见雪山缓缓移动
一条薄薄的河流
像是从我的梦里流出

我的魂魄
游走了？

还是回来了?

我守住了
一颗沾满灰尘的心
但我的魂魄
寄存在哪里?
谁又能还我?

☞ 李成恩在投稿时写了一句话,“伊大侠我最近写了些口语诗请多指教”。我想这说出了一大误解,并且这误解肯定不在少数人。《新世纪诗典》不是“口语诗典”,李成恩以往的两首能够入选不是因为它们是口语诗,今天第三次入选也不是因为本诗是口语诗(口语得很不够嘛,口语是摇滚加民谣,这首是民歌加说唱),而是因为它们是有个人有感觉有心跳有冲动的好诗。

南人

后半夜

后半夜
月光在扫着大街

2013年1月22日

☞ *如果我们把《新世纪诗典》比作一颗越滚越大的雪球，那么什么样的诗是这颗雪球的心？如果是在第一季，我愿意说是孟浪《致从20世纪走来的中国行者》；如果在第二季，我愿意说是本人《有一年我在杨家村看见一个闲人……》，那么此刻我愿意说是本诗——一首绝妙的经典纯诗！完全超越了老《诗典》选过的形式启蒙佳作——于小韦《火车》，它有强大的精神内力。*

西毒何殇

第三者

我和我的妻子
出了问题
我看不见她

是谁充当了我们之间的第三者?
是雾霾么?
鼻息吹不散它
是镜子么?
我们都照不出自己
初始的表情
难道是一头体型庞大的公牛?

是谁?
让我看不见她
不是白内障式缓慢地看不见
是一下就不见了
可我知道
她还在那里
一定是有什么东西
挡住了我的视线

不是海
我听不见撕裂
不是一粒沙子
我还没有揉红眼睛
就算是一块苍穹无端坠落
也该有尖利的鸽哨声

究竟是谁?
在那里
像个微型黑洞

扭曲了我们相约亘古的时空
顺便
吞噬了爱情

2013年9月10日

☞ 这是不久前我为西毒何殇撰写的颁奖词："他是80后诗人中文化素养最为深厚、文学准备最为充分、综合实力最为强劲的一位，雄心勃勃，后劲十足，佳作迭出，特授予第六届珠江国际诗歌节陕西新锐诗人奖。"本诗又一次证实了我所说的——诗中有个人生活，有真正的生命之重，有正视的勇气。他的意识和境界，非同代诗人可比，绝大多数本国同行尚不具备。

轩辕轼轲

首都的发型

近百年首都的发型
一直很新潮

起先留光头
把白云擦得锃亮

后来留大背头
把乌云梳在脑后

再后来
把白云乌云都染黄了
直接烫沙尘暴

2013年8月13日

☞ *我看今天的城市空气质量排行榜，首都北京名列下游，空气质量之好，甚至好于西宁，真的吗？是这样的吗？挺怕见诗人们写社会公共题材的诗，那往往意味着诗人们大展败作的时候到了，不料轩辕轼轲的这首诗却带给我极大的阅读快感，太逗了，太好了！*

余幼幼

目妄见

我是个
消极的乐观者
乐观的悲观者
悲观的自由者
自由的自闭者
自闭的幽默者
幽默的抑郁者
抑郁的理想者
理想的堕落者
堕落的抵抗者
抵抗的沦丧者
沦丧的革命者
革命的荒废者
荒废的坚持者
坚持的失败者
失败的中庸者
中庸的极端者
极端的怀柔者
怀柔的镇压者
镇压的前进者
前进的退缩者

每种身份都足以证明
我不会是一个
快乐的人

☞ *去年在大理，《天涯》前主编李少君对我说，最早推出余幼幼的是他；今年在江油，《星星》现总编梁平对我说，余幼幼是《新世纪诗典》推出来的。我都一笑置之，不论面对“抢”还是“让”，《新世纪诗典》都一笑置之。余幼幼如今已成 90 后诗群的一面旗帜，《新世纪诗典》不能贪天下之功为己有，关键在于其自身的才华与努力，她仍有感性的佳作，但我偏偏选了一首理性的。*

邢昊

李翠梅

李翠梅，还记得那次吗
我们来到打谷场上
当时飘着鹅毛大雪
我用雪给你修了座城堡
那时你才十一岁
我给你修的城堡棒极了
你还帮我修了半天呢

李翠梅，我们回家的时候已经很晚了
城堡渐渐冻得硬邦邦的
我们都说它永远也不会融化
那天真的是太晚太晚了
李翠梅，我发现你的脸蛋
冻得像熟透了的苹果
我好想一口吃掉它啊

☞《葵》盛典上，邢昊朗诵了本诗，我当场订货，迟迟不发货，是怕距他上一首时间太近，读者没有新鲜感。它是口语的，又是抒情的，最关键的，我在这首诗中听到了久违的质朴！诗江湖时代的邢昊爱发狠，《新世纪诗典》时代的邢昊，他的几首佳作往往出在回软的后退一步中，“哭庙之争”中有人想把“先锋”简单粗鄙凶狠妖魔化，殊不知先锋诗人们在此的积累已经厚如长城。

黄开兵

县里来人

正在田里收早稻的村长
丢下镰刀
匆忙吩咐婆娘：
你看着点
狗日的！县里来人

村文书找到蛇王罗保三
急急询问：
手头可有毒物？
狗日的！县里来人

村支书扯着嗓子喊开会
在村口大榕树下来回踱步
嘴里低声嘀咕：
狗日的！县里来人

2013年8月1日

☞ 如果你问我，哪些《新世纪诗典》诗人进步最大？我将毫不犹豫地回答你，参加“新世纪诗典互动”的诗人！道理太简单：一天不练自己知道，两天不练同行知道，三天不练观众知道。他们是天天练功的专业演员，事实正是如此，黄开兵就是一个明显的例子。他的这首诗比第一首推荐诗进步了多少？本诗将一种美学和语言上的不可能变成了大可能，胜过多少假大空的所谓“力作”。

黑河

钟点工

吴妈今天迟到了
昨天按点走的
今天到点还没来
昨晚九点上床睡下
今早九点的闹钟
却没有按点叫醒她
一直没有叫醒
闹钟就一直响个不停
所以，闹钟再次响起
他的家人
关了它

☞ *黑河当年就读于西工大，好像也属于“解放军”。黑河当年的诗写得乱，人又属于好孩子——我对诗歌上的好孩子不放心，好孩子一般都要行大路，大路上遍布毁诗灭人的陷阱。2008 年，我们在汉中见过一面，似乎已经行在大路上。所以此次黑河突然来稿，我抱的希望不大，于是便喜出望外，这才是正路上的小诗。是的，诗要写小，才能写好。*

程涛

1983年的那棵树

阳光划破雾霾
艰难地打在
北豆角村
那棵村头的老树
我站在斑驳的铜钟下
耳音鸣响
倒影柔软迷茫
漫过了田埂
淹了你家的田

1983年
我不记得
抽过谁的烟
我不记得
待在这儿等谁来
我不记得
谁栽下这棵树
在历史悠久绵绵流长的北豆角村
我不记得
我是谁

但我还是记得的
我常常用锄地代替打架
种下的玉米疯狂生长
长出了胡须
长出了甘甜
长出了菜钱盐钱和烟钱

只是一场大城市的焰火
带走了我们的户口本
我记得

1983年的秋天
全村失眠了五天

1983年的寒冬
我们都成了市民
我顺手埋了一封信
在1983年的那棵树下
在离开了北豆角村之后
我是谁
又有什么关系

2013年8月28日

☞ *我与程涛20年间的两次见面属于这个时代的美好故事。20年前，我应邀去一家电台做节目，见到了他；20年后，我在《新世纪诗典》诗人蒋涛《东京不热》的首发式上再度见到他，他已经变成了诗人……故事美好得像一个童话，但它是真实的。本诗写的是“农转非”的历史，这种题材竟然也能用诗表现，中文现代诗已经有了一个多么强健的胃。*

娜夜

云南的黄昏

云南的黄昏
我们并没谈起诗歌
夜晚也没交换所谓的苦难
两个女人
都不是母亲
我们谈论星空和康德
特蕾莎修女和心脏内科
谈论无神论者迷信的晚年
一些事物的美在于它的阴影
另一个角度：没有孩子使我们得以完整

2012年3月22日

☞ *《新世纪诗典》两年半来，娜夜是迁徙最频繁的候鸟。第一季，她是甘肃诗人；第二季，她是陕西诗人；第三季，她是重庆诗人。我们在长安诗歌节上欢迎她来陕的记忆犹在眼前，就该欢送她随夫赴渝定居了。在欢送会上，她朗诵了本诗，令我有深深的感动。其实，诗的立场、观点都不是最重要的，最重要的是你作为一个人是否动了真心，以及表现的才华如何。*

如也

望远镜

公元一九七三年，我妈肝癌晚期
她叮嘱我的哥哥和姐夫
一定要给我买到望远镜。那天他俩
在武汉三镇转悠到天黑
终于买了回来。花了九元钱
（迄今姐夫还絮叨：那年头九元钱
可供一家人过一个月）

我的名字叫四清，同名者成千上万
（年纪当然跟我差不多）
少时总有大人摸着我的脑袋戏问
“你到底是四清还是四不清？”
我也实在是拎不清这个什么运动
后来我查史料
四清运动：政治清　经济清　思想清　组织清

我用过很多笔名，比如石清——
清泉石上流嘛。不满意户口本上的名字
但也凑合着像一对怨偶过着这辈子
这个“十一”长假我原打算去南华寺
问问六祖关于风动还是幡动的真谛
想想那么多人的涌动也就算了不去了

回到望远镜的话题
今年我女儿考上艺术学院
新生见面会在学校的音乐厅
我瞒着女儿溜进去坐在最后一排
我想得给她买个望远镜
把我年少时看月亮上的兔子的快乐传给她
丫头听说后嘻嘻道
“我用望远镜偷窥男生洗澡么？”

☞ *我在我不知道的名下“挖掘新人”(《新世纪诗典》编选中最有创新性的闪光点),初读本诗我就感到这不是出自“新人”之手,而是又一个被诗坛忽视的老家伙,拿到简历一看,果然。此人住在珠海,我也知道三四个珠海诗人的大名,貌似在坛子上还挺活跃,但打死他们也写不出这么一首好诗。中国有多少座城市,全城最好的诗人是无名英雄,是这座城市的秘密?*

云贵

大人们只相信的童话

我听见狐狸说话的那一年
也看见了会走路的长颈鹿
对，只用两只脚走路的长颈鹿
像我一样
我向大人们说起这些事的时候
他们一个个都大声笑起来
我知道没有人会相信我说的
狐狸会说话
长颈鹿只用两只脚走路
但是为什么
大人们都会相信明天的自己
一定会成为富有的国王
那个坐在寂寞城堡里的国王
我不想当

☞ 一首童话色彩的诗，写的既是历史又是现实。有些东西似乎一直没有改变过，而有些东西已经改变，比如 90 后诗人出现在《新世纪诗典》已经不会令人惊讶了，构不成新闻。我注意到他们的学历都普遍较高，而在我们 60 后那一代，创作和读研究生似乎是两条不同的路，于是才会出现由技校生提出“知识分子写作”的滑稽现象，到 90 后这一代，哪怕是博士后大概都不会提了。

陈玉伦

河

已经过河的人
在水面上放一棵灯芯草
他也没有船
波光粼粼
我听到他说
“过河可以
但别用一生”

☞ *诗不是不可以朦胧，口语诗也可以写朦胧，但得是自觉的真朦胧——真正的朦胧在于诗的意境，而不是用一些似是而非的句子拼凑在一起，然后不负责任地推向读者：你爱咋理解咋理解。本诗写得朦胧又好，它的感知点是足够的，甚至遍布于全诗，但是整首诗又散发出一种明显的朦胧美。《新世纪诗典》第一季上市后，为什么销得好？“读得懂”是读者的普遍反映。*

旻旻

他世界（节选）

15

静穆的午后，尘世在风暴中衰老
走吧，亲爱的陌生人
脱下华丽的鞋子
我们将不再迷路
在时间扇动羽翼的地方
是长尾巴红松鼠静谧的家园

17

夜色里从墓中走出的男子
他身穿黑衣，神秘优雅
他明亮忧郁的眼中
开满妩媚的罂粟花

18

空中飞过的鸟和大地爬行的甲虫
无一不让我着迷
我不厌其烦一朵接一朵画着小蓝花
她们在月光下陷入空白的梦境
这一切使我的灵魂越来越轻
并散发出淡蓝的香气

60

她在芨芨草丛中沉睡

请不要打搅她
请拿走那杯清水
以及水里守口如瓶的爱情
请把白天和云彩也拿走
只把黑暗和镜子留下

62

瓶子打碎了
空气里全是，爱的味道
在黑暗中争先恐后地逃
烈火在一边，洪水在另一边

63

每一个夜晚，我依旧光着脚丫
在水面上徘徊，月光打着拍
和鱼儿起舞。亲爱的
我深林里的独角兽，你还没来
那么多星星，全掉落水里

65

关于爱的秘密
亲爱的，她在一滴水里
在月色之下
她坐于醉生梦死的火焰中
以颠倒众生的蜜语甜言
娓娓道来

66

岁月里温暖的事物
是雨后落下的彩虹碎片
是迷失时，头顶星星的微笑
是黑暗里彼此守望的心情
和相逢时，偷偷相拥的眼睛

71

陌生人快乐地逃跑了
他目睹爱人的眼泪
他睡在鲜花之上
鲜花开始枯萎
陌生人忧伤地逃跑了
去往他的世界

☞ 我再三重申，《新世纪诗典》并非“口语诗典”，而是“好诗典”，只是在中文现代诗的21世纪，口语诗人云集，写出的好诗多而已。其实在目前情况下，好的意象诗和抒情诗反倒容易凸显，也就容易上——关键是要“好”！如本诗。旻旻的诗是好的意象加抒情诗，意象精准，味道纯正——不要光记得我是口语诗人，还别忘记我译了那么多西方正典，我说话是负责任的。

侯马

蚯蚓的歌声

暗夜，蚯蚓用粪便建造了金字塔

这人类难以企及的精良的盾构机
它只有一个意念就是吞咽
它只保留一个器官就是肛肠

但是，当它在柏油马路上面临毒日
升起时水分消失殒命的危险
它依然把救援的手视为加害
蠕动的身躯竟然可以弹簧般跃起

它说沉默是金
它入土为安乐窝
它是不长胡须的法老
恐怖的双面双尾人

它可以但实际上不同自己做爱
但它绝对不能一分为二哪怕平均
它保留吸血家族的古老习性
为星球打工，替蛇还债

我的诗人兄长宋晓贤接受绰号蚯蚓
他最早告诉我说沉默是金
但我听到他一度以祈祷终究还是以梦为歌
我在秋夜大自然的合唱中分辨陌生之音

那把发声器官和裹尸布合为一体的正是蚯蚓

2013年10月5日

☞ *看到侯马这首诗，作为老同学、老朋友，我感到很欣慰。这两个多月来，我和老 G 在重译莎士比亚的《十四行诗》，他一定在偷窥。本诗明显受到“莎士比亚体”影响，虽然它不是 14 行而是 21 行，一是每个句子之内，词与词的衔接明显紧了，让句子变得结实；二是有不严格的押韵，让诗朗朗上口。北师大本来就学风正，我和我朋友构成的小圈子更是面向世界从善如流，甚慰！*

唐突

1974年春天的寻找

大巴山的映山红
开得很艳
轰的一声巨响
悬崖上飞起
乌鸦和锦鸡

他的脑袋和胸脯
在荆棘丛中
双眼圆睁
胸前还在冒着热气
他摊开的手掌心里
趴着两只大黑蚂蚁
另一只手
还紧紧握着
一截燃烧过的
导火线
他的一条腿
是从石头下拽出来的
另一条腿
在汪汪的山泉旁边
他的肠子
缠绕在
一棵松树上

两个小时之后
我们终于
基本上
找全了他的尸体

2013年4月24日

☞ *老唐最近一组来稿未选出，但我记得他5月来稿还有的可选，重读果然。但如果他此次不来稿，我也不会去重读他的5月来稿，这便是《新世纪诗典》目前的选稿规矩。是的，它越来越有规矩，越来越是一把坚硬的铁尺子，打造出中文诗歌真正的实力榜。不是我不明白世界变化快，老唐的同龄诗人在组建“保守派”准备“守成”，老唐在给90后抬轿子，专注写诗，我蔑视前者尊重后者。*

唐果

玻璃杯里的妖精

玻璃杯里的妖精
化成轻烟去了
我喝下它的肉身
她的临终遗言是
“咕　咕　咕”

☞ *一个选稿经验与《新世纪诗典》诗人分享。我希望看到你们通过一组诗来展示你们不断增强的功力，但每次我都会选出开花结果的那一首，而不是最体现功力的那一首，因为功力的增强不是以展示为目的，而是为了开花结果。唐果此次来稿，让我再一次体会了这个经验，因为她是功力不断增强同时又不丧失灵性的诗人。灵性确实会随着年龄增长而渐趋迟钝，就看谁保护得好。*

老德

袋鼠

此刻　我把儿子
想象成了一只袋鼠
他在墨尔本的马路上
欢快地蹦着　有时
也会乘车去悉尼
但他从不进悉尼歌剧院
那里人满为患　每个
袋鼠手里都牵着一个淑女
他说　这样太缺乏鼠性
况且　歌剧的尾声部分
袋鼠的生存空间
越来越小　人人自危
好在暑期将近　他可以
打点行装　回国
一出香港机场
他又将变成一个猴子

2013年6月6日

☞ *老德古道热肠，交友广泛。我永远忘不了，在我编《被一代》那年，老德酒后给我打了一个"托孤"式的电话，他说："这次你一定要把这两个老家伙推出去！"可以告慰的是，其中一位是唐突，《被一代》未遂的，《新世纪诗典》做到了。实话实说，在老德朋友中，好诗人坏诗人皆有，我希望他的诗坚定地站在像唐突这样的好诗人一边。本诗是典型的现代抒情诗，所有的叙述旨在抒情。*

魏风华

上铺

躺下后
觉得真舒服
在火车的上铺
伸一下腿
翻个身
听下铺的人
谈论国家大事
或发个短信
看看充满色情的
法制小报
直到熄灯后
才感到
有什么不对
那骤然而生的恐惧
不仅仅是因为
车厢里升起的
无边的黑暗
更因为
那看不见
但就在眼前的
低压的车顶
让我一下子
喘不上气来

☞ *请问同行：你有没有过别人替你写了一首诗的感觉？我之所以发问，就是断定每个诗人都会有，那么你是否还记得是哪些诗？有着怎样的情景？如上感慨来自本诗，初读时第一感受便是，魏风华替我写了一首诗。在那些年乘坐火车的记忆中，上铺所给予的这种威压感相当强烈，令人难忘，曾多次想写过，但每每忘记了。你没写，终有人会写，所以好多诗人都知道要“抢写”。*

琳子

夜里两点

睡不着
就看时间
手机里的电光可以触摸
时针的撞击显示这世界的任何一处
都有生命迹象
是的，就连灯光下的粉尘也是恋爱过的粉尘
是狂舞过的粉尘
它们现在正被路人践踏

你仅仅是一个口渴的女人
是浑身瘫软的女人
因为梦和突然惊醒
你披头散发
你闭着眼睛叹息，多么干旱
喉咙里的肿块比拳头还大
马上会有一场大病
马上会遇到艾灸和输氧
夜里两点
我开始弄出声音
我开始向黑暗深处放出我身体的全部
轰鹅一般

2011年10月30日

☞ *琳子不发则已，一发就是30首诗，其中有10首都很好。读稿时我想，如果琳子能够将这10首里的好集中在3首之中，她就是中国最好的女诗人（此后座一直虚位以待）。正因为她有这个实力，她明显的不平之气就是有理由的，我的经验是，将不平攥成拳头作品打出去。我其实很少羡慕他人的诗句（尽管我译过诸多大师），但本诗最后一句，我想占为己有。*

独禽

打蛇

三楔子爱打蛇
快七十了，打蛇无数

三楔子放羊
有一把像蛇一样的鞭子
甩起来啪啪作响
看见蛇，一鞭子下去
蛇就像鞭子一样了

一对交股七寸蛇
飒飒作响，向三楔子游来
一鞭子下去，没打准
两鞭子，三鞭子，四鞭子
都没准，三楔子害怕了

撇下羊群，急急往家跑
路口上，树影下
他看见了两条蛇，在交股
三楔子躲了，换了一条路
回到家中，他没说怕蛇

三楔子病了，高烧不止
梦中大呼打蛇
看他的人还开玩笑说他打蛇上瘾呢

不到七天，三楔子死了
死状如中蛇毒

2013年6月25日

☞ *我本想像惠氏父女那样，给独氏兄弟也来个联展，怪哥哥独化不给力，新佳作跟不上，弟弟独禽只好单飞了。这就是《新世纪诗典》，佳作来了自不放过，但绝不将就。小车司机独禽，在诗坛传说中成了大货司机（更酷），《新世纪诗典》的"司机诗人"，无知鼠辈哪里懂得。我对这些职业身份的强调，绝非旧时代推举工农兵，我深谙这些"非文人化"的作者会给诗带来有益的异质。*

叶子

案底

大水下来了，带着
土。树（或曰木头）塑料
避孕套和　针　唯独没有带人
我开始拨打110
喂　是110吗　桥洞发现一具男尸　诗　屎！？
非本地户口　身份可疑
请求予以
验证

朋友捅捅我“喂
你报假案呀……”
我用目光计算着距离
说来得及
等他们赶来
我正好卡在那里

☞ *报纸登出了叶子照片，引来鼠辈一通讪笑，我回帖说：“这个农民写诗，把你们全都灭了！”哦，这是一个怎样的农民？这是一个走南闯北过的农民，一个饱读诗书的农民！你看看他写的是什么？来自中国大地乡土的超级的黑色幽默！在中国，只有假扮乡土范儿的伪农民诗人，才作面朝黄土背朝天状。真正的农民诗人是天才的个体。*

袁源

接了一个电话我就迷路了

我在大路上
笔直地走着
一个电话打来
边接边走
打了很久
挂掉电话
我惊呆了
完全不知
身在何处：
但见树木葱茏
四面合围
桂花馥郁
香气缥缈
亭台错落
流水叮咚
游鱼无心
不辨东西
一株松树下
有人在读报
问之不语
凑过去一看
那报纸没有日期！
我拔腿就走
误打误撞
回到旧路
一点也想不起来
刚才的电话
是谁打的
也不记得
都说了什么

2013年9月26日

☞ *最近两场本城举行的大型诗歌活动，我见到的“新鲜血液”是叶子、袁源，这令我颇感欣慰。稍早一些，他们还没有机会在这样的场合抛头露面；曾几何时，这些机会被一些现代诗从未入过门的官文场混混们占据。混混操盘，混混当道；天才坐镇，天才辈出——不光陕西，整个诗坛都如此，好在《新世纪诗典》加大了正能量。本诗是典型的现代诗，写的是现代人的情绪。*

春树

他发来一段雨声

他发来一段雨声
他在国外
并不孤独也不寂寞
他和领导在一起
大领导和小领导
他搬家
他所在的地方正在下雨

他发来一段声音
是雨

2013年6月22日

☞ 很高兴，我的“事实的诗意”成了新世纪中国诗坛最有影响力的理论创见。那么什么是“事实的诗意”？本诗便是最好的说明。诗中的“雨声”是诗意的，“他发来一段雨声”是加强的诗意，但它不是来自修辞的通感（这属于单一的语言层面），而是来自现实生活中人的行为，来自看得见摸得着的事实。“事实的诗意”要求写作者必须是真正的诗人，而非熟练的修辞专家。

张明宇

我们的生活

吃面
一条一条吃
哧溜哧溜吃
端起碗吃
碗真厚重啊
就像这剔尖面

吃呀
真香啊
吃到最后
发现一条裂纹
在碗底

☞ *本诗内含经典性，并且是最保守的协会或学院的老头们也会认可的那种通俗易懂的大众化的经典（可以编入中小学教材的那一类），但是当我告诉你，它是出自生于上个世纪70年代末非著名的青年诗人之手，我不知道你脸上的表情会是怎样的，而这就是中国现代诗的真实现状，我称之为“地厚”。《新世纪诗典》这台永动的挖掘机才真正挖出了它地下的矿藏。*

许立志

悬疑小说

去年在网上买的花瓶
昨天晚上才收到
实事求是地说
这不能怪快递公司
怪只怪
我的住处太难找
因此当快递员大汗淋漓地
出现在我面前时
我不但没有责备他
还向他露出了
友好的微笑
出于礼貌
他也对我点头哈腰
为了表示歉意
他还在我的墓碑前
递上一束鲜花

2013年6月6日

☞ 因有《低俗小说》这部名片，文青们学会了一种结构方法和叙述手法，看本诗题目，我本以为是玩这个范儿的，一直读到最后两句（读得我浑身上下一哆嗦），我才触摸到真正的才华，这时候再看标题，真是大有深意，非但我们的生活充满悬疑，连同我们的生命也是。想象的诗意，与“事实的诗意”究竟是何种关系？想象，即心灵的事实，想象的诗意即“事实的诗意”之一种。

落莎

床上那点事

太神速了！
在你还没有站稳
你的孩子，就已经出世了
当你说我们今生有缘
风就把你的话语，吹得无影无踪
两个怒目相视的仇人
还没来得及决出胜负，手上的刀子
就已经握不住了

☞ *老德无愧于“江西王”，推荐他人的诗多过自投诗，助攻数多过进球数。何谓“王者气象”？“惠泽他人”这一条必不可少。落莎正是来自老德的助攻，一位非常成熟甚至有点老辣的女诗人，一看就是生活的过来人。这一点于诗歌写作殊为重要，活不明白的人是很难写明白的，书本上的知识、诗歌专业上的知识永难取代见识、阅历、对人生的感悟和直接得自生活的智慧。*

么西

九阴真经

秋日，下午
梅超风在院子里
找来找去
快要疯了
其实我知道
那本名叫
《九阴真经》的书
今天早上被我外婆
拿去引火了

☞ *本诗的路数，属于后现代之“解构”，尽管在中国的当代文化中，被莫名其妙地大大拔高并请进大雅之堂的武侠小说应当被恶狠狠地“解构”一把，但我看重的并非这个，而是它的好玩和有趣。关于诗的好玩和有趣，古人的诗歌理论其实并未忽略，“诗言志”的“志”就包含了“情、志、理、趣”四方面，只是我们在创作中做得不好罢了。*

敖运涛

浪啊浪

一朵浪咬住一朵浪的耳朵
一朵浪合并一朵浪
一朵浪借助一朵浪的惯性，凌驾于
一只海鸥之上。一朵浪抛家弃子
远走他乡。一朵浪不可一世，取代了一片海
又被一朵浪割下头颅
一朵浪绽开夕阳，一朵浪平静下来
一朵浪前面是一朵浪
一朵浪后面是一朵浪
一朵浪要花掉一辈子光阴去理解起承转合

☞ 莎士比亚自称其诗为“旧瓶装新酒”，本诗也属于典型的“旧瓶装新酒”，如此之诗一点都不好写，难度大大的。拿本诗来说，何谓“旧瓶”？“浪”的题材，要在这个被前人写滥的题材上酿出“新酒”，需要真正的才华和修养，一个90后诗人竟然做到了。我看90后诗人，就像看自己的孩子，他们小小年纪便有着令人惊讶的文学修养，正是打小读名著长大的孩子。

朱剑

杯子

在失手打碎
这只杯子之前
我似乎预感到了
它会被打碎
看着它从桌上
坠落到地面
杯口张开的样子
仿佛有话要说
我觉得它
也有预感

2013年10月

☞ *评论本诗，最方便最宏大最讨巧的办法是朝“泛神论”或“万物皆有灵”上一推，一顶大帽子戴上了，你也不能说不合适，没准儿作者戴着还舒服，这便是学院派的玩法。其实，没那么宏大，作者写的是生活中最常态的感觉：有时候我们就是会预感到某个东西要完蛋，而它果然就完蛋了。《新世纪诗典》是立体的，已经与我的教学紧密相连，朱剑的作品是被90后研究生选读最多的。*

李异

下错赌注

如果你看见
一条没有肉的鱼
在水里游
如果你
看见
一扇无窗的玻璃
划开了
他的手臂
如果
你看见
一具鬼的尸体
被狗
驮在背上
行走
如果
你
看见
一双
拳头
在雨中
挥舞
告诉我
最后
我们将
得到什么?

☞ 李异的长诗！尽管我能明显看出他长诗的主要因素是伟大的布考斯基，但又有什么关系呢？这就像有人买肉喜欢随机而买，有人只吃固定的一家肉铺里的肉。李异只吃布考斯基这名屠宰工亲手宰杀的牛肉，他吃得再多也不会变成一头牛或布考斯基老头，他只会变成一个更强壮的李异。还有很重要的一点，他只吃其老师和师母伊沙、老G进口的布氏牛肉，食不厌精，越吃越壮。

安琪

鸦群飞过九龙江

当我置身鸦群阵中
飞过，飞过九龙江。故乡，你一定认不出
黑面孔的我
凄厉叫声的我
我用这样的伪装亲临你分娩中的水
收拾孩尸的水
故乡的生死就这样在我身上演练一遍
带着复活过来的酸楚伫立圆山石上
我随江而逝的青春
爱情，与前生——
那个临风而唱的少女已自成一种哀伤
她不是我
（并且拒绝成为我）

当我混迹鸦群飞过九龙江
我被故乡陌生的空气环抱
我已认不出这埋葬过我青春
爱情
的地方。

2013年4月6日

☞ *安琪每次来稿都比较好选，说明两个问题：一是态度专业、状态稳定、总有佳作；二是每一组来稿中，好的那首很明显，并非整体都好。近两个轮次被选出者，都是因为倾注了更多的个人情感。所以安琪不敢大意，如果情感倾注得不够，你的常态不能确保出好诗。还有一点，恕我直言，安琪太懂诗坛了，对待所有人（包括坏诗人）都宽容，有损于你原本就不够强的个性。*

吴投文

河边

记得小时候
在河边比赛甩水漂
我们光着一排小屁股
看谁甩出的石片
在水面上跑得最远

这个游戏大人们也玩
他们光着大屁股站成一排
毫无顾忌地露着阴茎
阳光下的这些突兀之物
显得生机盎然

我们和大人们相处自然
彼此对身体
熟视无睹

2013年4月19日

☞ *吴投文因为多上了几次《新世纪诗典》，竟被一位湖南同行斥为“叛徒”。谁的叛徒？“湘军”的叛徒？那《新世纪诗典》又是谁的呢？如此说来，吴投文是从湖南叛逃到了诗界！于诗而言，如此叛徒恐怕多多益善。本诗乃是细节的放大镜，让我们看到了小伙伴们都曾经历但却熟视无睹的细节。*

庄生

白乌鸦

天下乌鸦一般黑
可小不点说
拔光了毛
就不黑了

☞ *贬低口语诗者，愿将其视为一种风格（无视其因人而异）；轻慢解构诗者，愿将其看作一种手段（无视其招数多多）——不论前者还是后者，在中国我都该算资深专家。庄生在本诗中的解构招数，我没有想到，想不到就得服。《新世纪诗典》第一季，是名诗人的天下，总共就推出了四位新人，如今只有庄生和摆丢一路走高，越写越好。*

余毒

冰山上的牙医

开着一辆长安面包
载着几十块石头
的牙医
有着一口破碎的牙：
“他们呵呵冷啊牙全冷坏了，呵呵
他们爱我就像爱乡长，都问
你是从新闻联播里面来的吗？”

将我从塔县顺风到疏附
的牙医
突然振奋：
“拍，拍照，世界第二高峰。”
他不知道
在我的取景框里
乔戈里峰
乃是最大最白的
牙

☞ 你们完全可以认为我“做人不行”（只要你们愿意），《新世纪诗典》第一季结束时，我在长安诗歌节上对西毒何殇说：“余毒是第一季的下线。”这两小毒物是密友，否则我还不会说。奔五路上的人了，我确实还没有学会你们那一套“做人”，但是你们如何做得出我这样的酷评：余毒像一名三级跳选手，三首三大步，这一首这一步一下跃上了乔戈里峰，“最快进步奖”易主了！

游若昕

身份

那天我和妈妈去邮局领稿费
阿姨要我身份证
我没有身份证
我回来自己做了一张身份证
对爸爸妈妈来说，我的身份是孩子
对爷爷奶奶来说，我的身份是孙女
对老师来说，我的身份是学生
对叶文迪来说，我的身份是同学
对滑板车来说，我的身份是乘客
对床铺来说，我的身份是客人
对天空来说，我的身份是小鸟
还是风筝呢
对我来说，我的身份是什么呢
是我吗

2013年11月2日

☞ *时隔五个月，我们的小诗星又来了。这五个月中，她跨越了七周岁；这五个月来，她写得更好了，整体在提升，在两首之间，我犹豫再三才做出决断。这样的事，大朋友给我制造得也不是很多，现在竟由这位小朋友带来。她不是早熟，而是天才，这样的天才我以前从未见到过，诗歌史上也没有过先例。她竟然还经常参加“新世纪诗典互动”，没有真本领，岂敢这么玩？*

苏不归

举起右手

右手中指
被激光
剜去一块肉后
医生说
你要举起右手
高过心脏
走出急诊室
我便保持
印度举手巴巴的姿势
被穿上纱布的中指
向行人竖起
用左手来代替
右手的所有工作
写诗
吃面
埋单
还有汉字中所有提手旁的字
都交给左手去办
我躺下时
右手也终于平放在榻
被纱布紧裹的右手中指
像个木乃伊
时而发出嘭嘭的心跳
令我不安

2013年7月5日

☞《新世纪诗典》的作者帅哥型男如云，鲜有獐头鼠目，歪瓜裂枣自动出局。话说那一日，刘天雨、余毒、苏不归三位帅哥，自陕北、湖南、上海齐聚长安，说是祝贺西毒何殇首获诗奖，却不在颁奖礼上现身，携诗杀奔《新世纪诗典》而来。刘铩羽而归，余、苏得胜还朝。苏在长安诗歌节上引众人为之惊艳的便是此作，英伦海龟苏不归属于洋范儿的，《新世纪诗典》不薄土好爱洋范儿。

周瑟瑟

水库大坝

兴修水利，备战备荒
斗大的标语是白石灰写的，狂风送来大暴雨

标语洗得面目全非
大坝上的农民赤裸上身展示饥饿、性感的中国

高高的大坝万里无云，碧空如洗
石墩子抬起来砸在松软的黄泥上

年轻的父亲们喊出的号子在空中飞扬
一群奶孩子的肮脏的母亲奶水滴在泥地

等到水库里蓄满清水的那一天
会淹死我们其中的哪一个小孩子？

水库浇灌樟树乡、天井乡更小的水库
水库每年为蛇坡里奉献新的化生子

☞ 从文学创作的角度上说，经历过上一个时代的中国，成为资源上的优势，这个优势在60后作家、诗人这里体现得恰如其分，再老点容易大做文章、渲染过度，一不留神还晃荡出脑袋里的余毒，再小点利用的是“假记忆”（他人讲述塑造过的非原始记忆）。不管写什么，关键要有诗性，周瑟瑟一句“一群奶孩子的肮脏的母亲奶水滴在泥地”，什么都有了，本诗飞了起来！

柳宗宣

身体的遗址

（给程宝林）

你把你在纽约的孤独带到武汉

深夜转钟三点，房门泄露一线灯光
你守在计算机和床头的杂书前

我也无法入眠，你的浩如烟海的穿行
逼现出——我越来越狭窄的路途

我们经过那么多的城市，三十年
都变了容貌无从辨认，寄居而已
我不想再出远门，只有一条路

通向老家的旧宅。我在这国家生
也在这个国家死，还能寄予什么幻念

忆起五十年来我们的光阴与时光
私下重温身体经历的男欢女爱

以此打发——迫近晚年的孤寂
性事的娇贵与神迹，也在远离

这身体的异域。一切都在瓦解
身体成了一个遗址：它燃烧过

现在残垣断壁，而你在其中凭吊
我们要赶回去的老家几乎成了异乡

你还可以回到你的旧金山，我蜗居于此
哪里也不愿去——守看只身残影

☞ *先做一个注解：程宝林是上个世纪 80 年代著名的校园诗人，后移居美国。当年他就读于中国人民大学，属于我入学他毕业那批人。我们宿舍有一本他自印的诗集，它的主人是一位狂热的诗歌爱好者，每晚睡前我和他躺在各自床上轮流为大家朗诵诗，他朗诵最多的就是程宝林的，我朗诵最多的是北岛的，后来我这位同学疯了，现在还疯着。缅怀青春的诗，将身体视为遗址，够狠够深刻。*

刘涛

修女茱丽

修女茱丽看见
说爱语的人嘴边
飘动着美丽音符

天主还让她
体会过
妇女堕胎时
胎儿们所忍受的那种
五马分尸的剧痛

我们有着
不同的价值观
本质善良、慷慨

但在死去的胎儿面前
我们都是
有罪的

☞ *刘涛是非非的旧将，当年还有一重身份——“蓝马夫人”，不但自己是诗人，老公也是诗人和诗歌理论家，属于上个世纪 80 年代先锋诗歌的美丽传说。如作者在小档案中所供述的那样，90 年代未见其诗，新世纪以后复出诗坛，在微博时代重新活跃。隐约有所耳闻她是天主教徒。我容易被中国诗人的宗教背景吓住，一读诗，还好啊，不是阐释教义，而是抒写心灵、表现人性。*

林子懿

红木耳

——谢烨二十周年祭

走了一天的路，从远方归来
饮水。新鲜的奶粉灌满两片薄嘴唇
我能感受到，唇——是薄的
吻我时，枫叶便萧萧

从远方回来的还有木耳
那是腐朽的家伙
比嘴唇还要薄
树叶全部献祭
他却偷偷地生长
长过一排篱笆的眼睛

木耳啊，木耳
你是否听得见

当我提灯赶来
夕阳已在责任田里
偷偷地熄灭
走了一天的路，从远方归来

他不是金属
也不是树

☞ *我中学时代，刚开始写诗时，曾是顾城的铁粉，即便如此，我也不觉得他杀妻之罪可以饶恕，更不该有什么以诗为名的神圣借口。我不反对纪念他，借此重温他的好诗，但是当我读到本诗，当我首次见到“谢烨二十周年祭”这种提法，我心里打了一个寒战。当那么多人那么狂热地做着一件事时，一定有什么错，他们不知道自己错在哪里！替作者做个小注：顾谢之子叫木耳。*

李茶

我在阴影里踢到我的足尖

我在阴影里踢到我的足尖
我是拥有整个下午的穷人
我的裙子挪动我的贫穷
它——不怕死

我在阴影里踢到我的足尖
我的头发
被我发现。
我的裙子来自一切植物的所有
我的头发愿意
在那里死。

我在阴影里踢到我的足尖
我的足尖泛起一阵鸟鸣：
所有的白，如我的裙子
没有，死亡的摇摆。

我的阴影里我的足尖踢到我。

☞ 来稿多多，稿海茫茫，我还是能够从中寻找到一些特异的文本。本诗有着一种明显的神秘感，既有阿赫玛托娃所说的“神秘”，又有中国式的鬼气，令我玩味再三。很明显，“后口语”成了《新世纪诗典》的主流，蔚为大观，但那实在不是我有意为之“选”成的，而是符合当下诗歌写作的真相。有人不免担心起来，怕我忽视了别的写作。完全不必，写得好更容易显出来。

王立世

夹缝

夹缝里的草弯着腰
夹缝里的花低着头
夹缝里的空气异常稀薄
夹缝里的鸟鸣已变调
夹缝里的阳光都被折射过
夹缝里的风如箭
夹缝里的雨像子弹
夹缝，夹缝
你是我今生唯一的安身之地

☞ 从小档案里便可看出，我的同龄人王立世先生是那种身在体制内并且体制趣味比较浓郁的诗人，这让本诗的阅读变得更有意思。作者能够意识到自己身处“夹缝”之中，并对此“夹缝”有了一组具体、生动、鲜活、形象的描述，貌似大彻大悟了，然而，笔锋并未一转，继续顺势向前，结语是“你是我今生唯一的安身之地”——一个大降调的结尾，完全出乎意料，大实话说得令人无语。

向明

亏欠

每觉对这嘻哈的花花世界
有着太多的亏欠

满面胡髭
竟然缺少一张锐利的刀片

歌至半途
一大组亲密的音符居然失联

无牙老妻，肠胃不适
骂她不懂什么叫细嚼缓咽

老狗无端狂吠
责伊活得越久越不偷闲

晴朗不来，细雨绵绵
咒一声是谁有如此统治威权

2012年9月14日

☞ 二十多年前，向明先生主编《蓝星诗刊》和《中华日报》诗页时至少编发过我 20 首诗，包括《结结巴巴》等。今夜，请允许我推荐向明先生诗一首，怀着难以言表的感恩之情。迄今，我已见过向明先生三面，距今最近一次是今年一月在台北，先生以 85 岁高龄独自一人搭乘公车来参加两岸诗人高峰论坛，令我等无不为之动容。听说他现在居然还能每年发表 50 首诗。

五、如果拥抱只有一次

如果生命只有一次

该说的说了、该做的做了，何必等待下辈子？

即使真的有来世

今生错过的，来世还是会错过

——洪烛

唐欣

外省记

在烟台火车站旁边
离开车还有两个小时了
他抓紧看了一场武打电影

玄武湖公园的午后长椅
脸上放着博尔赫斯的小说
他睡着了 梦见老虎

虎跑寺 他正喝着龙井
一个瘦子掏出工作证 我是
茶厂的 上夜班的时候
偷了点好茶 便宜卖给你
他正色道 这恐怕不好吧
对方讪讪地 这有什么呢

"沈阳啊沈阳 我的故乡"
陌生而又熟悉的地方
可能因为他也来自大工厂
也可能是在公共汽车里
售票员说 同志们 请先下后上

而这里是华北的小县城
手扶拖拉机突突驶过
饭菜的味道很咸 大概
他们要干很重的活儿吧

在珠江岸边的铁桥附近
他则要了一碗咖喱炒饭
这儿跟印度有什么关系
他可还真的不知道

2011年1日

☞ *上上周，我在研究生“现代诗论”课上上了很酷的两节，让全班同学每人从《新世纪诗典（第一季）》里挑出一首“你认为最有问题的诗”，大家一起讨论。到底是诗真有问题，还是同学的理解有问题，结果前者一小半，后者一多半。唐欣的诗虽未被挑出，但我认为他在诗坛上属于后一种现象：同行与读者的接受上有问题，譬如他的“淡幽默”“中国经验”经常遭遇没感觉。*

张执浩

塔松

塔松的理想位置应该是在坟前
白云在山巅
流水在附近
死去的人脱胎为送花少年
每送一束花心里就多了一副花圈
我的理想位置应该在塔松下
尖尖的塔顶
尖尖的松针
彼时的世界里再也没有麻木的人
再也没有铁打的江山
唯有一事无成的人在彼此问候：
“你幸福吗？”

2013年9月29日

☞ *编选是一门学科。诗歌的编选更是一门专业的学科。编选者不等于编选家，我自然属于后者，譬如面对张执浩，我选过他咏物的，我选过他写人的，我选过他的小抒情，现在我知道该选他一首大情怀，一般编选者哪里懂？编诗与译诗一样，坏诗人编不好，好诗人不一定编得好。近期诗坛流行复辟潮、浮夸风，把人朝死里狠吹，张执浩不需要，“实力诗人”四字足矣。*

李伟

合唱

他（她）们站成了两排
都把嘴张开
统一形成了O形

但却没有
一丝一毫的声音
从那两排黑洞里发出

他（她）们始终
保持着整齐的姿态
仿佛纪念碑上

一组凝固的雕塑
又像一张合唱团
睡梦中演出的剧照

2011年

☞“英雄不问出处”——说明人皆有出处。一个人所受的教育、所学的专业、所从事的职业都会在他的作品中打下烙印，这是铁打的事实，哪怕他改行了。我第一次认识到学画影响写诗，是从艾青身上，他的文字别具雕塑感。我最近一次认识到这个问题，便是从本诗上，从诗人李伟身上。这是一组用文字做成的雕塑，它无声的悲哀似乎也是来自诗人供职的学校，这又是明证。

康蚂

黑暗游戏

我亲眼目睹
五个月的儿子
玩黑暗游戏

他用被子
蒙住眼睛笑

他将被子
移开哭

儿子在玩
黑暗游戏
妈妈的子宫
缺一盏灯

2010年

☞ *这是人类家庭生活中最人性最温馨最动人的场景之一：将做父亲的男人，在将做母亲的女人挺起的大肚子前，隔着肚皮与里面的胎儿做交流。他想到了什么，他听到了什么，他看到了什么，康蚂替我们写了出来。经历过但没有写出来的父亲们（我就是），是不是有点后悔？尚未经历的男人们是不是有点遗憾？当你们写的时候，已有本诗在先。*

紫箫

时令

小雪之后
我才隐约看见
冬天的轮廓
我在北京度过三个冬天了
我却还没有学会
怎么忍住悲伤

☞ *我想提醒像我一样的老诗人，新诗人仅仅是年龄比我们小吗？当然不是，他们带来诗内的新，譬如本诗，换个老诗人，就要麻烦很多了，起承转合，因为所以，走一大圈，紫箫则直捣感觉——这感觉又是多么纯粹！或许正因为纯粹，所以不需要过程。紫箫从 1.0 到 3.0 只用了一年多一点点的时间，除了文本过硬，还是互动热心肠、活动积极分子，我选诗也选人。*

凸凹

钉子与墙

我在墙上钉钉子
可是，钉一颗弯一颗
始终钉不进去

“我不相信！”
我这样对自己说
并搜罗完家中所有钉子
直到把最后一颗钉弯

我相信
仅仅是为了叫我“相信！”
这面墙才让所有的钉子弯曲

☞ *有人将后口语诗攻击为“段子”，那他们自己写的是什么？味同嚼蜡的浅格言！有人将后口语诗的戏剧性张力攻击为“脑筋急转弯”，那他们自己写的是什么？毫无智性的直肠子！凸凹本诗妙就妙在最后一节，他反过来从墙的立场想，别有洞天，意外往往来自思维的奇崛，做不到就是无能。*

叶舟

问候

对大海说一声：羊群。
对黑夜说：勇敢。
在一个人即将到来前，努力
说一声，翅膀。
我坐在漆黑无定的人间，翻遍了
蜘蛛的地图。

是的，对一只蚂蚁说：雨季。
对河流说：岸。
有一片向阳的屋顶，它带着
祈祝的脊梁，说一声：方向。
为什么不？——我看见了全世界的向日葵
它们说：和平。

哈哈，太阳进城了，一个
黝黑的婴儿说：未来。
对天鹅的桥梁说：梦。
接着，对滚烫的爱情说：泥泞。
边疆的马，春天的马
成了我的右舍和左邻。

对锄头说：大地。
对一段逶迤的事迹说：修远。
我记得那些后果和前因——我啜饮下
灿烂的星宿，说：走好。
那么久了，一个人还在路上
因此，我知道有一堆骨骼仍带着寒凉。

☞ *我以为上个世纪 80 年代甚嚣尘上的西部诗并未消亡，有人一直在坚守和发展着这一脉。在《新世纪诗典》中，代表这一脉的诗人有叶舟、沈苇、马海轶等，如果将西部诗当年所指的西北延伸到西南扩大到全西部，那包括进来的诗人则会更多。并不是所有住在西部的诗人写的都是西部诗或是追求这一脉，它首先是地域文化意义上的，在叶舟这里表现为对神性与永恒的追求。*

双子

每个小区都有几个尖叫的孩子

撩开窗帘
朝下望去
你总会在小区一角
发现他们的游戏
总是这样
即便你不去看他们
即便你紧闭窗户
把自己活埋在沙发里
在一本遥远的阿根廷小说里
他们仍会继续尖叫
小孩子的声音很尖
尖得足够到达阿根廷
他们的尖叫有时
遥远而神秘
像布宜诺斯艾利斯的女人
可只要他们想
就会随时把你从一个叫玛利亚·劳拉
或者随便什么的女孩的
房间里揪出来
拎到他们的游戏中去

2013年10月5日

☞ *继续向年轻人学习，1989年出生的双子，又是一个“感觉控”。对于他们这一代来说，貌似诗到感觉为止。首先这个感觉抓得准，抓住了中国式“小区”的本质，我是“坐家”，我是宅男，这方面体会犹深。在我书房的窗外是一个“小区”，在我家阳台的窗外是另外一个“小区”，此刻正值周日黄昏，暮色正缓缓降临，我看不见的孩子们用他们的尖叫主宰了这两个“小区”。*

宋壮壮

安检机

坐地铁
我的包安检过
很多很多次
包里偶尔有瓶水
我会提前拿出来
包里要是有张诗稿
那没事儿
它又读不懂

2013年11月6日

☞ *想起三天前我推荐紫箫时写下的话：“我想提醒像我一样的老诗人，新诗人仅仅是年龄比我们小吗？当然不是，他们带来诗内的新，譬如本诗，换个老诗人，就要麻烦很多了，起承转合，因为所以，走一大圈，紫箫则直捣感觉——这感觉又是多么纯粹！或许正因为纯粹，所以不需要过程。”这段话竟然完全适合宋壮壮的这首诗！他们同样出生在1988年，同行们，新人新诗，就在眼前。*

张捷

遗嘱

我和那个不孝的儿子说过
等我死了
把我埋在流水里
用几个花瓣送我
你千万别哭
你的眼泪
会使我下辈子倒霉

我不想穿衣服走
越袒裸越好
因为这个尘世
一辈子没让我真实过
在我关闭语言时
让我轻松一次吧

恨我的人让他笑吧
因为笑和哭从来很近
爱我的人不要悲痛
把心里的话
交给春风送行
我偷走你们的美
来世再还

☞ *来自沈浩波的助攻。据浩波信中讲，是这位老诗人的孙子将其诗稿发给他，他觉其“写得现代”，就推荐给我。我记得去年，我曾在《新世纪诗典》网易微博现场提出过“寻找30后”，那时我看到30后在这个中文现代诗大家族中的缺失，近年以来，我们已经找到了席慕蓉和沈泽宜，现在突然读到我全然陌生的张捷先生。这是活出来的诗，活明白的诗，老人的智慧就是活明白。*

风果子

世上有一堆便便状坟墓

作为对逝去爱情的
坟墓
巧克力融化
可以把它改造成
便便状

2013年10月10日

☞ *这首诗我很喜欢，它有我希望看到的那种“新人之新”，这种“新”就是由词语、口吻、思维带来的，实实在在的。对我来说，得好诗易，此次得作者小档案和玉照却难，我去了四次信（一次还发错了人，发给了另一个风果子），才把资料要到手。貌似是这么一个故事：一个入选了国家少年女足的队员（还兼打杂），老是听不见国家队的电话，但愿不是因组织感而产生的多心。*

殷龙

马桑镇的哑巴

河水涨起来的时候，
秋天的蒿草漫过了膝。
鸭群被交错的沟子冲散，
血红色的，
被渔网收缴的残阳吊在舟子上，
像一条肥大的鳜鱼。

哑巴赤脚从坝子上穿过，
手舞足蹈的，
秋天的果子香在他身后升起，
像炊烟，
又像涣散的魂魄。

从马桑镇来的人都认识哑巴，
那个喜欢打捞尸体的哑巴，
当马桑河的水涨起来的时候，
哑巴会夜夜守在河岸上，
漂漂亮亮的，
像一个正在迎亲的新郎。

2013年10月12日

☞ *昨天推荐的是1993年出生、诗龄未满七个月的小美女风果子，我在新浪微博上，看到有闲人吃醋道："一看照片就知道要入选。"风果子本人反驳："选上了才会要照片。"她说的是事实，并且简历、照片来了我从不急着看，往往会在推荐日点评前才下载。十多天来，我认为今天推荐的殷龙是中国唯一的当然也是最好的神秘主义诗人，五分钟前才得知他出生于1989年。*

穆海波

父亲的礼物

这曾令我很绝望
我不仅无法改变
与父亲的血缘关系
甚至于我的灵魂
也与他关系密切

我有他的下贱
我有他的愚蠢
我有他的猥琐
我有他的声音
我有他的腔调
我有他的逻辑
我有他的乱七八糟
我有他的一塌糊涂
我有他的一切
他就是一桶油漆
我的每一粒细胞
都被仔细刷过
无法清洗

我曾建议他去自杀
他建议我去上吊
彼此彼此
咱们是亲爷俩
这可能是人类有史以来
唯一可以确信的真理

2013年11月

☞ 穆海波出没于当年“诗江湖”和今日“葵论坛”，比我想象中的岁数要小，大80后也该出来了。本诗初读时，我脑中闪过四个字“浩波范儿”——说明这种拿亲人开刀的诗，是沈浩波喜欢写的，并且已经形成了某种标示。对于这路诗，我不反对，只是觉得难度颇大，分寸火候很难把握。拿本诗说，第二节极好，第三节起始两句又让我觉得假了，这路诗切忌矫情。

张玉明

素描16号

我最近几乎
每天写诗
好像采石场的
奴隶。我
没有资格
淘宝。我
采石头建造
内心的金字塔
愉悦而枯燥、
耐心而亢奋
一点儿、一点儿
榨取、榨干、榨尽
我的梦境以及血肉生命。

2013年7月20日

☞ *张玉明恢复了写作，并且十分高产，这是可喜可贺的，但恕我直言，其写作现状并不理想。最大的问题是，用情不够，无真气。他似乎相信好诗是“结构”出来的，以为自己掌握了某种“好诗结构法”，这是非常危险的，是口语诗的技术主义。我写《梦》唯恐不够真，很难理解他用超现实主义的俗套写《梦境》的意义何在。希望老张将本诗的陈述改为自诘：我做到了吗？*

黄海

去动物园

我经过那片草食区
看见梅花鹿　长颈鹿　斑马
它们低头看着草
我在百鸟园观看
孔雀　火烈鸟　鸵鸟
它们不看人
我隔着铁笼子
看见了狮子　老虎　棕熊
它们盯着看人

在动物园里
我看见的动物群雕
它们是犀牛群雕
河马群雕和大象群雕
有人用手抚摸
它们没有表情
人隔着人看
我隔着人看
谁在动物园看人

☞ *长安冬日无寒意，我和黄海陪来访的奥地利诗人、翻译家维马丁到大明宫等处去玩。谈及海内外中文现代诗，黄海在外国友人面前毫不隐瞒自己的观点，我本来没有把他当作口语鹰派，他却一派“唯有口语高”的言论，将政治诗、新古典、打工诗斥为“没有难度”，我这才意识到黄海是有立场的诗人。你领悟了多少，你就能写出多少，不用口语，本诗岂能如此可爱。*

姚风

特蕾莎老太太

特蕾莎老太太打开百叶窗，为窗台上的鲜花浇水，
葡萄牙总理科埃略在众人的簇拥下踏着碎石路走来，
为竞选连任，他马不停蹄地在里斯本各区拉票。
他走向特蕾莎，向她挤出微笑，向她问好。
特老太太却一脸严肃，说：“总理先生，我要坦白地说，我不喜欢你，
我真的不喜欢你！我不希望你再做总理！”
总理尴尬地站在那里，但依旧保持着职业微笑……

这一幕让我陷入沉默
让我想起巴金老人，想起他临终前才说出的真话：“要说真话！”

特蕾莎老太太初中文化，曾为制衣厂女工，
现寡居，靠微薄的养老金度日。
不过，她拥有阳光、鲜花和蓝天，
她的生活中没有恐惧，她无须为说真话而付出一生的努力。

☞《新世纪诗典》第三季是从姚风开始的，在上一个轮次的推荐中，他是第一位达到 7.0 的诗人。转眼岁末将至，又一个推荐轮次将要告终，姚风成为最后一位（第 11 位）达到 8.0 的诗人。是否因当了澳门特区文化局副局长太忙所致，我不敢肯定，但他对诗的反复修改要求严格，在信中有所流露。本诗很显然是一首“借外讽中”的佳篇，这路诗是现代诗人们对于民族智慧的一大贡献。

王有尾

这个该死的冬天

三楼老太太预言
小区里至少
会有六个人被撂倒
在这个冬天
她说撂倒一个少一个
只要能凑够六个
今年就不会摊上她
昨天她站在楼梯
高兴地和我打招呼
并伸出五个手指头
我知道她的意思
已经五个了
她迈起轻松的脚步
消失在楼梯拐角
离这个该死的冬天
似乎越来越远

2013年12月

☞ *如果说昨天推荐的诗是“借外讽中”，那么本诗就是“正面直击”。鲁迅先生说：“我向来不惮以最大的恶意来揣度中国人……”诗中的老太太我没见过，但觉得很真实，其心我们太熟悉，已经见惯不惊，这反倒让我们倒吸了一口凉气，我们就生活在这样的人群中间！鲁迅又说，“抓住一点，不及其余”。这个老太太有可能很善良（多么复杂深刻），但那不是本诗要管的事。*

刘天雨

线人

我有一个线人
没见过面
不知姓名
只有电话
他经常给我提供
一些价值不大的线索
比如赌博
往往夸大其词
在我通讯录里
他的名字
被一个“线”字代替
这天手机微信
突然提示
您通讯录里的“线”
开通了微信
叫张斌要幸福
点开一看
还有一张
龇牙咧嘴的自拍照

2011年10月

☞ *话说仲秋时节，陕北少将刘天雨独臂出征长安诗歌节擂台，被湘江之畔来的少侠余毒、黄浦江头来的英伦海龟苏不归三拳两脚打下台来，陕北王李岩急电问其战情，我微博答之曰：“铩羽而归。”究其败因，现场有高人分析，正是偷师陕北王学艺不精弄巧成拙所致。刘少将从地上爬起，拖着一条伤臂连夜策马回陕北，重新调集兵马，重回后口语熟路，一举夺回城池。*

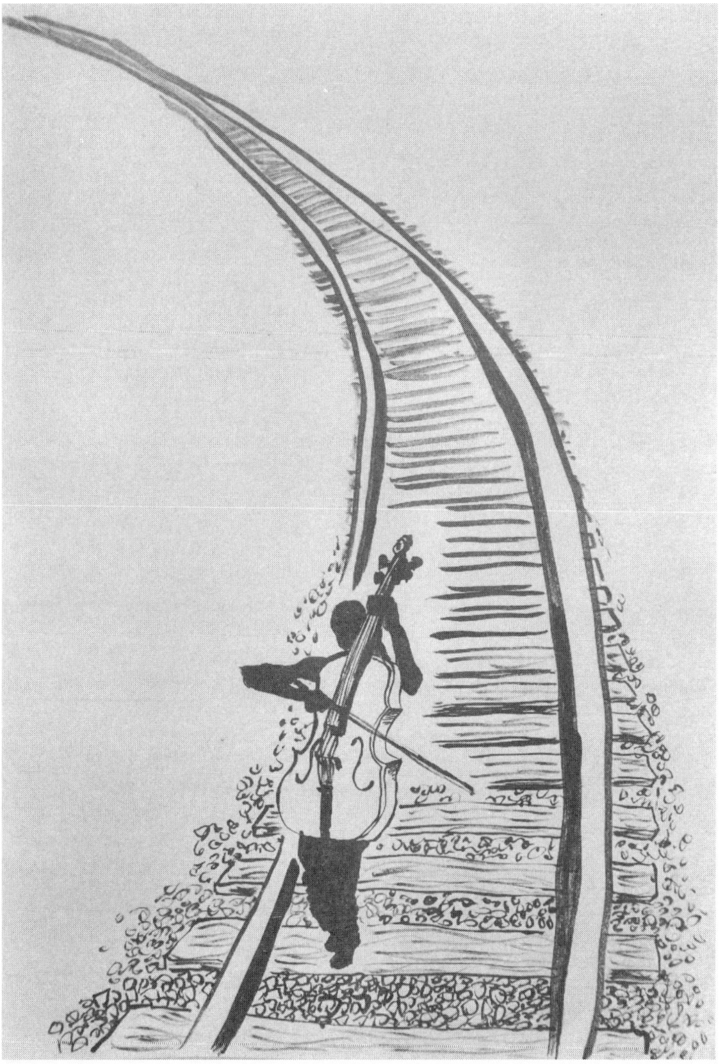

图雅

乳腺科

候诊室把中午一寸寸吞蚀
阳光舔着我的背
我恹恹欲睡
尼姑们出入诊室

化疗过的女人
气色之好难以置信
我走了进去
坐上她们刚坐过的凳子

男医生用摸过她们的手摸我
像上帝查看我的清白

2013年10月19日

☞ *中国诗坛的业余症候之一：炒作概念时一拥而上，探究其实时非盲即哑，譬如“盘峰论争”后来双方的创作比较，无人做这个最有意思的课题，不敢、不屑还是无能？譬如曾经甚嚣尘上的“女性诗歌”，发展到现在如何了？作品上呈现出怎样的风貌？你们非盲即哑，而我心明眼亮脱口而出：本诗正是“女性诗歌”的最新成果，写出过《母亲在我腹中》的图雅也几乎是它头号代表人物。*

洪烛

如果拥抱只有一次

如果日出只有一次
我不会让太阳落下去
如果花开只有一次
我宁愿不睡觉，也要守候着
如果拥抱只有一次
我会抱得紧紧的，不敢松开
如果重逢只有一次
不能让离别再次发生
如果承诺只有一次
说出口的话，一定要做到
如果信任只有一次
任何借口都将失效
如果生命只有一次
该说的说了、该做的做了，何必等待下辈子？
即使真的有来世
今生错过的，来世还是会错过

☞ *二十多年前，在武汉大学就读的洪烛一门心思毕业后进京，曾五次跑到北京来找工作，都是睡在我北师大男生宿舍的床上。到底是中学相知大学相识的文学发小，我们在新浪微博上三句话就碰出一本好书的策划：《向仓央嘉措致敬——当代诗人笔下的仓央嘉措》，在此我用洪烛《仓央嘉措心史》中的一首，抛“玉”引玉，希望《新世纪诗典》的诗人们积极投稿，躬逢其盛，勿留遗憾。*

曲有源

曼德拉纪念碑

谁会想到南
非国父曼
德拉的
纪念
碑
是
栅栏
仿佛一
扇铁窗遥
望还可浮现
他的影像
如果有
自传
那
是
绝佳的封面

☞ *我想告诉大家的是，本诗并不是曼德拉去世后的“应景之作”，我在新浪微博上读到它时，曼德拉还在世。我让老曲将电子文档发到我邮箱，操作的是他女儿，一来二去，包括制卡，又耽搁些日子，赶上了曼德拉去世，我反倒不急于推荐了，我在等曼德拉丧事过去。在急性子的新闻面前，文学真不用急，属于慢性子，属于最长寿的海龟，在茫茫无涯的时间大海上慢悠悠地游。*

德乾恒美

女人

是啊
我该如何形容一个女人
一个我仰慕的
她伫立荒原
像一匹马
打着响鼻
远远盯视着我
慢步过去
摩挲着她的鬃毛
她黑色的眸子
眨动的长睫毛
肥硕的臀部
不时浑身打颤
甩开白色的长尾巴
多么标致啊
如果可以溯源
在哺乳动物分开的太古时期
她是否犹豫过以后成为
一匹如今的牝马
或者经过刀耕火种
食肉寝皮
直立行走
成为一位灵长的美人儿
向我走来

☞ *德乾长诗了！这是初读本诗时，我内心深处的声音。《新世纪诗典》正在大步走向它的第1000天，在将近一千个日子里，我最快乐的时刻莫过于读到一首真正的好诗，或者是看到某个诗人有了明显的进步，而《新世纪诗典》的这一千个日日夜夜已经颠覆了中文现代诗的秩序和格局，改变了人们对中文现代诗的悲观印象。我读本诗有一大感慨：汉族诗人绝对写不出来，勉强写出必然假。*

赵立宏

我从未听到过闹铃响起

如果第二天有事情
睡觉前
我也会在手机上
设置闹钟
可我总是
先于闹钟醒来
然后就把闹钟删除
今天早晨
我又先于闹钟
二十多分钟醒来
想到自己从未
听到过闹铃响起
我决定静静地
躺在床上
等待悦耳的铃声
把我叫醒

2013年11月6日

☞ *记得我在点评魏风华的《上铺》时说：感觉诗人替我写了首诗。我将此话同样送给本诗的作者赵立宏，因为本诗写出了我的个人经验：似乎年纪越大，人到中年，这种先于闹钟醒来的时刻就越多。后口语诗是多么注重人生经验啊，尤其是经验的真实与否。长安诗歌节上有人议论过赵立宏的实力，说他对“山西王”邢昊构成了威胁，这可不是挑事儿，而是最严肃的评论。*

李见心

拦住我

拦住我用莽撞的春风
拦住我用沸腾的明月
拦住我用桃花的汛期

拦住我用孩子的睫毛
拦住我用爱人的泪水
拦住我用父母的眼角

拦住我，词语的闪电
拦住我，寂寞的狂欢
拦住我，痛苦的美味

拦住我，细雨的喊叫
拦住我，落叶的光芒
拦住我，雪花的生日

拦不住我，我会冲破天空
拦不住我，我会羽化登仙
拦不住我，我会再飞回来

☞ *不论诗歌体例如何变化，诗人都有本质与否的区分，冷血动物绝不可能成为真正的诗人，被世俗异化者也不可能成为真正的诗人。让我发出如此感慨的竟然是位女诗人，不是“美女诗人”，而是“美女+诗人”。她的血是热的，她的内心有挣扎，她的身上有着一位真诗人不可缺少的爆发力，她是本质的诗人李见心。本诗把当代所有的歌词作者都灭了，但它是诗。*

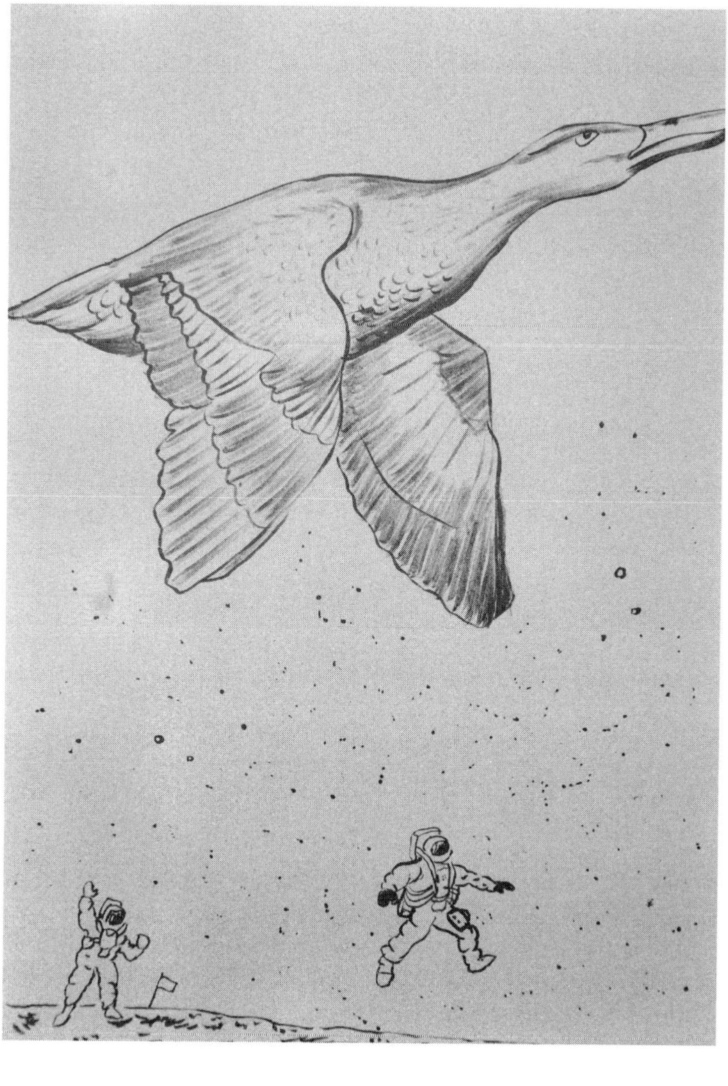

马金山

盘子的一生

一个盘子
二个盘子
三个盘子
四个盘子
它们有的时候叠在一起
它们有的时候挤在一起
它们有的时候叮咚作响
它们更多的时候默默相守
不发出一丝声响

☞ *2000—2010 年，中文现代诗第一平台毫无疑问是“诗江湖”，那个时期的诗歌追求的是冲击力；2011 年至今，中文现代诗第一平台转移到《新世纪诗典》，这个时期的诗歌注重的是经典化，于是精品迭出，尤其是短诗精品。一些短诗高手开始显山露水（他们很难在上个时期夺人眼球），马金山是其中之一，其短诗写得平易而好，我只想提醒一点，不要把短诗当小诗来写。*

牛汉

生与死

年轻时信奉莎士比亚的一句箴言：
懦弱的人一生死一千次，
勇敢的人一生只死一回。

可有人一生岂止死过一千次，
一次次地死去，又一次次复活，
生命像一首诗越写越清纯。

勇敢的人死一千次仍勇敢地活着，
而懦弱的人仅仅死一回就懦弱地死去了。

哦，莎翁的这句箴言是不是应该修改？
死过一千次仍庄严神奇地活着的人，我见过，
懦弱的人经不住一次死亡的威胁，我见得更多。

2000年秋改定

☞ *2013 年，去世的诗人似乎比以往任何一年都多，黄泉路上无老幼，各个年龄段都有，令人不胜唏嘘！牛汉先生以 91 岁高龄，走完了自己坎坷多艰的人生旅程，算是喜丧了！我与先生见过两面，还是“西北联大”意义上的校友关系。先生每编诗集必选拙作，还曾与异议者针锋相对，是这一代中国诗人中殊为难得的人格健全的真汉子！我最大的遗憾是此次推荐未在其生前。*

（美国）纪弦

九十自寿

我写了许多许多的坏诗，
而也不是没有一些好的，
一些杰作与金句，
例如《恋人之目》《狼之独步》……
面对着全世界全人类，
我想我已足以当一个Poet之称
而无愧了。

可是谁会知道呢？
在此世，
我活着，
好辛苦。

饿餐粉笔灰，
渴饮红墨水，
头上从未戴过一顶纱帽，
胸前从未挂过一枚勋章，
至于诺贝尔奖
早就应该被提名了，
然而始终也没有谁
问过我一句要不要……
多么的寒冷啊！

在此世，
我活着，
好辛苦。

从一九一三到二零零三，
迄今已有九十个三百六十五天了。
当然，还有一些闰年二月多一天的，
不也必须加上去一同计算吗？

但我是个数学不及格的，
加或不加I don't care。
那就让我举起来我的高脚杯，
三呼纪弦万岁诗万岁吧！

☞ *本诗最早发表在旅美诗人陈铭华主编的《新大陆》诗刊上。当年我就读到了，当时就很开心。读这样的诗怎能不开心？写这样诗的人怎能不是一个开心的人？什么样的诗人能活 101 岁？写出这样诗的人能活 101 岁！如果说活 91 岁去了的牛汉先生是喜丧，那么活 101 岁去了的纪弦先生就是大喜丧！作为台湾现代诗的拓荒者，晚年背离万千荣誉，当得此长寿！*

伊沙

智慧

宗显法师是个有智慧的人
他应要求讲述
自己当年出家的往事
像在写一首诗
一首口语化的现代诗
那黄昏的寺院
僧侣们的晚课
让他感觉到幸福
那身上世纪90年代初
还十分稀罕的白西装
决绝地自剃
一头摇滚青年的长发
充满细节的人性叙述
令我怦然心动
而真正让我见其智慧的
是他对一位自称
正徘徊在基督与佛陀之间的
女士的回答："信基督吧！"

2010年

☞ *我记得根据路遥同名小说改编的电影《人生》当年海报上的宣传语是"只有大手笔敢于写人生"。好吧，那什么样的手笔敢于写智慧呢？今年年初我在台湾高雄佛光山朗诵本诗，诵毕，同行的一位信奉基督教的女诗人激赏道："说得好！写得太好了！"另一位女诗人后来对我说："我感觉她没读懂。"我表示同意，本诗诞生四年了，我尚未遇到一个读懂它的人，特此自荐。*

沈浩波

理想国

那些名叫柏拉图的家伙
那些心眼坏掉的家伙
那些把自己当成国王和法官的家伙
那些梦想给人类
指明方向的家伙
那些肥胖而鲜艳的虫子
挥动隐蔽的毒毛
赶走狼和狮子
赶走绝望的少年
赶走淫荡的妇人
赶走疯子和乞丐
赶走小偷和强盗
赶走撒旦
赶走不听话的耶稣
赶走诗人
赶走我
别
无需你们驱赶
我只是过客
来瞧瞧你的家园是什么样子
我已经看明白了
理想国
不配住下我和疯子

2013年10月7日

☞ 这是《新世纪诗典》第1000首推荐作品，是一次隆重的荣誉推荐（即便要做十年，十年中有几个1000首？）。为何选择沈浩波？一、本诗是具有高度历史涵盖力与现实洞穿力的寓言、佳作、大诗；二、沈浩波是《新世纪诗典》开办以来诗内诗外贡献最大的“幕后英雄”，他甚至让我为他所做的某些实质性贡献保密；三、从1到1000，从沈浩波到沈浩波，一个完满的轮回。

西娃

吃塔

在南方的某个餐桌上
一道用猪肉做成的
红亮亮的塔
（我宁愿忘记它的名字）
出现那一刻起
我的目光
都没有离开过它

桌上其他的菜肴
仿佛成了它的参拜者
我亦是它的参拜者
接下来的那一刻
我想起我的出生地
西藏
多少信众在围绕一座塔
磕长头，烧高香
我曾是其中的那一员
现在我是其中的这一员

许多年来，我一直保存着
对塔庙神秘的礼仪
也保存着对食物诸多的禁忌
看着，这猪肉做的
红亮亮的塔
我知道了人类的胃口：
他们，可以吃下一切可吃下的
亦将吃下一切吃不下去的

当他们举箸，分食着
这猪肉做成的
红亮亮的塔

我没听到任何的声音
却仿佛看到尘烟滚滚
我们的信仰与膜拜
正塞满另一人类的食道
他们用百无禁忌的胃液
将之无声地消解

☞ *这首诗，有点绝，同时又很厚重。西娃在诗歌内部自我蜕变的能力令人吃惊，她现在的诗路叫作宽，而在三年前叫作窄。三年之中，我一直呼吁大家要利用好《新世纪诗典》——指的不只是它的传播力，还有它对自身创作的刺激力。我以为西娃堪称同行的榜样。这是《新世纪诗典》的第1001首推荐诗，一个新的“千首轮回”开始了，以一位女诗人做开端，我的美意不言而喻。*

韩东

写给亡母

你已上升到星星的高度，之后
隐匿了。方向东南，
于是我仰望整个东南天空，
想象你可能下降的地方。
那儿有丛林围绕的快乐生活，
那里的炊烟将迎接你，
就像我怀念的香烟袅袅不灭。

愿你新的一生安好，
享受赤脚奔跑的解放。
愿平凡和朴实伴随你，
在清澈的穿村而过的河边。
你是一件完整而崭新的礼物，
献给世界和你自己。

愿你的墓穴已空，
消失的夜空晴朗。
愿你收回回望的目光。那最后的光焰短促
已使你消声远离。

☞ *韩东说某人是“天才”，多半不是；韩东说某人是“大师”，肯定不是；韩东说某人“划时代”，顶多划了个人写作史；韩东说某人“后无来者”，来者跑到身前去了……我说韩东才是“天才”，他22岁就写出了《有关大雁塔》《你见过大海》，划了中国大陆现代诗的新时代；我说韩东才是“大师”，他52岁了状态有增无减。你读读本诗就知道了，中文现代诗有了自己的大师。*

马非

一把铁锹

雪后中午
在麒麟湾公园
偏僻的一角
一小片树林之间
我看见一把铁锹
支在其中一棵树上
还有两行脚印
从我站立的小径
迤逦到那里

这时一束阳光
从枝杈处倾泻而下
铁锹猛然一颤
仿佛活了
闪闪发光
逼人眯眼
白雪也顿失其白
惊起两只乌鸦
和一伙麻雀
扑棱棱四散开去

☞ *"马非属于那种深挖一口井的诗人，这些年来，他的写作在变，但不是突变，而是随着人生阅历的增加，一点点在内部发生变化，这种写作是更加值得信赖的。"这是我半月前在长安诗歌节第127场马非新诗集《宝贝》首发式上的发言，话音刚落，他朗诵本诗，令在场同行吃惊不小，马非怎么玩开加里·斯奈德了？还玩得颇为精到！仅凭这一点，他便无愧于三天中拿双奖。*

秦巴子

汽车动物园

小区的草坪上
停满了汽车
在深夜里
我听到汽车反刍的声音
但我不知道它在咀嚼什么
而到了清晨
我听见汽车发出牛哞
发出马的嘶叫
甚至还有的发声如鸟鸣
有些时候
我隐约感觉到
它几乎要发出人声

2013年9月11日清晨

☞ *本诗与秦巴子上轮推荐的《马》如出一辙，甚至来自同一灵感。在长安诗歌节初次听他朗诵时，我就说好，但并未当场订货。我想如果他近期有更好的，我就推荐更好的，如果没有，就是它了。我一直有点自疑，我是否对内容或手法单一而被卡住的诗人有点严苛了？本诗被选说明不是。只要诗本身好，或许其他一切都不成问题，秦巴子当算《新世纪诗典》最稳定的诗人。*

唐突

不足

我还不足以
背着大提琴
四处流浪

我还不足以
沉默寡言
越过汉字的边境

我还不足以
在沙滩上
建立自己的天堂

一些微小的事情
还没有做完
我还不足以

大着胆子
开始做死亡
这件大事

2013年11月22日

☞ *时间已经跨至2014年，诗卡由绿返青提醒我，这是新的一年，每位《新世纪诗典》诗人都将长上一岁，出生于1954年的唐突将过他的“六十大寿”。有些诗人命中注定与《新世纪诗典》有缘，借此大典展示他们的巅峰之作，唐突肯定是这个现象的一大代表，我所做的不过是顺其缘分。本诗属于那种对得起自己阅历和年龄的人生智慧的诗，人一辈子最大的意义其实就是做小事。*

南人

久出归来

久出归来
他看到她在阳台上
摆着三把椅子

2013年10月31日

☞ *《新世纪诗典》呈现出永恒的动态，是中文现代诗与日俱增的实力榜，第三季已入第三轮，我心目中的“最快进步奖”从起子换成了余毒，我心目中的“短诗王”从朱剑换成了南人，后者已经连续两轮为我们贡献出妙不可言的绝句，上一轮的《后半夜》是单行出神，这一轮的本诗是三行里藏着一个惊天悬念：三把椅子谁来坐？我猜了猜，但是猜不出来，这不影响我读懂它。*

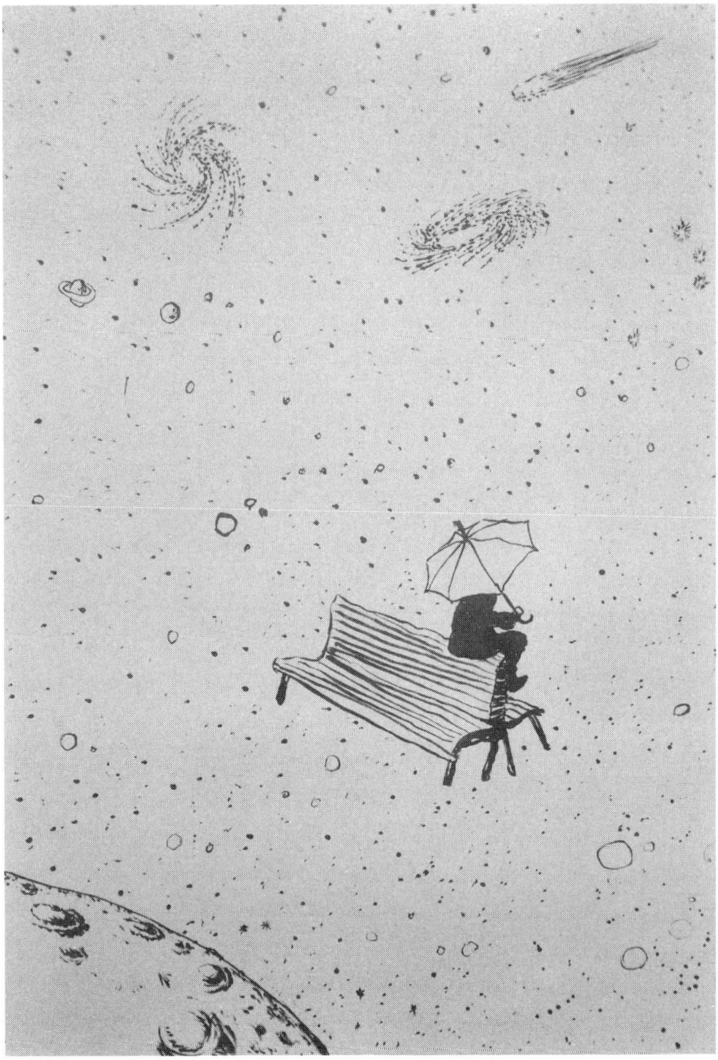

艾蒿

麻醉

曾经我躺在手术台上
为即将来临的
全身麻醉
感到不安
但接下来平静地接受
我知道我会醒来

我也见过贩毒的死刑犯
躺在准备好的床上
为即将来临的
全身麻醉
感到不安
但接下来他
也平静地接受

☞ *我记得很清楚，2013 开年之作是艾蒿，他从 4.0 到 5.0 用了一年零一周。我直到此时此刻才意识到艾蒿所承受的压力，因为我们同为长安诗歌节同仁。这一年来长安诗歌节总共举行了 28 场，他至少有过二十多次在我面前朗诵新作而不被订货的经历，每一次与投稿不被采纳无异，我待同仁苛刻如斯！这两年艾蒿不容易，光手术都得做不止一次，本诗是生命之作！*

1005

摆丢

孤岛般的故乡从雾中来，消失在雾中

赶早的人从雾中来，消失在雾中
黄泥巴路从雾中来，消失在雾中
禾谷、牛羊从雾中来，消失在雾中
大山、树林从雾中来，消失在雾中
阴森的黑夜从雾中来，消失在雾中
孩子他妈背着装有九月蔸的瓢蕾从雾中来，消失在雾中
走亲戚的乡人挑着鸡鸭从雾中来，消失在雾中
收工的农人喘着粗气换着肩从雾中来，消失在雾中
载着几个人的拖拉机噔噔噔地从雾中来，消失在雾中
放学的儿童流着鼻涕驾着木车从雾中来，消失在雾中
猪肉涨到15元一斤的消息从雾中来，消失在雾中
接亲的队伍搬着嫁妆从雾中来，消失在雾中
抬棺材的后生也抬着哀嚎从雾中来，消失在雾中
赶集的汉子买了一个油盐罐从雾中来，消失在雾中
扛着一袋米去追野鸡的猎人的枪声从雾中来，消失在雾中
祈求平安无事的人家听着鬼神的铃声从雾中来，消失在雾中
醉酒的人摇摇晃晃地从雾中来，消失在雾中
唤牛的唤狗的唤人的呼喊声从雾中来，消失在雾中
昨夜偷牛的强盗从雾中来，消失在雾中
串门借钱的火把从雾中来，消失在雾中
早产的婴儿从雾中来，消失在雾中
病倒的无药可救的堂兄被抬着从雾中来，消失在雾中
说不出就不出的太阳从未从雾中来，一直消失在雾中
那出了远门的人从未从雾中来，一直消失在雾中
后山的七公七婆从未从雾中来，一直消失在雾中

☞ 首先，我为我的“母亲之城”、上个世纪80年代现代诗重镇——上海当选第三届“中国十大诗歌省区”而感到高兴！这本该是一个风云际会有故事的地方，大半个月前在那里，在长安诗歌节上海专场中，当身为主持人的我宣布“下面有请和中堂（洗脚城）经理，70后诗人摆丢为大家朗诵他的新作”，小伙伴们都惊呆了，等听完这首诗全都呆傻了，具有大诗人潜质者在洗脚城！

闫永敏

五奶奶打麻将时说

我今天赶集回来，
看见姗姗在麦地边上哭。
我问她，你哭啥呢？
她不说，我又问一遍。
我知道她在哭她奶奶，
哭得真可怜！
应该把她奶奶埋远点儿！

☞ *第 1001 首，我推荐的是西娃的《吃塔》。在一个新千首的起点上安排一位女诗人，我说我的美意不言而喻，无非是希望在新的轮回中，女诗人有增无减。从整体上说，女诗人比男诗人的职业态度差多了，所以有此隐忧。在相隔五位男诗人后，出现了新千首的第二位女诗人，第一次推荐闫永敏时我就意识到，只要她的职业态度和心理上不出问题，她就会成为《新世纪诗典》的常客。*

(加拿大)洛夫

等待报废

我没有更多的零件可以报废

报废与否
先得请示我的锈
藏在内部某处余温尚存的
炉火，以及颅内
一个重要的开关

等等，有些事情得弄清楚
刚种植的两扇门牙
正在成长，生机盎然
染发纵使虚构了一段历史
也不能诬我颠倒黑白
而，镜前刮须
即便望文生义
你也不能把这一小撮的白
说成报废之物

我思量报废的意义，代价与后果
岁月悄悄地报废了
如烟
烟也报废
鞋子报废
路，想当然也报了废
书籍报废
黄金屋立刻报废了一大片
军衣报废
将军与铜像随之黯然报废
最后，一把傲骨
松动，开始摇晃
正等待

一阵轰然的
报废

☞ *我已经提前预告了我的激动，那么多好诗，还有更好的。《新世纪诗典》天天在提醒同行们，山外有山，人外有人，切不可做井底之蛙而沾沾自喜。我不为86岁的洛夫如此豁达地看待衰老而激动（台湾背景的老诗人似乎都有这种豁达），我为他能在“小”与“大”之间穿梭自如如入无人之境而激动！本诗最后六行，是大陆想做大诗人者求之不得的，洛大大师不过是自然抵达。*

王妃

瑜伽仿生学

猫伸展式
你就是猫
虎姿时
你就是虎
鸟王式
你就是鸟，亭亭玉立
……

现在是瑜伽时间，真好！
你想成为什么动物，你就是；
等瑜伽结束后
除了是个人，你什么都不是

☞ *王妃此番来稿中，有两首爱情婚姻题材的诗也写得相当不错，但我从《新世纪诗典》的全盘考虑而选择了本诗。已有热心人（我记得是唐突）注意到了，《新世纪诗典》作品涉猎题材之广，前所未有，这当然不是瞎猫逮住死耗子碰上的，而是我有意为之。请注意，我从来不屑于参与“写什么”与“如何写”孰重孰轻的争论，因为都重要，都会带来最终的不同。*

李天靖

2013年，最残忍的年份

这么多诗人一个接着一个
赶场子似的

死于肠死于胃死于肝死于肺
死于其他出问题的
不要再累坏了自己的器官

写诗写诗写诗——

赶着去过没有过完的日子
赶着去参加自己节日的那一天
赶着去火焰前的那抔灰烬

安静、单纯，世界的孤独
甚至冷寂虚无
迸出几粒滚烫的火星

像生前最灼目的诗行
给灵魂们致辞

女诗人郑玲也匆匆跟着走了
却手持语言的利刃
一路追杀死亡

复活复活复活——

注：2013年纪弦在美国洛杉矶逝世；相识的诗人牛汉、雷抒雁、韩作荣，刘苇、杨宏声、王乙宴（上海）、东荡子（广东）等相继离世，近闻郑玲也逝世，作此诗悼念 。

☞ *我也很纳闷，过去的一年怎么了？怎么一下走了那么多诗人？在我记忆中这是最多的一年，诚如本诗所写“一个接着一个／赶场子似的”。生前入选过《新世纪诗典》的诗人就有郑玲和东荡子。我想《新世纪诗典》上是该有一首悼念他们的诗，便在长安诗歌节上海专场听到天婧兄朗诵本诗。他朗诵时四下静悄悄的，大家一下子安静下来，以我的“毒”眼所察，天婧兄是有爱的本质的诗人。*

杨平

仅仅是

仅仅是聆听
飞鸟掠过林梢的声音
仅仅是感觉
流水滑过指隙，暖风
悠然拂上面颊的瞬间
仅仅是观看
窗外，路人
随着灯讯忧喜的来去而一朵云
眨眼前
以无法形容的绝美 流转
眨眼后
连同墙上的影子
镜子
壁虎
蜘蛛网
佛一样的
（无数纪了）

仅仅是挂在那里

☞ *杨平是我认识的第一位台湾诗人。1988年，我在北师大就读，任洪渊老师主持了一场他与我们一伙校园诗人的座谈会，会后我们一起去学生食堂用餐，到宿舍聊天；2013年，我在台北教育大学“天问两岸新诗新年峰会”最近一次见到他，心有万千感慨。25年是个轮回，交流利于创作！杨平兄当年送给我的诗集叫《空山灵雨》，如今他把新古典玩得更加娴熟、通透。*

星落河

后遗症

“不怨你
瞄得准些”
那人仰起头向他喊
还故作豪情地笑
这幅画面随他年龄
越加清晰
常常把他从梦里拎出来
汗淋淋
而当时，他年仅二十
接到上级命令
参与枪决一批死刑犯
山坳里，他们被反绑着
跪下去
青草正好淹没了膝盖

☞ *我从自由来稿的茫茫大海中将这一根针捞出来，然后向作者要照片、要简历，然后在几天前接到了作者打来的电话，我第一反应是为他知道我的电话而感到吃惊。听他讲我们在2011年上海的一个诗歌活动中见过面，他拿诗给我看，我看过后还给他的诗提了一点意见。哦，我想起来了，确有此事，我的电话也就是那时留给他的。无论如何，我觉得这是一件美好的事。*

水石子

静水之动

静水之动是潭上的流烟
静水上的河流
在冬日的阳光下粼粼波光
捞月的虾米每次都爬到水面
捞到一眼的迷离，清晰的空白
跳出水面的虾米往下跑
每次都玉碎虾米空

☞ *每次读到心仪的文本，我也忍不住会去猜想作者的年龄和背景（在作者小档案发来之前），自然也会有猜错的时候，本诗的作者便是如此。从这个有点怪有点老的文本（我甚至联想到了商禽的分行诗《逃亡的天空》），我猜想作者至少是上个世纪 70 年代以前出生的诗人，没想到竟然生于 1993 年，不过这也暗合了一条已经掌握的规律：90 后起点高，底子厚，很老辣。*

才艺

名医

我医院有一个名医
他医术高明
总能药到病除
他医德高尚
名声远扬很久了
找他看病要预约
找他看病要排队
这些都不是传言
都是我亲眼所见的
我只听说过一个
唯一一个关于他的传言
就是他母亲病死的时候
他却还在看其他的病人

2013年

☞ *在中国诗坛，这30年来一直存在着两种“主流”，一种是以《诗刊》为代表的官方刊物所倡导的“主旋律”；一种是现代诗在其自然发展中所形成的“主潮”。毫无疑问，新世纪以来，“后口语”已经一跃而起为后者，这或许就是我一读到本诗就亲切就放心的根本原因。*

过天舒

在雨中

在这潮湿的季节里
初开的花都谢了
一切都变得沉寂
就像一场庄严的葬礼

听！在苍白的树林里
是什么样的鸟儿在哭泣
那是密密的枝条间
轻轻落下的雨滴

☞ *我亲身感受到“北师大传奇”之愈演愈烈，我同学是诗人（徐江、侯马），我师弟是诗人（沈浩波、南人），我学生是诗人又考入北师大（李淑敏），我同学的学生是诗人（王文彪的门生刘天雨），如今我同学的儿子成了诗人——过常宝（沈浩波之师）之子过天舒（现于北师大就读），“北师大诗二代”来了！一看就是出身名门，饱读经典，路数很正，出手不凡！*

严力

日记

早上
吐掉了两口被美化成梦想的痰
上午
把家具上的灰从生活中擦掉
下午
到微博去参拜了政治正确的立场
晚饭后
把新闻联播与剩菜一起放进了冰箱
临睡前
顺手用试飞着远程导弹的口号
垫高了对未来的看法

今天在日记里
没出什么汗

2013年10月

☞ *全世界都进入了"评奖季",《新世纪诗典》也评出了第三届年度大奖。回看前两届获奖名单，我有一个意识：看看哪些诗人以获奖为新起点，跃上了更高峰；哪些诗人以获奖为拐点，从此走衰。严力是首届成就奖得主，是最早拿到最高荣誉的人，却马不停蹄、一如既往，从获奖时的2.0一路来到9.0，堪称所有获奖者的榜样。严力已算功成名就，何况那些过程中的诗人。*

侯马

一个女孩

她跟朋友来的
借了我两本书
川端康成的雪国
斯蒂文斯的乌鸫
二十多年过去了
我一直记得她的模样
我真想见到她
张嘴就问：
我的书呢？

2013年12月22日

☞ *我初读本诗的第一反应是：可爱！用“可爱”来评价一首诗在我这里早已有之（我自己就是写作可爱之诗的专家）。究竟什么是可爱？我以为是诗的魅力之一种。有的诗虽好，但无魅力，不可爱。反之，可爱，有魅力，一定是好诗。可爱来自真正的诗心。什么是北师大诗歌的传统？个个学富五车、知识渊博，训练有素，却从不炫耀这些，写的是人生人性人类之诗。*

潘洗尘

“铁证”

1963年10月27日
是我的生日
但一张被村干部后来随意填写的身份证
硬生生改变了我的属相
这真是生命中百口莫辩的一处硬伤
我不想年轻一岁 更不需要晚退休一年
我只想活得来路清楚
做一只真实的兔子
而不是一条虚妄的龙
相信许多现在还不想说清楚的事儿
总有一天会真相大白
唯有我的年龄 那些曾用过的护照保险单病历本
以及学生证工作证驾驶证死亡证
所有的伪证
都将成为“铁证”

☞ *在长安诗歌节去年某场中，当潘洗尘朗诵完一组近作，发生了这样一场会话。我说：“老潘，真好！你比你周边的诗人和你褒奖的诗人写得好多了！”潘洗尘说：“不能这么说，我知道自己几斤几两。”秦巴子说：“老潘自谦了。”我接着说：“也可能是狡猾。”众乐。眼前这首力作，让我更加坚定了自己的看法，我可不会因为他诗歌公益做得好而高看其诗（他不需要）。*

杨艳

望穿

弥留之际
为了方便
外婆被转移
到一楼的房间
现在
我正躺在她瘫痪后
躺了近三年的床上
盯着天花板
我想从那上面
找出几个洞来
外婆是否曾通过那里
看见天堂的样子

2013年12月14日

☞ 上一场长安诗歌节见到西毒何殇，我提前通知他，你哥们儿余毒的“最快进步奖”保持不了几天了，因为进步更大的出现了——我说的就是杨艳。初读本诗我很震惊，完全像一个深得“后口语”精髓的老手所为，却是出自去年9月才初登《新世纪诗典》的杨艳之手。进步太大了！但我很快又接受了这个事实：天天泡在这里，逐首批诗，每天互动，想不进步真难。

韩敬源

为病逝的人祈祷

那鸣叫的蛐蛐是谁的命
那枝头的蝉声是谁的魂
我从你们可能走过的路上走过
我在你们可能躺过的床上休息

2013年8月

☞ *长安诗歌节创设了一项非常有价值的奖项：《唐》青年诗人奖，评奖年龄要求在35岁以下，遂成1978年以后出生诗人的一场激烈竞逐，成了80后诗人主导的第一项大奖。评选结果：韩敬源折桂，李异险负。他俩在分数上遥遥领先，令我感到莫大欣慰，并感慨万千。这是厚积薄发、后来居上的佳例！在此我想对韩敬源说，你配得上这项青年大奖，但你领先得并不多，要冷静。*

高歌
火车站广场

我还记得
宣判大会上的
高音喇叭
有人在主席台上喊
不杀不足以平民愤

我更加记得
总有那么两三个
五花大绑的家伙
面朝静默的人群
绽放一脸的坏笑

2014年1月4日

☞ *我好像不止一次指出过，高歌的写作是“诗海战术惨胜型”。他接连几次来稿都让我很失望，甚至于很生气，但忽然又来一组好的，好的还不止这一首。到底是什么原因？值得好好总结。我想还是在理性认识上有欠缺，这样的缺失，质变不易，升段很难。迄今为止，我在西安、天津见过他两面，除了饭桌上、大堂里有过寒暄式的几句交谈，在真正交流的场合却不见其影。*

蒋涛

雾都孤儿

北京的雾太大了
我失去了所有联系人

2013年11月18日

☞ *诗坛来了个“外星人”，思维方式完全不落地球人的窠臼，更不按中国人的常理出牌。他生来诗人，入行却晚，全都憋着了，现在完全释放，怎么写怎么有，既不懂这行的俗套，又不沾这行的俗气，完全一个大龄的处子。你们以为他是玩，我却知道他不是在玩。他从此再也不会离开诗歌了，他蹚过那么多浑水都没有现在这般翻身做主人的感觉，他比谁都珍惜。*

梅花驿

书法

清理“吃空饷”
他重回单位上班
从此他不迟到
不早退
整日关在办公室
苦练书法消磨光阴
半年有余
单位举行书法比赛
他拔得头筹
众人刮目相看

2013年11月7日

☞ *在我带的硕士研究生“现代诗论”课上，当一位女生自选自评梅花驿的《牛逼》时，我以为那个时刻对于中国现代诗学与学院教育之间的保守关系是具有革命性标志意义的！它发生在我的课堂上我深感自豪！诗人同行想一下，在饿死诗人的时代里，高估读者估计不会，但低估读者会给你的创作带来什么恶果，其实我们已经看到了，多少诗人兀自霉烂、腐朽、发臭！*

景斌

冥币

年迈的老奶奶总在这一天
为另一个世界的老伴儿烧冥币
她点燃一张
再点燃一张
态度严肃
悲凉，甚至有那么点凄冷
儿女站在身边
不知该说点什么
她烧了一阵
无意间拿起一张
冥国银行发行的淡红色纸币
瞅着上面同人民币一样的伟人
脸上渐渐有了笑容——
我总算放心了，那边
也已翻身解放
你老爹一定还是贫协主任

2013年7月27日

☞ *去年五月在宝鸡，景斌兄有一番关于《新世纪诗典》的表述颇获我心，令我至今难以忘怀。他是用西府方言说的：年轻时与渭水等诗友在一起，大家比着写，目标就是要写出咬人的诗，却一直没能写出来。现在一把年纪了，经《新世纪诗典》这么一选，才选出了自己咬人的诗。好一句“咬人的诗”！即便是方言，我想也无须解释了。景斌兄又写出了一首“咬人的诗”。*

苏不归

庞贝歌声

一个黑人
站在圆形小剧场中央
用意大利古语
清唱
歌声环绕石阶
游客驻足聆听
有几人
闭上了眼睛
歌唱者的家人们
并排坐在石阶上
用摄像机
记录这一刻
歌声越来越悠扬
更多的人静静围拢
远处的维苏威火山
也成了沉默的听众
这一座
仅剩下骨骼的城市
内脏被熔岩吞噬
火海曾席卷至蓝色的海
歌声
绕着重新出土的遗迹
再次响起
歌唱者双手握于胸前
重复着高潮的段落
听众纷纷垂下头
或凝视天边
神情如同受洗
废墟不再有钟声、车马声
只有歌谣
不愿沉睡

它来自一名黑人游客
他获得了响彻剧场的掌声

2013年12月2日

☞ *连推两位“土范儿”，今推一位“洋范儿”，这就是《新世纪诗典》的包容和魅力。既有中国经验、中国质感的“中国史诗”，又有人类意识、世界眼光的“地球之歌”，土行大地，洋越重洋，人路朝天，各走一边。有人说五四是青春气质的。鲁迅一人除外，那么《新世纪诗典》的气质则与我的年龄完全吻合，稳健、宽容、厚重的中年人，不废老人爱新人，土范儿洋范儿皆包容。*

赵原

早餐

豆浆油条　三块
热干面　三块五
炒粉稀饭
三块五

吃了几个月热干面
今早　我欣喜地发现
卖豆浆油条的摊主　换人了
摊位前的树　也换了

那种更容易
落叶子的树
最早感知到
雨要来了

我把没喝完的豆浆
倒在树下　这个最便宜的早晨
好像真的从泥土里

渗出了牛奶

☞ *赵原整天嚷嚷的“小说诗”，在我看来是个不在行的提法，因为“拟小说”本来就是后现代花样之一，还用你提吗？“现代诗”对我来说，肯定指的是后现代之后的现代诗。这种提法，或许只对清扫其本人的观念障碍有意义，但明显也付出了代价，你写得越认真，你就离诗越远，离小说越近（但这没意义）。好诗出在你“小说诗”的螺丝没上紧的地方，如本诗。*

雷默

灰树林

众鸟在林间低飞，声声啁啾
残叶蜷缩枝头，一如寒鸦瑟瑟
青灰的天空下，槐树上的三只鹊巢
仿佛村子里最后的三户人家

2014年1月5日

☞ 记得我在“盘峰论争”中对“学院派”做过这样的表述：如果时代正常，它是天生的二流；如果时代不正常，它会确保艺术的底线。当时，谁能听进去这样的话？他们以为我在攻击“知识分子写作”。雷默倡导“新禅诗”已有20年了，这令他不可能成为诗坛主流，他的价值在于面对这个不纯的时代，最终写出了开放的纯诗。本诗多有现实的质感和艺术性。

向以鲜

怀念印度洋上的一只鸟

太遥远了
即使你拥有一双云翼
也无法抵达我的祖国
那儿于你是极端的北方
重峦叠嶂冷千年
于我则是触手可及的南方
吹气若兰的书卷里
落叶随风浅吟小唱
但是我们却在此不期而遇
印度洋上的一滴岛屿
如寥落星辰的一缕
每天 你啁啾着准时到达
像瀚海馈赠的惊讶和问候
造访异乡人的善意
在凌空的原木露台上
稍事停息　踏遍波澜的旅行
早已投射来生的足迹
我注意到　你来此是赴一场约会
羞怯又焦虑的眼神中
浮沉着另一只影子
像你一样美　一样摄人魂魄
却从未真正降临
那个时候 你的身心化作明镜
映照着大千世界的悲悯
纤尘不染却雷霆万钧
多么浩渺　多么无望的盟誓啊
强劲的暖流扇动肺腑
光辉弥满天地
俯仰之间　沧海如同逝羽
请让我仔细端详
就像端详一段往昔

无论是苏东坡的大雪
还是印度洋的深渊
都只是一页人生笔记

2013年春天写于马尔代夫中央格兰德岛　落日水屋

☞ *印象中向以鲜是我的同代人，上个世纪 90 年代我们常在一些民间诗报刊上碰面，新世纪以来我很少读到他的诗，忽然在微博上重逢感到很亲切。马尔代夫大概是中国人最容易抵达的"天堂"，多么艰难。上个世纪 70 年代中国诗人写异国题材靠手抄、80 年代靠臆想、90 年代靠流亡、新世纪靠的是自主的旅行。本诗写得大气磅礴、气象万千，靠以往那些是达不到的。*

六、记录老天的公道

我身边有一个聋子
百分百聋
一点声音也听不见
人们都不与他说话
只有天上的雷不嫌弃他

——刘川

南夫

我的富农生活

六点起床
上厕所、刷牙、洗脸
沏茶、熬稀粥
七点唤家人起床
上厕所、刷牙、洗脸
吃早饭
八点上班下地
挖红薯
凛冽的寒风鼓着裤裆
九点钟太阳才有了头发丝一样的暖意
十点我抽空望了望大地的尽头
隐隐约约多了几幢高楼
从城郊漫延过来
有几个和我一样的富农
点头哈腰干活
十一点
天突然变了
雨水顺着眼角的皱纹往眼里聚合
十二点只听老婆哇哇叫拿着雨衣奔了过来
喊快跑快跑快跑
我打着喷嚏嚷道
跑什么跑
你没看见前面还是雨吗
当心你心脏病又犯了
十三点哄孙子吃完红薯稀饭
接了小女儿从大学打回的电话
催要实习费学杂费生活费
就让这把老骨头
在木头躺椅上靠了靠
趁雨停又往地里跑
给麦田撒尿素

十四点来了一个城里朋友
他劝我放弃这一亩三分地
进城打工
每天好歹也能挣个三十五十
我问他工钱找谁要
十五点他妈的天还不黑
我腰酸背疼
叫老婆冲个鸡蛋喝吧
婆娘说
鸡还没有喂到下蛋的时候
哪有鸡蛋
我就拍了拍酸疼的腰板吼道
那就杀鸡取蛋吧
惊得我老婆目瞪口呆
十六点撒完尿素
给菜园子喷了喷杀虫剂
把害虫益虫全灭了
十七点眼看有气无力的太阳终于下山了
长舒最后一口热气
骑在田埂上
想入非非
吃了晚饭上床
一定要把老婆当女明星一样
招待一番
十八点来了一帮村干部
催交医保款农保款儿子计生罚款
一天熬到晚的一点好情绪
立马就蔫了

2011年12月13日于汀塘村

☞ *这是一个到处都安装有摄像头的时代，我因此而产生了一个美好的愿望，希望在中国大地乃至世界上有中文流通的地方都安装有《新世纪诗典》的摄像头。我必须承认个人视角的有限性（哪天我否认这一点就是到头了）。我恳请所有《新世纪诗典》的诗人和其他热心人士都来充当这个摄像头。南夫来自本少爷的大力举荐，其诗有着这个时代少有的真实、质朴、豁达，令人感动。*

欧亚

演戏

为了演好
一个落魄的英雄
我将生命的珍宝
一件件抛掉

可我的小脚
在皮靴里打滑
还没爬上戏台
就从梯子上跌倒

……

现在我身无分文
是世界上最瘦的狗熊

☞ *过年了。"饮水不忘掘井人"，我希望所有《新世纪诗典》的诗人与读者，与我一样不忘我们的"挖井人"欧亚。我之所以比当初更加感谢欧亚，是因为我了解自己。在写作之外，我不是一个找事做的人，我需要一个启动者——欧亚正是《新世纪诗典》伟大的启动者。值此马年到来之际，在这新春佳节期间，就有请欧亚来领衔一组诗人给读者拜年，从自省而喜感的本诗开始。*

陈陟云

新年献词：闭门造车

这一年，我只想闭门造车
把四面来风，炼成晶体，合而成墙
加上蓝天作顶，渊潭为基
一间密封而透明的屋子
没门，也就无需关闭
此屋甚好，活计一物无

挟来众多的道路，让它们联袂起舞
然后微澜般静伏
造车的过程，可以想象，也可以忽略
无非是一朵花的开谢，一盏灯的明灭
此车甚好，无毂，无轮
无形，无影
破墙而出便可合辙
虽是南辕北辙
但此辙也甚好，坐地进长安

2014年元日

☞ *陈陟云去年来过长安诗歌节，给同仁们留下极好的印象，一身正气、面带清气。不久前，我们还议论过，关于他看起来比实际岁数年轻得多的问题。有人回答，广东人爱喝汤养的；关于一个地方法院的院长竟然带着正气与清气，有人回答，日常写作的诗歌养的。长安诗歌节背后议论人都这么美好，我们只议论美好的诗人。本诗佐证了这一说法，呈送同行分享。*

湘莲子

婚誓

你是我的伴娘
我是你的媒人

你说你
作死
也不做
前妻
并嘱咐我
再熬
也莫熬成
前妻

我熬着
早熬成了
前妻
你早死
也死成了
前妻

☞ 这是一首神作！极端而典型，令人哭笑不得，令人感慨万千。2011 年 9 月，《新世纪诗典》首次朗诵会在北师大举行时，湘莲子是“旁听生”，连登台朗诵的资格都没有；2014 年 2 月，她在所有女诗人中第一个来到 8.0。在这两年零四个月之中，我曾称其为《新世纪诗典》的奇迹——我相信有人到现在都没听懂，读懂这个奇迹你或许能提升自己。请当下最好的女诗人给女诗人拜年！

（澳大利亚）欧阳昱

空

天空不是空的
充满了掉不下来也不想掉下来的星星

天空不是空的
五千多年的霾都集中到了这里

天空不是空的
那是一个可以随时下载无数记忆的U盘

天空不是空的
看一眼它就满得让你头晕

天空不是空的
东西多得就像床上睡着后的形象

天空不是空的
你把用光后的酱油瓶子打开看看，就跟那儿一样挤

天空不是空的
满满的都是那个中国孩子被挖掉的眼睛

☞ 上个世纪90年代，我应邀为欧阳昱在中国出版的第一本诗集作序，我在那时告诉你：他是中文世界里最优秀的诗人之一——没有多少人相信；但是今天我在《新世纪诗典》推荐语中这样告诉你——相信的人就多了。需要创建一项高水平的赛事才会知道优胜者是谁，就像李娜想要证明自己要去澳网，欧阳昱想要证明自己得来《新世纪诗典》。以本诗向全世界中文诗人拜年！

李异

你的存在对我很重要

你创造了尘土、海水
你把愤怒付之一炬
创造了沙漠
创造了我穿过沙漠
并喝下第一口酒
你还创造了薄皮的橘子
无核的苹果
和
少女般的草莓
你让我遍尝汁液
又自食苦果
你顺便创造了
用腮呼吸的家伙
带脚和爪的生物
你开玩笑地创造了原子弹
然后不告诉
正确的使用方法
你很仁慈地
创造了日落
让它磅礴地跌入山谷
你发疯了
你创造了最棒的创造：女人
却从不分配给
真正需要她的人

喘息，并且
再次喘息

☞ *在过去的一年里，李异赢来了一个大绽放与大爆发。诗、点评、插画齐出，无不表现出他作为一名诗歌艺术家的真相——是的，是艺术家，而不是文艺青年，这是有本质差异甚至相互背离的两种东西。我说过，《新世纪诗典》的灵魂是中年，但《新世纪诗典》的活力是青年。值此新春佳节之际，我请最具活力与星相的青年诗人李异向35岁以下的青年诗人拜年！*

游若昕

会站立的鱼

写作业的时候
看见鱼缸里
有一只金鱼
在站立
就像小朋友一样
难道是想
逃出鱼缸吗

2013年11月4日

☞ *我已说过，《新世纪诗典》没有儿童组，只有游若昕。她写的不是儿童诗，而是成人诗，是现代诗。她是不分男女老少的统一标准筛选出来的，所以任何儿童诗歌节或诗歌比赛的优胜者都不是其对手，并且她的诗没有大人可以为之代笔。她的父母都是《新世纪诗典》的诗人，却写不过她。请中文世界最闪亮的小诗星为全球华裔儿童拜年，爱诗的孩子是真龙！*

游连斌

下水道里的世界

卫生间下水道堵了
家政公司来疏通
用机器一吸
竟吸出来
卫生巾一条
避孕套两枚
一枚蓝色
一枚红色
性感内裤两条
一条紫色
一条透明
大红袍一袋
中华烟盒一个
心想，楼上这些人
可真能整
硬是在下水道里
搞出一个花花世界
再吸
居然还有一团
皱巴巴的人民币
保洁工打开来看
300元
他说
付完工钱还有剩

2013年11月30日

☞ *昨天游若昕，今天游连斌，构成了又一个“父女单元”，也让《新世纪诗典》在大年里增添了家的气氛——是的，有人把这里当作“家”，诗歌之家。他们来了就不想走，没把自己当外人，就像有人把这里当旅馆，还要装出被我绑架到旅馆里来的样子给他（她）想象中的观众看。老游自觉当起了《新世纪诗典》的资料员，不辞辛劳，诗也精进，本诗的角度太绝了！*

小布头

老年痴呆症

她谁也不认得了
我喊她妈，她喊我母亲

她怎么能忘记呢
曾经的欢爱，心跳，日渐孤僻的丈夫
黯然神伤的儿女，日复一日的
米缸、鸡笼和满地琐碎

她的身体里，安装了
一个特殊阀门，清除暗物质
只保留一颗露珠的距离
隔着她和我，以及这个清凉尘世

她变小。躲在黑夜和白天的交界
小到正好够得到
神龛前领取圣餐的年纪

在接近天堂的地方，母亲
正以穿越的方式，返回俗世，或者
借一种叫“老年痴呆”的疾病
回到我们中间，让我们领受恩典
把母亲当成女儿，重新爱一回

2013年3月27日早晨

☞ *不知大家注意到没有，电视上一些公益广告拍得真不错，有一条是关于阿尔茨海默病即人们常说的老年痴呆症的：饭桌上老父亲把饺子朝自己衣服口袋里塞，说他儿子就喜欢吃饺子，其实儿子就坐在他身边……画外音：“他什么都忘了，还记得这个。”看时我想，《新世纪诗典》还没有占领这个题材，然后便来了。沙白推荐的小布头的诗，写得相当不错。以本诗给老年诗人拜年，有诗写不会痴呆。*

李岩

倒着走

朝前，撞翻了一群步履蹒跚的老人
撞翻了一伙老太太稀里哗啦的麻将桌
接着，撞翻了一座医院的癌病房
撞到了太平间柏木棺材边楞上。一头栽进了火葬场
在金贵的墓地，又撞翻一盒盒骨灰

倒着走，不等于倒行逆施
撞上了大腹便便的中年人
撞上了一群嘻嘻哈哈的小青年
撞上了穿蓝白相间校服的学生和小孩
拐个小弯，撞见了放学后
母亲用绳子捆紧你
在后背打个死结，像死刑犯
提溜在空中
撂在冬天冰凉的院子里
用笤帚把猛抽。再用烧红的火枪
冒青烟的熨铁　举在你鼻尖、眼前
燎着了黄毛
进了大门，撞见了大河岸上的村落
母亲在烈日下生下你，乘着没人
正打算在尿盆里把你溺死
倒着走，撞见了
童年，是一只饥饿的红蜘蛛
一辈子被狠毒的母亲
吊在那里
荡秋千

2013年12月11日

☞ *初读本诗时，一看这标题，就知道李岩能过关。因为这标题是一个姿势，不是一般姿势，是一个范儿，范儿一旦确立，李岩就会摁下他灵便的排比键，这诗想不好也难了。前阵在《新世纪诗典》的现场看见一位同行说秦巴子、李岩排比句写得好——同行的眼睛是雪亮的嘛（第三个名字都未提）！排比真的不高级（本质上不是诗而是赋），但小米加步枪也能得胜利。*

李勋阳

绕口令：从六世达赖到仓央嘉措

喇嘛喇叭
喇叭喇嘛

喇嘛念经
喇叭开花

喇嘛念经成为喇叭
喇叭开花成为喇嘛

喇叭不让喇嘛念经成为喇叭
喇嘛不让喇叭开花成为喇嘛

唯独这一个
不用念经
也不必开花
本身已是
一个
喇叭花

☞ *我的推荐语是说人话的，我不会因为说人话而忘记了它“文学批评”的本质。既然是批评，当然就有褒有贬，就像昨天我指出了李岩的排比句，今天我要指出李勋阳的怪尿念——成也怪尿败也怪尿，这一首又在耍怪，但是耍对了，耍得很准很巧，遂成神作。然而，李勋阳的整体写作是有问题的，一则不能首首都怪出彩来；二则离了怪就很平淡甚至还粗糙。何去何从？*

本少爷

冬日访刘十九不遇

不论是在晋代还是元明中期
我们都是含辛茹苦的畜牲

2005年1月18日

☞《新世纪诗典》神作选出。标题是正文的一部分，这是我在基础写作课上所讲的内容，但是在本首神作中，署名也成了正文的一部分，什么都没有被浪费掉（当然也包括诗末的写作时间）。如此之神的奥妙在于，本少爷本来就写得很少爷（人长得也很少爷）。本诗在原先少爷的调调上有本质的突破，本少爷突然凶相毕露，变成了那个一语道破五千年真相的人。

张侗

石狮子

他记得
村东石桥上有一只狮子
一只耳朵没了
一只眼睛没了
鼻子没了
大张的下巴没了
一只前爪没了

举家外迁30年后
第一次回来
他怀抱父亲的骨灰盒
发现桥头的石狮子完好无缺
慌张得左顾右盼

☞ *沙龙死去了，我才知我是多么崇拜他，这么多年，我心中揣着他，与鬼魅相搏，与人渣作战，不计代价。有一种代价付在心理上，我到达一个地方，见到陌生人，对方不理我，我不敢主动招惹人家，怕人家对我有意见。去年夏天在天津见到张侗就是如此。我本身是一个更完美的绅士。本诗让我想起五四时期“乡土文学”的“返乡”场景，这是一种耐人寻味的重现。*

张坚

想和你的影子握手

曾经为了一首诗，把父亲虚拟成农夫
事实上他是司机而我固执地认为
握方向盘，和拿锄头一样伟大
我把他熟悉的发动机改成了稻田
这首短诗，寂寞地卧在晚报副刊一隅
像极了他的庄稼，谁也没有发现
这个善良农夫内心的不安，他那会儿
应该握着方向盘，神情凝练
盘计着两个男人的晚餐

我把农夫的汗水种在诗里，在阳光下闪光
这个细节被父亲同事发现，他们一直认为
我那只会开车的父亲
也只会在领薪水的日子流汗
这个细节被隐藏了，直到今天
我想以另外的方式继续隐藏下去
直到，我儿子原谅我，一直到
我决心和父亲的影子对话或者握手
这个自私的想法终将和他田里的杂草
一起腐烂，他的汗水
凝结成闪光的稻草人

☞ *我知道张坚诗歌奖，但我不知道诗人张坚。本少爷将其诗推荐给我，对于以做善事著称的诗人，《新世纪诗典》本着这样的态度，更严格的审定，一旦过关，便是更高调的推荐。确实会有这种情况，因做善事而抬高了诗名；确实也会有这种情况，因做善事反遮蔽其诗，我以为张坚属于后者，本诗便是证明。第一句便打动了我，有着大多数诗人缺少的诚实，这么起便越写越有。*

李建明

倒立的人

倒立的人
用手走路
倒立的人不穿鞋子
他的双脚洁净
刚好迎接日月光辉
哦，那些曾经被践踏的
现在开始普照人间
倒立的人也用眼睛看世界
只不过他看到的世界
是反的
劳动者的肩上
扛着不劳而获的勋章
大厦底层垒满白骨
那些落叶
纷纷飞向美丽的天国
而最是刺眼的花朵
恰好被埋没
倒立的人也是用头部思考
他甚至直接用头发
感受泥土的疼痛
哦，这颠倒是非的风景
倒立的人像一个色盲
辨不清黑白
在前进中倒退

☞ 一个好的意念，会打开诗路。“倒立”正是这样的意念，但是它也埋藏凶险——不够新鲜，这时候，考验作者才华的时候便到了。我以为本诗作者经受了这种考验，“他甚至直接用头发／感受泥土的疼痛”，能够写出这种感觉，本诗就成了。仍然是我不知道的诗人，只隐约记起“且歌且骚”这个名字在哪里看见过。仍然是来自本少爷的助攻，他把突围诗社的好诗人推到我面前来，让闽军顿时强大起来了。

邢昊

端量

他端量着挂在墙上的
朋友的画

美女飞出来的
两只好乳
鱼雷似的

看上去，好像这个世界
正打算向她投降

☞ *可以从一千个角度去理解诗歌，比如物化的角度。比如量化的角度，越不懂诗的人，理解得越绝对，老一副真理在握的样子，比如他们将幽默、机智的现代诗诽谤为“一个段子”。我初读本诗时，就因为作者使用了一个妙喻，我就决定推荐它。借本诗祝天下有情人情人节快乐！*

徐江

通往胸科医院食堂的过道

砖混老楼
常年掩映在它自身的阴影下
此刻冰冷
盛夏它是凉爽的
站在狭窄的过道
越过昏暗的两层楼
向上眺望
亮一点点从更高处射下来
顺着墙壁爬上去
就有一点希望
像凡·高《囚犯放风》的画
和讲述纳粹时代
南欧游击队的老电影
地下工作者
在过道窜来窜去
有的倒下
有的蹽远
把自己和时间变成影子
渗进墙
我想说
你必须随时缅怀并记住
绝望里
那一丝迷人的光

☞ *我和妻携子进京赶考，猫在京城某宾馆中，我在写本诗的推荐语时，徐江正行于从津门赶来的途中，一边写某人的推荐语，一边等着他来……这是《新世纪诗典》近三年来的第一次体验，而这一切都不是事先安排好的，这便是人与人之间的缘分。本诗像一幅油画，最迷人的地方是其中的光线……是的，中国的现代诗人，不能仅仅习惯于画速写、素描、国画，还得学会画油画。*

秦菲

鸡子牛奶

假若你在书上看见“鸡子牛奶”而不是“鸡蛋牛奶”
你就知道
作者在写民国

☞ 在上海，蒋涛对面见秦菲心存疑虑，我说，“没事儿，一定是正常得不得了的女人，没准儿还是淑女”。结果，果不其然。我并非神算，只是觉得网上网下分裂者还是多于一致者。既然如此，我就觉得秦菲在网上的“疯狂”似无必要，行为大于文本，没有必要，关键是这种“疯狂”无助于甚至反而有害于文本。本诗感觉挺好，是对“民国范儿”很好的解构。

江湖海

五线谱

黄昏我走出三新村
看见数十只半死不活的鸟
蹲在五根平行电线上
我心惊之下默唱了一遍
果然是哀乐

2013年12月

☞ *昨晚，由我主持的长安诗歌节第130场在京举行，创造了诗会时长11个小时的全国纪录，其研讨文本的质量之高也是前所未有的。话语飞扬中涉及当前中文现代诗创作的诸多现象，其中“老诗人焕发青春”便是其中一个，江湖海当算这个现象的突出代表。听说他某月写诗逾百首，诗的整体质量之高令人咋舌。本诗妙哉！提醒同行，任何时候都别忘记诗的艺术性。*

左右

差一点

刚打开我的耳膜不久，耳朵里的声音就没了
刚打开我的声带不久，嘴巴里的声音也就没了

差这么一点点，就能听到童年最美的声音了
差这么一点点，就能说出最想说的一句话了

我一生下来，还没有准备把命运的喉音听清楚
还没有把壮丽的一生说完整

差一点，还把学业、事业和爱情搭进去

这一生，我耳门上的瞳孔和声门上的复眼
紧紧关闭，死不瞑目

☞ *对于左右的诗，我脑中刚有一念，他下次来稿，我一定要在他最擅长的聋哑题材之外选出佳作，他的稿子便来了，我的这个念头便被他的好诗击得粉碎！谁能拒绝如此一首世界级的佳作呢？它出于什么样的题材还重要吗？好的选家会让他（她）所目击的事实来修正自己的编选理念而非相反。我曾说过，左右的横空出世打破了80后的格局与秩序……岂止80后！*

王乙宴

月

所在之处已经被绵密不绝的风
彻底覆盖
这一次
用你的手轻轻一推
让我如落叶般下坠

那儿不是传说中的天堂
和地狱
静脉与地面剧烈地摩擦
低低的月亮泛着光
皮肤上是炫目的血流

一波又一波
回荡的风却渐趋消散
我知道自己活着
就是心跳，就是呼吸

☞ *中国诗坛好像不止一个王乙宴。我知道这一个出自上海的王乙宴，但忽视是很容易造成的，就因为她琴弹得好，是专业水平，我就认为她的诗可以不看。红颜薄命，她的芳名赫然出现在2013年长长的诗人死亡名单里，我这才认真面对其诗，印象中是一个有着自己的小宇宙并且总在诗中爆发的女诗人。又一次目击了令人无语的现象，死亡总是先发生在诗里！*

惠建宁

叫魂

娘手拉着门闩　脚
踩着一扇门框
拖长着声调　轻声
唤着我的名字　唤
建宁回来　建宁回来
姐姐在炕头不停地
低声应着　回来了
回来了　建宁回来了
而我发着高烧
迷迷糊糊地呻吟着
娘在念叨着像是咒语的
东西　大路上来的
大路上走　小路上来的
小路上走　山里来的
山上走　水里来的
水里走　不要缠我儿
不要缠我女　孤魂野鬼
通通给我往出走
给你米　给你面
再给你送些零碎钱
你给我走　你给我走
实在不行　你在十字
路口等旁人　娘念完
手起掌落　砍翻一双
立在米面碗中的筷子
大喊一声　快走
只听得门一阵紧响
大鬼小鬼中鬼老鬼都
怪叫着　趁夜还未
全部散尽　统统争先恐后
地四下里跑去

而后　我被娘和姐姐
扶起来喝下符咒烧成灰
冲成的一大碗神水
哼哼唧唧地躺下
昏昏沉沉的脑子里
想象着大鬼小鬼
被娘赶得四下里逃跑的
狼狈模样

2013年3月27日

☞ *在长安诗歌节上，王有尾喜欢酒后吐真言。记得有一次他说我在《新世纪诗典》上喜欢选乡土题材的诗（就好像城市题材选得少似的），是因为我缺少农村生活的经验，容易对此题材眼前一亮、一惊一乍……那么，好吧，干脆把我当成一个外国人吧，我站在外国人的角度上看本诗，就是觉得本诗提供给我的场景很新鲜、很有趣、很独特、很文化，谁也拦不住我选它。*

第广龙

上午和下午

朋友的岳父去世了，上午
参加葬礼，点纸，上香，磕头
在哀乐声中，我的心里
产生了微微的忧伤

一部喜剧片上映了，下午
我喝饮料，吃爆米花，跷二郎腿
随着剧情发展，剧场笑声一片
我也笑个不停

我已经把上午的事情忘了
第二天，我把看电影的事情也忘了

过了几天，朋友回请叫吃饭
我才记起，他的岳父去世
我去祭奠过

又过了几天，我换洗衣服
发现了口袋里的电影票
才回忆起看过一场电影

2012年12月23日于西安

☞ *什么是真实的生活？这就是真实的生活。什么是真实的写作？这就是真实的写作。什么是真实的诗歌？这就是真实的诗歌。过什么样的日子就怎么写；过什么样的日子就写怎样的诗。陕西诗人似乎很容易抵达这种实在。在现代诗上抵达并不容易，这是很容易写矫情的诗歌，也是很容易被评成矫情的诗歌，没有宗教文化的种族，没有那么多反省，却直指时间。*

袁源

穿墙术

一个老头穿进去
出来一个姑娘
一个姑娘穿进去
出来一条狗
一条狗穿进去
出来两条狗

清早起来
路过一个小区
看到如此奇幻的景象
我高兴坏了
以为世界终于
可以穿行无阻
生活顿时
有了无限可能

走近才发现
只是小区的栅栏
断了一根铁条
真相令人沮丧
这世界依然是
铁板一块

2013年12月5日

☞ 这是通过观察生活赢得的机智。机智是现代诗的重要元素之一，但是被中国人接受起来何其难也！我自己亲历得太多了。在网络时代前，他们给机智罗列的罪名是“小聪明”；网络时代后，他们给机智罗列的罪名是“是段子”。我对前者的回答是“没有小聪明，何来大智慧”，我对后者的回答是“现代诗可以是一切”，为诗“守节”的结果是“守穷”。

但薇

忧伤的认识

青石的街道，很古朴
我的高跟鞋嗒嗒地询问
像一个问路者
初次相遇
这样好像很不礼貌
此刻，我突然很想换双鞋子
比如绣花鞋，比如温和，内敛
比如认识他

☞ *我记得刚开始做《世纪诗典》的那年（1998 年），有人说伊沙不适合编诗选，他太极端，后来再也无人说了，后来我编诗选以“宽阔、包容”著称。“宽阔”也得分两种，一种是江湖政治的伪宽阔（是个人都要收，尤其脸熟的），一种是出自原本宽阔的一颗诗心，我当然属于后者，譬如，我出自本心地喜欢本诗（恐怕有人会大跌眼镜），中国味儿、女人味儿。*

欧阳斌

信使

他带着心情里的燠热
像凳子四脚朝天搁在桌面上
尼龙绳等待捆绑后的死结
他的女人不在分拣的每一封信里

他回忆起年少的星期天
一只蚂蚁的不动声色
很少在外面闲逛。现在他记起
他的自行车停在工作间的走廊外

一个上午他得走完五条大街
在第五条的街口松弛了一下
他和自行车看上去
多像一对相互搀扶的老友

夜晚的信使不带一封信
他在回家的路上顺带去看一个朋友
熟悉的巷子偶尔也会陌生
他忽然没有意识到这一点

☞ *有“历史感”一说，尚未有“时间感”之说。好，那我就在此发明一个。初读本诗，我感觉到弥漫在诗中的一种东西，甚至于正是这种东西牵引着作者的书写，它是什么呢？我称之为“时间感”，是一种对永恒的时间、对流逝的岁月的敏感与缅怀。我们试想，如果没有这种东西，本诗一定等而下之，变成一个小人物的小传，变成我所反对的那种“小说诗”。*

阿文

负罪

替工友们写检讨书
这似乎成了我第二职业
我边写他边叮嘱
多用些好词硬句美言壮语
好像只有这样
才能缓解他们惶惶不可终日的心

他们在大庭广众下有声有色地念着
而我站在人群前沉着头
倒像是犯了什么不可饶恕的错误
宣读我的罪状
接受最后判决

☞ *阿文是《新世纪诗典》发现的还在打工的“打工诗人”，如果真有所谓的“打工诗”，他写的是鲜活具体向物我纵深处写去的“打工诗”，而非简单树立一个对立面，用庞然大物做符号，并将一切都符号化、概念化的“打工诗”，前者是真现代诗，后者是伪现代诗。中文现代诗有多少品种，《新世纪诗典》就有多少品种，但与此同等重要的是，我们只收好诗。*

襄晨

叔叔醒了

超市前
我正蹲在地上
给女儿喂水
女儿手指一指
说："叔叔醒了。"
我望过去
阳光下
一个流浪乞丐
从墙角
一堆破烂衣服里
坐了起来
半裸的身体
又脏又黑
头发比乱麻还乱麻
一片乌黑
我对女儿说：
"对，叔叔醒了。"

2012年9月3日

☞ *本诗高级得令我哑口无言。在诗的现场中，"女儿"说了一句话，好像什么都没说，"我"说了一句话，好像什么都没说，就像一丝清风，吹过来吹过去，吹过由"一个流浪乞丐"构成的风景，一首美妙的诗便完成了，什么美意都有了。在如此高级的诗面前，主题写作是可耻的，一些整天价梦想高级而不得的人（无才之辈）是可笑的。*

雷喑

又是一年

用父亲的斧头劈了一堆木柴
在母亲的院子里晾了一绳条旧衣裳
问了一下女儿寒假是否有人说要见一见你的父母
翻了翻儿子的高二成绩册说可以还可以但尚需努力
其实
你什么也没有做
也没有说
你只是这样
在远方
在东南沿海某座城市某个小区某户人家的阳台上
想了一想而已

☞ *雷喑开始进入我的视野不是以诗家而是以论者的形象，一个颇有见地的论者，所以当他突然投诗给我，我还小吃一惊。但那一组诗我没有选出来，太粗糙了，前口语式的粗糙，这一组来稿则好多了。昨天我们还在长安诗歌节上说，有人（著名诗人）半辈子写的诗与己无关，毫无人生含金量。我喜欢本诗正在于它有深厚的人生含金量，并且充满自省。*

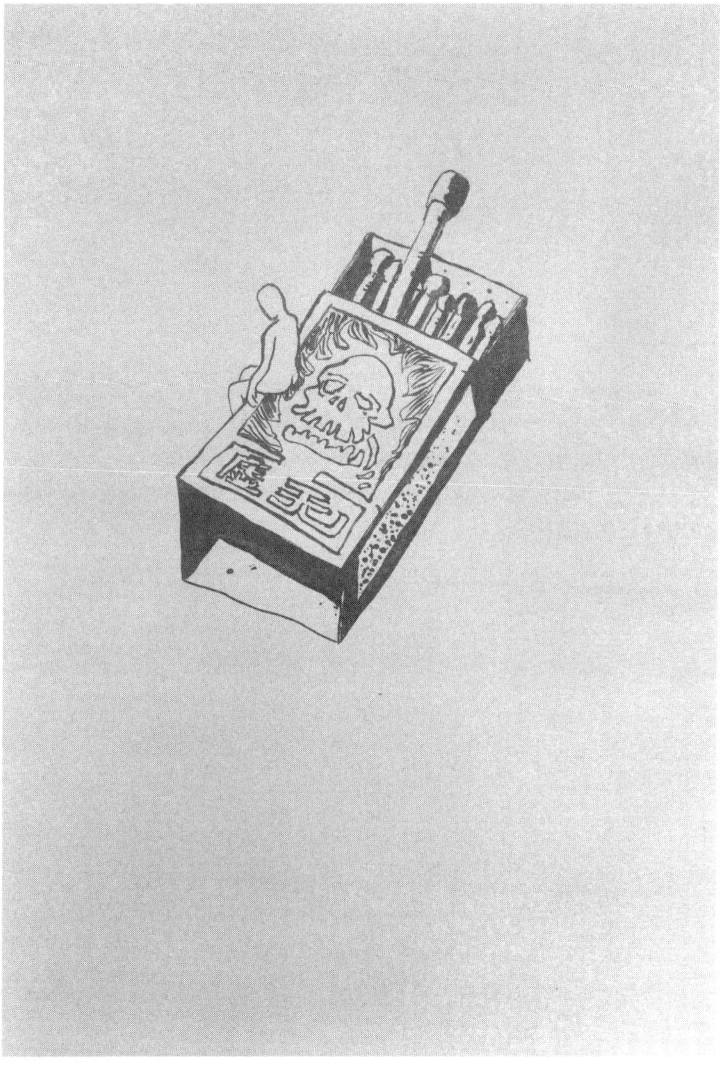

冷盈袖

傍晚

常常，我不能确定自己要做什么
不过是一天接着一天，醒来，睡去
天始终是单纯的蓝，要等太阳从山头滚落
才会慢慢深邃起来。楼顶上的金橘
有的青，有的黄。傍晚的风轻轻吹着
这样的日子，已经有多少年了呢
那些微小的，琐碎的，喜悦和悲伤
即使被吹落，也是不可替代的

☞ *据我所察，绝大部分诗人只能欣赏与自己同风格的诗，所以才会涌现那么多“党同伐异”，那么多“只要主义真”，那么多“一招鲜”，那么多偏狭的“副将”如云。看他人之诗没有包容之心和接受的肠胃，自己的诗便不可能具有强大的涵盖力和真正的霸气。不瞒您说，我深得此中正能量，我能够欣赏如本诗这般“微小的，琐碎的，喜悦和悲伤”。*

唐欣

晕眩记

晕眩　以前他多次写过这个词
但直到今天　才真正体会到了
同时来的还有　恐惧

头脑里居然刮起了风暴
他躺下　却又像荡秋千似的
从某个高处迅速滑下

这是崭新的感觉　但它到来了
这就意味着　他会慢慢熟悉它
并且接受它吗

迎着朝阳　大步行走在
护城河畔的公园　原来有
那么多的人　已经出发了

背负着血压监测器　在地铁上
他获得了礼貌的注视
但没有获得让座

候诊室里　他和一群老人
并肩坐着　别的事情他都迟到
这回却赶了个大早

医生叮嘱说　不要激动
他答应了　但是一个人
只要　不是一株植物
又怎么可能不激动呢
何况　事情又是如此令人激动

2013年7月

☞ *老唐身体容易招病，我曾调侃道，这是否与其早年调侃过奥运会污蔑过体育有关？但好在小病不断、大病不犯。在面对疾病的态度和写法上，也能看出现代诗人与传统诗人的不同。传统诗人的疾病是抽象的，要的是“病中抒怀”；现代诗人的疾病是具体的，直面疾病的身体反应。老唐与徐江同患痛风，徐江在那个病上留下佳作，老唐转得他病，写下本诗。*

君儿

海棠花开

海棠花开了
在楼前的院子里
不多不少　十五棵
全部盛放
隔壁人家装修的电钻声声
而它们悠闲　自在
一年一度
摇摆在春风中
它们的后方有一株无花果树
它们的前方有几棵白蜡
而它们的前世
这人怎么可能知道

每年海棠开时
就是我该得病的时候了
一个冬天积累的火
化为嘴唇口内喉咙里的溃烂
一个肿着一边脸的女人
对着越开越好看的花
自惭形秽
但这不也是另外一种
——恩遇和感怀
哦亲爱的　这煽情里面
其实有多少苍茫之感

说话间一只麻雀来了
停在它的上面
一片夕阳的光来了
停在它的上面
它们水乳交融我却在这一刻
生出那么一点嫉妒　对美还是

对流逝　对初始的洪荒
还是对生命的无望
嘿宇宙　我是你无边无际中的一只小鸟
我吟着我的谢意
它们也是风中那一枝枝海棠

☞ 女诗人是我“永远不能了解的东西”（引号中引用的是罗大佑的歌词），或者是我越来越不愿由对我越来越多的了解。《新世纪诗典》做了三年，我比以往或比他人有了更多的了解，君儿是其中极少的诗心纯正态度专业者，今天她来到她的8.0，便是与湘莲子一起成为这场马拉松女子组的领先者。我刚在长安诗歌节北京专场说过，她是女诗人中少有的长跑好手。

李伟

空镜子

照了照镜子
镜子里是空的

又照了照镜子
镜子里还是空的

把脸贴到镜子上
镜子里依然是空的

他不知如何是好
他和镜子同时慌了

2011年

☞ *本诗是长安诗歌节北京专场的现场订货。看诗或听诗，我的眼睛和耳朵都不错，三年来，在各种朗诵会现场，我靠耳朵订了不少货，于是我便成了每个朗诵会上最认真投入的听众。*

毓梓

桃树

我的身体
它有了变化
胸下坠成快要掉落的桃子
那片粉红越染越大
这虽然是我少女时期每日期待的
可这一切来得太快了
我吃的药很多
近些年，越来越多
一棵老树是多么地需要肥料
但又要严防
根
被烧死

风过来年发芽
我
不可嫁接

☞《新世纪诗典》三年了，似乎发生了很多故事，又感觉什么都没有发生。有人眼中只有“事”，那便再小也化解不了；有人在乎的是“诗”，那就好办了。你不自弃，诗神怎会弃你。这一切我都看在眼里，谁又能做到真糊涂呢？毓梓的诗，有性别意识，对身体有感觉，这两重加起来就叫“性感”吧。诗的性感并不等于穿着暴露、器官罗列，它是内在的、高级的。

（美国）北岛

拉姆安拉

在拉姆安拉
古人在星空对弈
残局忽明忽暗
那被钟关住的鸟
跳出来报时

在拉姆安拉
太阳像老头翻墙
穿过露天市场
在生锈的铜盘上
照亮了自己

在拉姆安拉
诸神从瓦罐饮水
弓向独弦问路
一个少年到天边
去继承大海

在拉姆安拉
死亡沿正午播种
在我窗前开花
抗拒之树呈飓风
那狂暴原形

注：拉姆安拉，巴勒斯坦在西岸的首府。2002年春，我随国际作家议会代表团前往这座围城，声援巴勒斯坦作家。

☞ *如其诗后所注，北岛12年前的访问是受巴勒斯坦大诗人达维什之邀，去声援阿拉法特。前不久，又见北岛跟一帮国际知名作家一起为抵制索契冬奥会签名……这种事情多了点儿吧？在政治正确面前立场太坚定态度太鲜明行动太果敢了吧？但好在还没有伤及其诗，诗当超乎其上。本诗好在一个“拉姆安拉”松弛了北岛一贯上得过紧的词语的螺丝。*

三个A

愤怒出诗人

爷爷被划为地主
爸爸年龄很大
仍娶不到老婆
愤怒的他
与爷爷断绝了关系
和我妈生下了我。

☞ *三个A善于写长而不善于写短，所以当本诗出现在他笔下，我为他感到高兴。《新世纪诗典》偏重于短，过了这一关或许可以提高推荐率。我不讳言地说，我对两种来路的诗人更有感情：一是《新世纪诗典》土生土长的诗人，二是从“诗江湖”过来的诗人。三个A属于后者，令人深感欣慰的是，这路诗人大部分得以幸存，与诗俱进，越战越勇，成为一支铁军。*

紫箫

一本小说的开篇

这是立夏以来久违的阴天
我闭上眼睛靠在阳台
思考新小说的开篇
我想象大海、天空
以及风中迷失方向的鸟群
我想象死亡、爱情
风透过窗帘
把远处屠宰场的血腥味
吹了进来

2013年7月21日

☞ *本诗是长安诗歌节北京专场的现场订货。紫箫是现场记录，说他不朗诵了，我说要朗诵，朗诵完了更安心地为大家服务，结果他就朗诵了这一首，我怕大家没听清，请他朗诵了第二遍，顿时好评如潮，是这场长达九个半小时的中国最长朗诵会上的几大亮点之一。紫箫已在85后这拨诗人中凸显出来了，证明了“才华+态度”决定一切。《新世纪诗典》铁筛子筛诗也筛人。*

张甫秋

接近天籁

朋友去西藏说
牦牛肉干94元人民币每袋
朋友没舍得给
我买
我说不买就不买吧
留着那些牛那些羊
那些不牛不羊的
好好在山上吃草
没事的时候
往下看看

2013年9月

☞ *这是一首有口语自觉追求的口语诗，其中有的句子不合语法，却有口语表达特有的微妙，譬如“牦牛肉干94元人民币每袋”。我不讳言地说，口语诗人要高于书面语诗人，纯口语诗人又高于泛口语诗人。纯口语诗人就是有口语自觉追求的诗人，他们能够在语言的泉眼上发现妙处。写一个漂亮句子算什么，来一句“牦牛肉干94元人民币每袋”才高级。*

乌城

世间公路有两种

一种笔直平坦伸向远方
连接天边血红的落日

一种起起伏伏滚滚而来
一会儿一队坦克
一会儿一群骑摩托的白绵羊

2013年10月8日

☞ *印象中，乌城的诗以现实的质感和有效的狠劲取胜，忽然来了一首经典化的则令我有意外的惊喜。这是一种编选家的心理，希望我们的诗人有其内在的多元丰富性，在此把这种心理说出来，相信对诗人们的成长与发展提供的是正能量。我说本诗经典化，并非其形式表面的简洁、凝练、整齐，而是其内涵的多义性，究竟写的是什么，颇为耐人寻味。*

（美国）木心

从前慢

记得早先少年时
大家诚诚恳恳
说一句是一句
清早上火车站
长街黑暗无行人
卖豆浆的小店冒着热气
从前的日色变得慢
车，马，邮件都慢
一生只够爱一个人
从前的锁也好看
钥匙精美有样子
你锁了　人家就懂了

☞ 木心，一个小小的文化造神运动的产物，但既然他有诗留下，我就要认真对待。仔细看过了，他不是神，而是人，有人吹过头了，便成笑话了。中文新诗已近百年，不会出现如此传奇，一个业外之人，一个世外高人，一览众山小。容本主持客观地为你道出一个真实的木心：他本质上是新诗诗人，心中想写的是五四新诗，偶尔要点性子说点人话，在语言上有些心得。

何小龙

羊皮筏子

一生逆来顺受的羊
即便成为一张皮
依然在逆来顺受
不同的是，驱赶它们的牧鞭
变成了桨板，在黄河之上
它们驮载的游客
谁，吃了它们的肉
它们不知，只知顺从地
听凭桨板的驱使
将骑在它们背上的人
送往对岸

☞ *我第一次见到“羊皮筏子”便是在诗里，北师大五四文学社社长夏天阳的一首诗。明明是一个来自上海的奶油小生，诗里头一写这玩意儿就显得很酷——一种80年代的土酷，就好像整个民族的苦难都被我一人扛着了。第一次见到实物是2002年兰州家庭游，唐欣陪我和老G去黄河乘坐羊皮筏子漂流，我觉得那玩意儿很逗。本诗确乎是我所读过的写羊皮筏子写得最好的诗。*

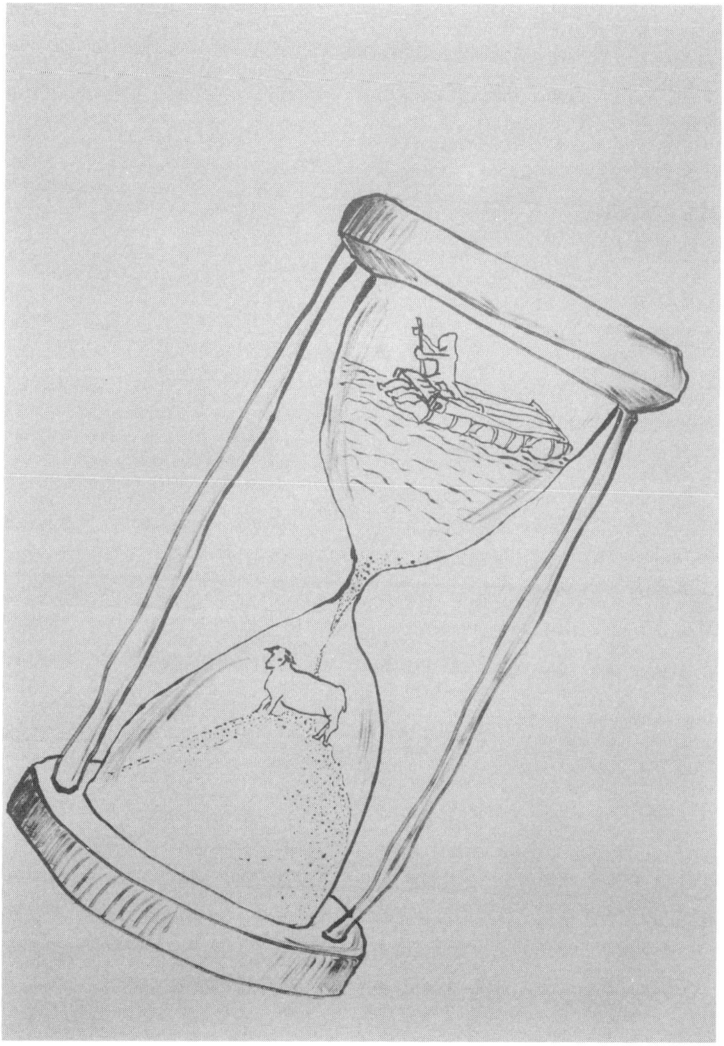

谷驹休

独居者

对那宝贝
在洗澡时
他会多花出
一点时间
夜晚入睡时
还要习惯地
揣摩一会儿
早晨醒来后
以及一些
迷乱的时刻
他仔细感受着
它的反应

虽很多次
无所行动
徒受煎熬
但那却构成
他生活乐趣
和信心的
一部分

☞ *大学时代，我曾得当时的权威选家老木（《新诗潮诗集》编选者）一言鼓励：“伊沙是上路的！”我将此话转送给今天推荐的青年诗人：“谷驹休是上路的！”从其小档案中我看到他吃的是中文现代诗最好的诗歌营养，这便令他即便写到性器官也是如此健康、诙谐、高级、走心，不瞒您说，颇得我之风范。*

祁国

老了

真的老了
看碟也看得泪流满面了

好就好在
真的老了

一觉醒来
看的内容怎么想也想不起来了

2007年12月25日于上海

☞ *祁国的名字，总是与荒诞诗派联系在一起。众所周知，我对任何流派都不太感冒，因为我出来混的年代，创建流派的高潮已经过去了（那往往是文学发轫期的征候）。就拿荒诞来说，本来就是现代诗的一大元素，择其一而命名为流派，是把自己做窄做小，譬如本诗，写得很好，它的好并不在于有多么荒诞，而是在于它给我们提供的人生经验的真实与鲜活。*

龚学敏

早起无事，闲着也是闲着，读绵阳市政府公告

李白兄，接到家乡的消息时，我正在成都写诗，勿念。
只是矿渣漫过蛮婆渡了。就是用你妈妈命名的那个地方，
后人无才，不好听，可惜了我也走过。
其实，要让一只叫作锰的怪物从石头里走出来，不动声色，
潜进水里，是件不容易的事。李白兄，你诗情纵是万丈，
也是个无法。

他们大惊小怪，不似你，无水可饮，就喝酒呗，顺便，
可以快意恩仇，用心，爱自己的女人。
他们做不到，可是他们依然是我的兄弟。我想着他们，
放浪时的形骸。浪，虽然已经不值钱了，因为很锰。

你的徒孙购水仅两桶，可爱，痛风，收税的佩刀锋利。
想着一刀下去，水就成了银两。雪峰，痛风之人，
要多饮水，你的钱又不多，咋办？不行，就夜乘马车，
到我这里，我给你写些水，一是解渴，
二是不用想我时想得直掉眼泪，泪也是水，珍藏起来，
送给你的心爱的女儿，和不知道有没有的情人。

还有一个徒孙，胃病真未好，眉头一皱，也算计上心来，
哈哈，找到反胃的源了。
找到源的哥子，病就会好的。我讲过的都是真的。

一个把头发长反的诗人，唠叨最多，像是他的须，花白，
艺术，可以把诗写得我这样长。朋友们用过的那个脏字，
掉进了水里。雨田兄，拿什么爱你的女人，已经没有
比拿什么洗你的美髯重要了。

离时间最近的是个官员，在成都，像是已经知道了缺水，
和娇妻，不喝酒，只喝茶，也算应了酒楼的名称，
天和聚。

还有一位在山里写诗的兄弟，木讷，言语不多。可是，
我知道这家伙心中说道，老子不说话，就是为了不浪费水，
这年头，瓜娃子的话才多，就像龚学敏。
老子是阿强……

也罢，也罢。早起无事，想着这些家伙最多的就是，
水可以脏，兄弟们要谨记，
写出来的字要干净。
你们的身子是时间的过滤器，把脏的东西留在心里，如在
庙宇，脏字，是不可以说出口的。也许，你们越脏，越烂，
我才会越喜欢你们的字。
要学李白兄，把身子给了女人和水。把诗歌给了我们。

如此这般，我就不管水不水了。我的事也不少。八点四十，
我还有点时间，那就帮着没有写到的诗人，再读一遍：
绵阳市政府公告

☞ *本诗一定是用四川话写的，就像很多四川诗人写诗时那样，他们用方言写作，是占了四川话的便宜。四川虽然地处中国的西南，可四川方言却属于北方语系，所以他们用方言的口气写，但写出来的文字，习惯于用普通话阅读的广大读者却读得通，顶多在语感上有点不适。四川人是善于作诗的，这也缘于他们不南不北亦南亦北的种性。*

朱剑

回家

对面阳台
挂满腊肉

一个人
坐在肉丛中

读书

2014年2月

☞ *“我去年的诗比较得二流诗人喜欢。”我将沈浩波的这句话从北京带到长安诗歌节上，引来同仁一片赞叹和自检。以我去年给研究生上课的经历，朱剑的诗最得女研究生喜欢，因其诗入情入理都很“及意”，他的好是可以分析的通俗的好。当然，朱剑绝不会满足于此，而我作为中国最杰出的编选家就该向诗人释放正能量的信息，我选其一首有突兀感的。*

蒲永见

汲水的人

经常照照镜子
就能获得一种
穿透玻璃的力量
并且透明

能否以此推断
经常汲水
就会变得像水一样深厚
污浊或清粼

汲水的人
面对自己的影子
把手和铁质的桶
交给水、仰面朝天
嘴里衔着玻璃

☞ *去年夏天在江油的一辆出租车上，某知识分子诗人问西娃：“这里有没有诗人啊？新红颜什么的。”我听了真想抽他，此问貌似开玩笑，其实低级趣味大暴露。有人在江油敢问：这里有没有诗人？想天打五雷轰吗？江油诗人，不是“新红颜”，是“穿透玻璃的力量”，是“嘴里衔着玻璃”，是透明的意境和深刻的哲思。*

蒋雪峰

短句

花朵们在冬天把自己纷纷改嫁给明年
菊花是唯一的寡妇　蜡梅像大老婆
从烟鬼般枯瘦如柴的枝条上跳出来发号施令
用一个绝句把自己抹黑
煮茶洗砚的诗人啊
大雪降临了
你闭门不出　把自己像一本禁书那样
缓缓打开

☞ *本诗的句子之间，跳荡着才气，读罢我一声叹息，不论江油还是四川，对于蒋雪峰来说，都太小了，才气冲天如李白者，也得出川到长安去——这不仅仅是占领传播学的制高点，而是“把自己像一本禁书那样／缓缓打开”。《新世纪诗典》在消除不公推出真正的诗人上做出了一些有效的努力，但仍然任重而道远。*

刘强

七月：别说孤独、忧伤，别说爱

雨落在伞上
雨从伞的边缘落下来
落在水泥地上
开成一朵朵水花

实际上，雨烂成水了
水都想死到水里去

我们省略闪电，雷鸣
省略云雾，彩虹
也省略眼泪里的水珠

☞“雨正在周边下着，/落在田野和树上，/落在此处的这顶伞上，/落在海上的这些船上。”这是我和老G译的苏格兰著名小说家、诗人史蒂文森的《雨》，只有这短短四行，可与本诗放在一起欣赏。本诗像是从史蒂文森的第三行“落在此处的这顶伞上”切进去，本诗或许少了一点大气，却有自身的鬼气（“雨烂成水了”）——四川诗人特有的鬼气。本诗是诗也是诗观。

若樱

活着

活着，像花儿一样
细腻。谦卑。内心坚强。释放谨慎的暗香

孤独从一枚花瓣向另一枚
迁徙。心里酝酿着沉默的风暴。风可以再大些——

骨头虽轻
却不会比心，更软

☞ *我很自豪，是《新世纪诗典》让大家认识到当代江油诗人的实力，李白是他们的注解，反过来，他们也是李白的注解。这片土地乃至整个四川都是不缺少灵气的，他们的灵气往往夹杂着鬼气，气不缺，看什么？“骨头虽轻／却不会比心，更软”，小女子若樱以其令人震撼的诗句替我们回答了：心灵！骨头！*

孙家勋

黑妈妈

来到你的家
看见了坐在树荫下纳凉的你
我脱口喊你一声
“Mum”
你颤巍巍地站起
你摸我的脸
你的黑手
是那么温暖
你的眼里含着泪花
你看着我
嘴唇翕动着
说不出话
拉起你的手
再一次，我轻轻地喊你
“Mum”“Mum”“Mum”

这是在非洲
在尼日利亚的天空下
一个中国人走出了自己的黄皮肤
他学会了爱，也学会了
表达
这个感动得满脸泪水的黑女人
她是我的司机
穆罕默德的妈妈
虽然她的生活贫穷
但她有一个好听的名字
她叫马伊达
那是一种开在非洲水面上
不知名的
白色小花

☞ *本诗是长安诗歌节北京专场的现场订货。当时诗人朗诵了三首诗，一首是《新世纪诗典》推荐过的《尼日利亚天空下》，一首是本诗，一首是与尼日利亚无关的我已经忘记的一首诗（只记得大词挺多），我被本诗所感动，遂当场拍板订货。我觉得写尼日利亚的孙家勋是一个诗人，写别的是另一个诗人，为什么会出现这种现象？我在现场的点评是："拜尼日利亚的孤独所赐。"*

姚风

在卧龙宾馆看见两棵银杏

早起的人，一走出房门
就看见
院子里两株高大的银杏树。

但我并不知晓这些树的奥秘：
为什么它们向着天空和阳光不停地生长？
莫非那里没有死亡？

它们如情侣一般，长相厮守数百年，
大风吹走了群山，
难道他们还不曾厌倦？

我从树下走过，走向那些等待开会的人
那些须臾的肉体
一枚枚在晨光中抖动黄金的树叶
在我的头顶飘落。

我宁愿把这飘落视为安慰
而不是消逝。

讨论浪漫主义的座谈会
即将开始。

☞ *我推荐本诗的最大理由是，这是一首现代性十足的现代诗，狭隘纯诗的现代性已不够了，它一定会将卧龙宾馆的两棵银杏提纯为没有具体生长环境的抽象的树。本诗并非如此，不但有环境，还有人的活动——“我从树下走过，走向那些等待开会的人”，甚至还有向外的讽喻——“讨论浪漫主义的座谈会即将开始”。*

琳子

不肯叫出他的名字

我的天啊
我的好人啊

这是若干年前
一个老婆婆坐在坟头
哭他男人

2012年

☞ *我们老在嚷嚷“中国经验”“传统文化”什么的，于是便出现了一些元素、符号的勾兑手，一些玩弄文化策略的伪诗人大行于世，其实都是一些没有诗歌才能的骗子。如果你对语言有感觉，可以通过语言直达文化，在诗中，没有“中国经验”只有“中国味道”，在诗中，动静越小，肌理越细，诗意方才越浓。本诗便是如此，一首小诗，写得很大。*

刘川

记录老天的公道

我身边有一个聋子
百分百聋
一点声音也听不见
人们都不与他说话
只有天上的雷不嫌弃他
在我们头上轰响时
也一声一声
在他头上响

☞ *看样子，刘川是要将“绝诗”进行到底了。这路以绝见长的诗，写得不好时就像一个构思，让人感觉是刻意想出来的；写得好时则会让你看不到思路，像是无来由撞见的，好在刘川越写越好，越写越圆融。说穿了还是老理：构思并不决定全部，还要看你投放了多少情感进去。读罢本诗，我有哭笑不得之感，教人哭笑不得恐怕就是一首好诗的效果。*

卢宗保

江湖

我坐在湖畔的
青石上
看见师姐
从湖面上
凌波而来
飘扬的裙裾
微湿的绣鞋
其实作为一个
被一本书
所写就的人物
我所享有的自由
也是有限的

☞ 在江油，当面接受了诗人们太多的对于《新世纪诗典》的激赏与盛赞，我也酒后吐真言："成大事者，心一定要狠！"是的，不要以为仅靠善就可以做好《新世纪诗典》，选诗时心一定要狠。我相信我的这番话，卢宗保定有深刻体会。诗江湖时代，我觉其冒得不够，便大力举荐，当其创作陷于瓶颈期，我就坚决不再推，现在我感觉他走出来了，那还有啥好说的？

郑敏

悟

智慧是水
装满了这只古瓶
灵魂是茶
装满了这只瓷杯
感谢造物者
那宇宙的艺术家
在万物中放下
那一江的流水
在我心灵的峡谷中
绿树曾带来盛夏
绿叶都充满喜悦
鸟儿们嚓来祝贺
似乎夏天是永久
不散的宴席 绿裙
邀请天上白云共舞
雷鸣电闪不过是梦
我的心灵已是一只
神鸟飞在光中海上

☞ 郑敏先生94岁了，她是最后一枚“九叶”，是《新世纪诗典》在世者中的第一寿星。“家有一老，如有一宝”，她在昭示我们健康长寿永葆创作青春。她新世纪以后仍有作品的事实，让多少未老先衰中途下车者羞煞！暮年之诗，一定关乎人生的智慧，一定走向大实话大白话，本诗便是又一例明证。请允许我代表《新世纪诗典》五百将士恭祝郑敏老师春秋永寿！

徐红

水一样流动的夜

如果你的身体被水贮满。
如果你抚摸过水。
只有你知道，水是多么必需，多么渴。

树叶和星子上的水，是神的语言。
夜是光滑柔软的瓷器，石上覆着青苔，水里开出莲花。

☞ *身为《唐》的作者，我对追求东方智慧中国古典的纯诗不会有意见，但它必须是纯诗，必须有真正的诗情、诗境和诗意，必须抵达感觉和味道，而不是符号、概念、图谋、策略、野狐禅的大杂烩，后者不过是文化贩子手中的拨浪鼓罢了。徐红之诗属于前者，抵达了感觉之妙和古典味道，她三次获得台湾重要的文学奖项，完全凭借其诗风与实力。*

吾桐紫

胎动

路边迎面
走来一位孕妇
我的肚皮突然传来
“突突突”一阵跳动
如同第一次感觉到
另一个生命在我
身体里的胎动

2013年12月4日

☞ *《新世纪诗典》的推荐内容在事先是保密的，长安诗歌节同仁曾经多次逗我，我都回答：“打死我也不说！”但也保不准在某种特殊情境之下脱口而出。此次江油颁奖礼暨朗诵会由于见到了游连斌、游若昕父女俩，我一激动便在小范围内做了预告：“游家很快就要达到7.0了！”李岩说：“这是一次欺负人的大会。”这家人齐上阵，是够欺负人的。*

杨渡

魔术礼帽

一甩——
两只黑鸽子
从礼帽里飞出

一甩——
两只黑兔子
从礼帽里蹦出

再一甩——
黑色的魔术礼帽
还在

而拿着礼帽的
穿着黑色礼服的魔术师
却不见了——

2013年1月6日

☞《新世纪诗典》最正常不过的选稿程序：我决定推荐了，才会向作者索要简历和照片。作者一般会很快发来，我却直到推荐前才去看，在这个期间我心生一念：本诗作者杨渡好像是老《诗典》诗人杨邪之子（新浪微博印象），刚才一查，果然！年龄、照片也把我吓着了，继游若昕之后，第二个00后诗人出现了，并且抢在了他爹之前登上了《新世纪诗典》。

一杯无

我一直在这里

不是玫瑰、格桑或百合
我一直住在我的身体里我的刺里
我的故乡里我的游荡里
我的北冰洋里我的南海里
我的死亡的阴影里
并且这里永远住着一条河流
并静静地流着持续地流着
天地因此广阔无凭
是的，我一直在这里
在你的失望里
我的无力里

☞《新世纪诗典》第二季上市了，当你拿到这本皇皇巨著时，是否意识到有多少人为之付出了心血和劳动？由于出版方经历了一次人事变动，这本巨著出得很赶，其中最辛苦的当属它的责任编辑——本诗作者一杯无：笔名好怪，西北女孩，美丽姑娘，其抒情诗，写得干净、纯正，几近透明。我希望她加强诗的现代性，成为《新世纪诗典》的主力军。

杨然

梦见杨灿在多哥留学

梦见杨灿在多哥留学
我的心非常悠古
很黑很黑的贫穷。很白很白的富有
这个非洲小国，教育似乎非常发达
没打一声招待，杨灿就悄悄赴那里

我的心非常悠古
那里的景象，耗尽我下辈子梦想
多哥正在下雨，而地面却是干的
所有的用水，都在半空接住
窗帘的雨，婆婆娑娑
地面的沙，空洞而又雪白

没想到梭郎波竟住在隔壁
她怎么也到多哥来了？
表情眉飞色舞。说话莺歌燕舞
你们杨灿就在隔壁？
怎么也不告诉一声？
来到海外多年，我也在想念一些事情

我正在地面带引谁家孩子
大的扛在肩头，小的牵在手上
一不小心，小的家伙咚咚咚跑掉
跑掉，在水流急湍的地面
一溜烟，就落进陀螺般大小的旋涡了

我的心非常悠古
我不知道怎么去抢救这个小鬼
这个粘在井底的家伙
螺虹般大小。却又顽固不化
令我感到肩上的泰山越压越矮

我正在天上飞。这是一瞬间的事情
永远白色而又迷茫的天空
永远一无所有。地面的建筑
永远灰暗而又冷漠。我蛙泳般上升
又俯冲般降落。不着边际
天空的情况永远都是这样。没完没了

其实只需要培培一声呼唤
我就可以尘埃落定
我不知道她在哪里
地面白茫茫一片。多哥远在远古
这是世俗的约定。必须
而且肯定。必须是培培一声呼唤
我才能顺利降落，重归于草芥

多哥的雨越下越急
而地面永远都是干的
所有的水，在中途就已灰飞烟灭
这是非洲的规矩。也是世俗的定律
我在空中飞着。飞着
提升。又下沉。提升。又下沉
而培培的呼唤依然在远方没有破土

2014年2月16日记于斜江村

☞ *在我已满三十载的文学生涯中，遇到过坏人也遇到过好人，让我感到纳闷的是，坏人老觉得自己是好人，打着好人的幌子使坏；还有一种人，让人误以为是好人，其实不过是蔫蛋，性格不决定你人好坏。什么是真正的好人？与人为善，懂得给予，古道热肠，心中有爱，杨然兄就是这样的好人。本诗写得好，好梦不是构思出来的，会超越现实的逻辑。*

张楚

海边

水中醒来的海菊花
看见眼睛里的童话
穿过林间的风影
落在山脚下

山谷盛开的玫瑰花
海边微笑的瞭望塔
书中重复的那句话
像远去的浪花

我付出的一切都来自于自然
所以我也不能得到它
伸开手我却发现我心中
所有欢乐都来自天涯

☞ *把歌词编入诗选的玩法已经玩滥了，都玩到中学语文课本里去了，但是效果并不好，因为绝大部分歌词（即便是很好的歌词）撇开音乐读起来并不是诗。我选张楚的诗进入《新世纪诗典》的想法萌发于 2013 年 12 月在上海听他的个人演唱会，我预感到他的新歌的歌词经得起读，撇开音乐是诗，并且是好诗，现在果然如愿，也许是我了解他本质上就是一位诗人。*

大弓一郎

侠客行

徒步一万里，只为遇见
世俗的驿站
赠剑、喝酒、拜把子
陪哥对夕阳高喊：
新——娘——子！

绝不做上下五千年里
最蠢的货色
写诗、弄曲、丢棋子
竖着兰花指
陪他妈的相公消遣

让我死在路上吧！宁愿头颅
寸草不生，也要用光亮的额头
吸收刀锋的词语，再邀请硝烟
把我翻译成
一个出鞘的男人

2012年9月30日

☞ *这个名字像日本浪人的家伙，来自上海疯婆子秦菲的“助攻”，其诗有气，一股剑侠之气扑面而来。大家不要小看名字的心理暗示作用或符号的神秘力量，我今天上课还对学生讲：“我1989年第一次到西外签协议，一看它在吴家坟这地方，就知道是我的归宿，二十多年下来我也越发像一个外国语大学的教授了。”第501位诗人，又是一个新的开始。*

卓仓·果羌

喜马拉雅

亿万头黑牦牛托举亿万头白牦牛，
狮子、雪豹、骏马、鹰鹫，
成群结队，在空中游荡。
哦，喇嘛嘉措就消失在那些神秘的野兽丛中，
他绛红色的袈裟，
被一轮弯弯的月牙叼起。

2013年10月19日于广东

☞ *所有涉藏的题材，藏人都写得更好，这是我选稿时的新发现，却出自一个老掉牙的真理：唯有熟悉才能写好。它所触及的应当更深。什么是文化？文化是流淌在脉管中的血液！藏人笔下的西藏才有西藏的味道，所以我们在旅途中写诗一定要慎重，一定要沉淀。我写《行》系列，就常对自己说，写砸了就是轻浮败笔，写好了说明你才华过人。*

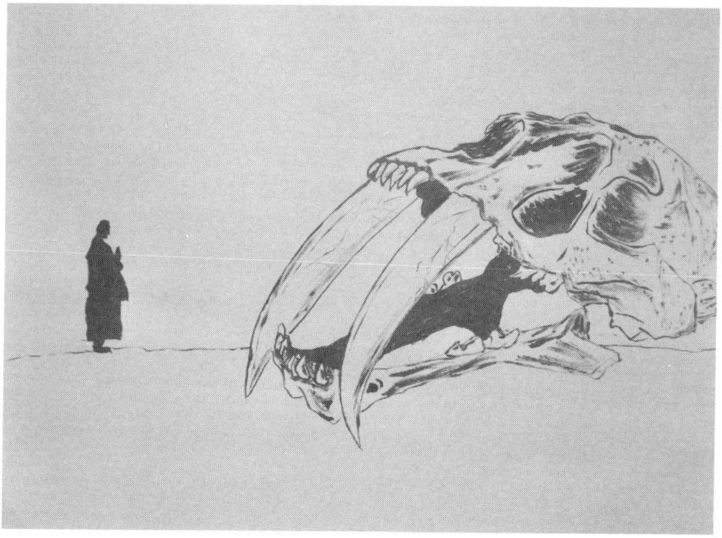

东三

四日比五日更长

四日比五日更长，
昨天比今天感伤，

山岗上的坟场，此刻谁在下葬？
白云苍苍，是哪位神祇的仪仗？

地上比地下遥远，
道路比目光漫长，

祖先比儿孙形象，
乡村比都市清香，

我的到来让阔别的乡村一阵匆忙，
儿孙们活得跟祖先的突然死去一样匆忙，

这些年，祖国比祖先匆忙，
我来得比祖先的突然离去更匆忙，

二十年比两天短暂，
徒步山坡比长途跋涉维艰，

坟头的野草还在生长，
你比你我之间的距离更意味深长，

乡愁比故乡辽阔，思想比血缘宽广，
未曾谋面的祖先，此来诀别，不是还愿，

一个灵魂远去，另一个灵魂将走得更远，
预期的雨，燃纸焚香，火苗和雨滴互相激荡，

阵雨比阳光慌张，

过去将在未来膨胀。

2008年4月5日写　2014年3月12日改

☞ *作者没有发来照片，让我更加恍惚，他到底是不是我记忆中的那个人？只有一点是肯定的，他曾在我生活中出现过。在二十多年前，一位狂热的诗歌青年，然后毕业消失，我们在新浪微博上"重逢"，我才知他一直在写，并且已经写成这样了。中国有多少诗人，就这样默默无闻地写着。如果他就是听过我选修课的那位学生，那么"西外军团"将又添大将。*

伊沙

又逢夜半观球时

有人跑着跑着就死了!

让我在默哀中祈祷
让我在祈祷中确信

将来的某一天
未来的某一届

有人死了死了还跑着!

2003年

☞ *第三季结束了！又到年度盖章时。去年此时我自选的是《有一年我在杨家村的烤肉摊上看见一个闲人在批评教育他的女人》——我在强调“先锋”，我想多少都发挥了作用；今天我自选出本诗，是在强调“体育”——这也的确是《新世纪诗典》中最匮乏的题材。但我强调的并非题材，而是针对我们古老民族“重脑轻体”的文人传统，我强调的是身体和现代文明。*

附录一 《新世纪诗典》第三季推荐表

日期	篇目	作者
2013年		
4月5日	《我在中国见到梦露》	姚风（澳门）
4月6日	《无题》	孟浪（香港/美国）
4月7日	《睡龙榻的收藏家》	江湖海（广东）
4月8日	《“在”的证据》	西娃（北京）
4月9日	《找到源头的人是幸福的人》	仲诗文（广东）
4月10日	《纪念日》	阿樱（广东）
4月11日	《橙子》	冯娜（广东）
4月12日	《无边》	刘强（四川）
4月13日	《穿过》	蒲永见（四川）
4月14日	《这是做二奶最好的年纪》	原委（北京）
4月15日	《拔毛》	南人（北京）
4月16日	《规则》	光头（广东）
4月17日	《睡前提问》	春树（北京）
4月18日	《粽子》	袁绍珊（澳门）
4月19日	《无题》	独化（甘肃）
4月20日	《戴眼镜的老民工》	西毒何殇（陕西）
4月21日	《教堂》	秦巴子（陕西）
4月22日	《养狗记》	吴投文（湖南）
4月23日	《生命线》	彦一狐（湖南）
4月24日	《晚年》	蒋雪峰（四川）
4月25日	《树林路影》	章平（比利时）
4月26日	《苦于》	王彦明（天津）
4月27日	《给那个踢球的人当一回总理》	杨克（广东）
4月28日	《等待一个不会出现的人》	李见心（辽宁）
4月29日	《体重说》	陈仓（上海）
4月30日	《爱与恨》	余丛（广东）

5月1日	《中国家庭》	沈浩波（北京）
5月2日	《起雾了》	韩东（江苏）
5月3日	《清明时节的同胞》	严力（上海）
5月4日	《小城之恋》	潘洗尘（黑龙江）
5月5日	《腐烂》	谭克修（湖南）
5月6日	《爱一个人能有多久》	马莉（广东/北京）
5月7日	《土碗》	田禾（湖北）
5月8日	《废墟》	沈苇（新疆）
5月9日	《敌营长》	景斌（陕西）
5月10日	《每个少年都想成为一只猫》	马非（青海）
5月11日	《月梦》	徐江（天津）
5月12日	《妹妹》	唐突（湖北）
5月13日	《人间已陌生》	唐煜然（海南）
5月14日	《乡间邮递员》	马海轶（青海）
5月15日	《有一天，你走近我》	马丁（北京）
5月16日	《日坛，五月》	徐贞敏（美国）
5月17日	《伞兵》	符符（海南）
5月18日	《卖毛豆的女人》	王单单（云南）
5月19日	《蒲公英》	吕露（北京）
5月20日	《月光》	刘春（广西）
5月21日	《降生》	周琦（山东）
5月22日	《等，天使飞过》	张甫秋（天津）
5月23日	《在孤独的大城市里看月亮》	刘川（辽宁）
5月24日	《一个正科级干部的财产公示》	陈衍强（云南）
5月25日	《高原上的野花》	张执浩（湖北）
5月26日	《血社火》	叶子（陕西）
5月27日	《寂静》	徐红（安徽）
5月28日	《逃亡》	东荡子（广东）
5月29日	《理想》	黄仁锡（广西）
5月30日	《等诗来找我》	赵立宏（山西）
5月31日	《两只公鸡》	吴刚（辽宁）
6月1日	《坠落》	王小龙（上海）
6月2日	《9月22日夜，裕丰大厦起火》	水笔（江西）
6月3日	《他的天空》	紫箫（北京）
6月4日	《拐角》	百定安（广东）

6月5日	《十年》	巫昂（北京）
6月6日	《那时我们到底在想什么》	李异（海南）
6月7日	《离婚理由》	湘莲子（广东）
6月8日	《新年晚会》	丁小琪（河南）
6月9日	《饥饿史》	袁源（陕西）
6月10日	《爱情的肺炎》	秦菲（上海）
6月11日	《睡吧睡吧》	不染（湖北）
6月12日	《清明祭》	宗树春（江苏）
6月13日	《爱人如同见上帝之面》	徐徐（江苏）
6月14日	《千年鸟道猎杀》	吴晓彬（湖南）
6月15日	《立夏》	雷默（江苏）
6月16日	《西藏秘密》	德乾恒美（西藏）
6月17日	《老兵》	代光磊（陕西）
6月18日	《白与黑》	庄生（广东）
6月19日	《胖姑》	蒋涛（北京）
6月20日	《同学在东莞打工时不幸中毒而亡》	邢昊（山西）
6月21日	《！！》	高歌（山东）
6月22日	《慢》	欧阳昱（澳大利亚）
6月23日	《我要生50个宝宝》	游若昕（福建）
6月24日	《助听器》	莫渡（甘肃）
6月25日	《鬼》	余跃华（浙江）
6月26日	《沸水之痛》	魔约（河南）
6月27日	《想到一些长安诗歌节上的事》	伊梅（陕西）
6月28日	《荠菜饺子》	宋壮壮（北京）
6月29日	《我想写一首诗》	周晋凯（山西）
6月30日	《流泪》	王晓波（北京）
7月1日	《自白》	冬子（陕西）
7月2日	《镜中》	鬼石（甘肃）
7月3日	《不朽》	乌城（北京）
7月4日	《老婆，我埋了你的胎盘》	李东泽（黑龙江）
7月5日	《羞愧》	南子（新疆）
7月6日	《一个萌美女在微博上把我拉黑了》	左右（陕西）
7月7日	《三条鱼》	王有尾（陕西）
7月8日	《我年少时见过的那些壮汉 哪里去了？》	李岩（陕西）

7月9日	《或者，不是变态》	魏娜（陕西）
7月10日	《家》	游连斌（福建）
7月11日	《鸟及其他》	商子（陕西）
7月12日	《工厂卫生间》	阿文（天津）
7月13日	《看看二叔》	长安瘦马（陕西）
7月14日	《六指》	六指（上海）
7月15日	《十二个人的时间》	薄语（北京）
7月17日	《桃花》	杨森君（宁夏）
7月18日	《虚构，纯属虚构》	丛棣（辽宁）
7月19日	《高楼吟》	黄灿然（香港）
7月20日	《音乐与田野》	李伟（天津）
7月21日	《一天》	君儿（天津）
7月22日	《存在》	侯马（北京）
7月23日	《母亲》	唐欣（北京）
7月24日	《影子》	吉狄马加（青海）
7月25日	《松针》	子梵梅（福建/北京）
7月26日	《卖凉粉的汉子》	赵应（山西）
7月27日	《太小了》	若樱（四川）
7月28日	《杂货铺与李小花》	裸穗（甘肃）
7月29日	《空位》	王妃（安徽）
7月30日	《贫民窨》	朱光明（四川）
7月31日	《论痛苦》	杨晓芸（四川）
8月1日	《一个人的县城》	吴涛（山西）
8月2日	《到机场接女儿》	安琪（北京）
8月3日	《秋天的洪水猛兽》	潇潇（北京）
8月4日	《末日清晨》	桑眉（四川）
8月5日	《火车，火车》	蓝蓝（河南/北京）
8月6日	《失眠者之歌》	刘天雨（陕西）
8月7日	《怀念一条有盲人走过的街道》	起子（浙江）
8月8日	《北京真大》	马培松（四川）
8月9日	《照片里有股烤肉的味儿》	星尘小子（海南）
8月10日	《午后的太阳》	罗晖（广西）
8月11日	《玩具门诊》	茱萸（上海）
8月12日	《风吹……》	罗铖（四川）
8月13日	《天山》	桑格尔（四川）

8月14日	《汉字像一些精灵》	李轻松（辽宁）
8月15日	《慢生活》	铁心（山东/北京）
8月16日	《玩什么的》	阿坚（北京）
8月17日	《广播》	赵思运（浙江）
8月18日	《K589次列车上》	沙白（北京）
8月19日	《我们的学校在雾中，宛若仙境》	巴蜀书虫（重庆）
8月20日	《鱼刺》	梁平（四川）
8月21日	《无题》	图雅（天津）
8月22日	《试试罗扎斯基的写诗法》	桑克（黑龙江）
8月23日	《鸡蛋1985》	摆丢（上海）
8月24日	《类似梦境》	康蚂（天津）
8月25日	《跟奶奶学说话》	纪彦峰（北京）
8月26日	《飞翔的床单》	刘亚丽（陕西）
8月27日	《苦命的人》	天狼（山东）
8月28日	《1983年》	梅花驿（河南）
8月29日	《死灵魂》	李勋阳（云南）
8月30日	《黄昏时过九曲黄河第一弯》	朱剑（陕西）
8月31日	《在江油的饭局上》	伊沙（陕西）
9月1日	《食粪者说》	韩东（江苏）
9月2日	《我决定爱冰岛》	岳兵（天津）
9月3日	《冬天》	张后（北京）
9月4日	《草》	汗漫（上海）
9月5日	《倒车》	从容（广东）
9月6日	《打死她》	锤子（陕西）
9月7日	《想起故乡和16年前亡故的父亲》	吴元成（河南）
9月8日	《青海的草原上》	李少君（海南）
9月9日	《隐形的大提琴》	简Jane（山西）
9月10日	《耳环》	了乏（山东）
9月11日	《诅咒》	惠建宁（陕西）
9月12日	《犹太人》	惠诗钦（陕西）
9月13日	《方女士》	江湖海（广东）
9月14日	《底层人》	西娃（北京）
9月15日	《马》	秦巴子（陕西）
9月16日	《仿佛他犯了什么罪》	马非（青海）
9月17日	《当我有一天》	郑玲（广东）

9月18日	《计生》	杨艳（福建）
9月19日	《不团结才是更难的事情》	严力（上海）
9月20日	《去年的窗前》	潘洗尘（黑龙江）
9月21日	《懂风水的同学说——》	湘莲子（广东）
9月22日	《中国病》	梁余晶（湖南）
9月23日	《一朵云的胎记》	吴猛（山东）
9月24日	《来去自如》	闫永敏（天津）
9月25日	《夜宿垃圾箱少年》	海岸（上海）
9月26日	《天机已泄》	李振宇（甘肃）
9月27日	《送葬者》	张甫秋（天津）
9月28日	《每一分钟都很天才协会》	臧棣（北京）
9月29日	《我右手大拇指会咯嘣咯嘣地动》	蒋涛（北京）
9月30日	《癌症病房》	韩敬源（云南）
10月1日	《巍巍昆仑》	李岩（陕西）
10月2日	《在冬日的群山中》	沈浩波（北京）
10月3日	《希默斯·黑内》	徐江（天津）
10月4日	《瓶中婴》	欧阳昱（澳大利亚）
10月5日	《歌钟》	君儿（天津）
10月6日	《回声》	左右（陕西）
10月7日	《想象》	宋晓贤（广东）
10月8日	《听我朗诵惠特曼》	第广龙（陕西）
10月9日	《风景》	小麦（甘肃）
10月10日	《气泡》	邢非（天津）
10月11日	《一二三》	黄仁锡（广西）
10月12日	《出城记》	来小兮（山东）
10月13日	《矿工与茶叶蛋》	冯谖（安徽）
10月14日	《黄昏是美好的》	宋宁刚（陕西）
10月15日	《无法回到春天的女人》	马梦（江西）
10月16日	《占椅子》	鲜丹（湖南）
10月17日	《让他们去天堂修理栅栏》	东荡子（广东）
10月18日	《招魂歌咒》	李成恩（北京）
10月19日	《后半夜》	南人（北京）
10月20日	《第三者》	西毒何殇（陕西）
10月21日	《首都的发型》	轩辕轼轲（山东）
10月22日	《目妄见》	余幼幼（四川）

10月23日	《李翠梅》	邢昊（山西）
10月24日	《县里来人》	黄开兵（广西）
10月25日	《钟点工》	黑河（陕西）
10月26日	《1983年的那棵树》	程涛（陕西）
10月27日	《云南的黄昏》	娜夜（重庆）
10月28日	《望远镜》	如也（广东）
10月29日	《大人们只相信的童话》	云贵（重庆）
10月30日	《河》	陈玉伦（四川）
10月31日	《他世界（节选）》	旻旻（广东）
11月1日	《蚯蚓的歌声》	侯马（北京）
11月2日	《1974年春天的寻找》	唐突（湖北）
11月3日	《玻璃杯里的妖精》	唐果（云南）
11月4日	《袋鼠》	老德（江西）
11月5日	《上铺》	魏风华（天津）
11月6日	《夜里两点》	琳子（河南）
11月7日	《打蛇》	独禽（甘肃）
11月8日	《案底》	叶子（陕西）
11月9日	《接了一个电话我就迷路了》	袁源（陕西）
11月10日	《他发来一段雨声》	春树（北京）
11月11日	《我们的生活》	张明宇（山西）
11月12日	《悬疑小说》	许立志（广东）
11月13日	《床上那点事》	落莎（江西）
11月14日	《九阴真经》	么西（湖南）
11月15日	《浪啊浪》	敖运涛（湖北）
11月16日	《杯子》	朱剑（陕西）
11月17日	《下错赌注》	李异（海南）
11月18日	《鸦群飞过九龙江》	安琪（北京）
11月19日	《河边》	吴投文（湖南）
11月20日	《白乌鸦》	庄生（广东）
11月21日	《冰山上的牙医》	余毒（湖南）
11月22日	《举起右手》	苏不归（上海）
11月23日	《身份》	游若昕（福建）
11月24日	《水库大坝》	周瑟瑟（北京）
11月25日	《身体的遗址》	柳宗宣（湖北）
11月26日	《修女茱丽》	刘涛（四川）

11月27日	《红木耳》	林子懿（天津）
11月28日	《我在阴影里踢到我的足尖》	李荼（北京）
11月29日	《夹缝》	王立世（山西）
11月30日	《亏欠》	向明（台湾）
12月1日	《外省记》	唐欣（北京）
12月2日	《塔松》	张执浩（湖北）
12月3日	《合唱》	李伟（天津）
12月4日	《黑暗游戏》	康蚂（天津）
12月5日	《时令》	紫箫（北京）
12月6日	《钉子与墙》	凸凹（四川）
12月7日	《问候》	叶舟（甘肃）
12月8日	《安检机》	宋壮壮（北京）
12月9日	《每个小区都有几个尖叫的孩子》	双子（北京）
12月10日	《遗嘱》	张捷（辽宁）
12月11日	《世上有一堆便便状坟墓》	风果子（广东）
12月12日	《马桑镇的哑巴》	殿龙（江苏）
12月14日	《父亲的礼物》	穆海波（山东）
12月15日	《素描16号》	张玉明（山东）
12月16日	《去动物园》	黄海（陕西）
12月17日	《特蕾莎老太太》	姚风（澳门）
12月18日	《这个该死的冬天》	王有尾（陕西）
12月19日	《线人》	刘天雨（陕西）
12月20日	《乳腺科》	图雅（天津）
12月21日	《如果拥抱只有一次》	洪烛（北京）
12月22日	《曼德拉纪念碑》	曲有源（吉林）
12月23日	《女人》	德乾恒美（青海）
12月24日	《我从未听到过闹铃响起》	赵立宏（山西）
12月25日	《拦住我》	李见心（辽宁）
12月26日	《盘子的一生》	马金山（广东）
12月27日	《生与死》	牛汉（北京）
12月28日	《九十自寿》	纪弦（美国）
12月29日	《智慧》	伊沙（陕西）
12月30日	《理想国》	沈浩波（北京）
12月31日	《吃塔》	西娃（北京）

2014年

1月1日	《写给亡母》	韩东（江苏）
1月2日	《一把铁锹》	马非（青海）
1月3日	《汽车动物园》	秦巴子（陕西）
1月4日	《不足》	唐突（湖北）
1月5日	《久出归来》	南人（北京）
1月6日	《五奶奶打麻将时说》	闫永敏（天津）
1月7日	《麻醉》	艾蒿（陕西）
1月8日	《孤岛般的故乡从雾中来，消失在雾中》	摆丢（上海）
1月9日	《等待报废》	洛夫（加拿大）
1月10日	《瑜伽仿生学》	王妃（安徽）
1月11日	《2013年，最残忍的年份》	李天靖（上海）
1月12日	《仅仅是》	杨平（台湾）
1月13日	《后遗症》	星落河（浙江）
1月14日	《静水之动》	水石子（贵州）
1月15日	《名医》	才艺（广东）
1月16日	《在雨中》	过天舒（北京）
1月17日	《一个女孩》	侯马（北京）
1月18日	《日记》	严力（上海）
1月19日	《“铁证”》	潘洗尘（黑龙江/云南）
1月20日	《望穿》	杨艳（福建）
1月21日	《为病逝的人祈祷》	韩敬源（云南）
1月22日	《火车站广场》	高歌（山东）
1月23日	《雾都孤儿》	蒋涛（北京）
1月24日	《书法》	梅花驿（河南）
1月25日	《冥币》	景斌（陕西）
1月26日	《庞贝歌声》	苏不归（上海）
1月27日	《早餐》	赵原（广东）
1月28日	《灰树林》	雷默（江苏）
1月29日	《怀念印度洋上的一只鸟》	向以鲜（四川）
1月30日	《我的富农生活》	南夫（福建）
1月31日	《演戏》	欧亚（广东）
2月1日	《新年献词：闭门造车》	陈陟云（广东）

2月2日	《空》	欧阳昱（澳大利亚）
2月3日	《婚誓》	湘莲子（广东）
2月4日	《你的存在对我很重要》	李异（海南）
2月5日	《会站立的鱼》	游若昕（福建）
2月6日	《下水道里的世界》	游连斌（福建）
2月7日	《老年痴呆症》	小布头（北京）
2月8日	《倒着走》	李岩（陕西）
2月9日	《绕口令：从六世达赖到仓央嘉措》	李勋阳（云南）
2月10日	《冬日访刘十九不遇》	本少爷（福建）
2月11日	《石狮子》	张侗（山东）
2月12日	《想和你的影子握手》	张坚（福建）
2月13日	《倒立的人》	李建明（福建）
2月14日	《端量》	邢昊（山西）
2月15日	《通往胸科医院食堂的过道》	徐江（天津）
2月16日	《鸡子牛奶》	秦菲（上海）
2月17日	《五线谱》	江湖海（广东）
2月18日	《差一点》	左右（陕西）
2月19日	《月》	王乙宴（上海）
2月20日	《叫魂》	惠建宁（陕西）
2月21日	《上午和下午》	第广龙（陕西）
2月22日	《穿墙术》	袁源（陕西）
2月23日	《忧伤的认识》	但薇（浙江）
2月24日	《信使》	欧阳斌（重庆）
2月25日	《负罪》	阿文（天津）
2月26日	《叔叔醒了》	襄晨（湖北）
2月27日	《又是一年》	雷暗（浙江）
2月28日	《傍晚》	冷盈袖（浙江）
3月1日	《晕眩记》	唐欣（北京）
3月2日	《海棠花开》	君儿（天津）
3月3日	《空镜子》	李伟（天津）
3月4日	《桃树》	毓梓（天津）
3月5日	《拉姆安拉》	北岛（美国）
3月6日	《愤怒出诗人》	三个A（广西）
3月7日	《一本小说的开篇》	紫箫（北京）
3月8日	《接近天籁》	张甫秋（天津）

3月9日	《世间公路有两种》	乌城（北京）
3月10日	《从前慢》	木心（美国）
3月11日	《羊皮筏子》	何小龙（甘肃）
3月12日	《独居者》	谷驹休（上海）
3月13日	《老了》	祁国（上海）
3月14日	《早起无事，闲着也是闲着，读绵阳市政府公告》	龚学敏（四川）
3月15日	《回家》	朱剑（陕西）
3月16日	《汲水的人》	蒲永见（四川）
3月17日	《短句》	蒋雪峰（四川）
3月18日	《七月：别说孤独、忧伤，别说爱》	刘强（四川）
3月19日	《活着》	若樱（四川）
3月20日	《黑妈妈》	孙家勋（北京）
3月21日	《在卧龙宾馆看见两棵银杏》	姚风（澳门）
3月22日	《不肯叫出他的名字》	琳子（河南）
3月23日	《记录老天的公道》	刘川（辽宁）
3月24日	《江湖》	卢宗保（山东）
3月25日	《悟》	郑敏（北京）
3月26日	《水一样流动的夜》	徐红（安徽）
3月27日	《胎动》	吾桐紫（福建）
3月28日	《魔术礼帽》	杨渡（浙江）
3月29日	《我一直在这里》	一杯无（北京）
3月30日	《梦见杨灿在多哥留学》	杨然（四川）
3月31日	《海边》	张楚（北京）
4月1日	《剑客行》	大弓一郎（上海）
4月2日	《喜马拉雅》	卓仓·果羌（广东）
4月3日	《四日比五日更长》	东三（广东）
4月4日	《又逢夜半观球时》	伊沙（陕西）

附录二　《新世纪诗典》第三届年度大奖及荣誉

一、大奖——李白诗歌奖

成就奖：韩东

金诗奖：马非

银诗奖：西娃

铜诗奖：朱剑

点评奖：李异

入围奖：江湖海、湘莲子、丫丫、蒋涛、李振羽

二、荣誉

第三届中国十大诗歌省区（2013）：北京、陕西、广东、天津、四川、山东、上海、海南、湖南、甘肃

第三届中国十大魅力诗人（2012）：西娃 、马非、李岩、蒋涛、江湖海、吾桐紫、李见心、南人、湘莲子、丫丫

附录三 《新世纪诗典》第三届年度大奖授奖词与受奖词

韩东授奖词：

他似一汪深潭，紫金山中的深潭，是“第三代”的泉眼，毫无疑问，他是那一代人的头脑和灵魂，又是完全独立的个体。早年，他以其早熟的理智冷对运动的燥热；近年，他在网络的喧嚣中兀自幽深，永远追求精致的极品，永远坚守开阔的纯诗立场，历三十载磨炼而成一代能工巧匠。特授予《新世纪诗典》第三届年度大奖（2013）——李白诗歌奖成就奖。

韩东受奖词：

《新世纪诗典》是当代诗歌生活的一个浩大工程，涉及方方面面，意义重大，能在其中的一个环节充当砖瓦建材是写诗者的光荣，遑论是荣获年度成就奖。因此我很自豪，由衷感激。再者，从主持者到同期获奖的诗人以及竞争者和读者，大多是活跃在当今诗歌写作最前沿的一些家伙，能得到他们的认可令我感觉尤其良好。我说过，诗歌是我的故乡，我要回去建设我的故乡。通过此次获奖我觉得自己已经回来了，被接纳了。下面要做的就是借助获奖取得的“势能”深入下去，可望能接触到诗歌写作的某些核心秘密。

马非授奖词：

他似一头苍鹰，雄踞于青藏高原的山岩峭壁，却从不炫耀高飞云霄，而是痴迷于俯冲而下，掠走大地上的走兽，他是天生的猎手。狩猎之余，他是独饮的醉鹰；诗篇之内，却不含一度酒精——他是冷静、智性、畅达、犀利的现代诗人，是中文口语诗歌20年来最不妥协的守护之鹰。特授予《新世纪诗典》第三届年度大奖（2013）——李白诗歌奖金诗奖。

马非受奖词：

《新世纪诗典》的好作品太多了！所以我更愿意将该奖视为幸运之神的眷顾。尽管心有不安，还是手之舞之足之蹈之。一方面自己的劳动得到了现实的反应和回馈，另一方面颁奖礼在诗魂之乡举行，香巴拉已触手可及！向必将载入历史的《新世纪诗典》致敬！向它的缔造者伊沙致敬！有一天时间极有可能做出这样的裁定：《新世纪诗典》等于《全唐诗》。

西娃授奖词：

她犹似一瞥目光，只是不再投向天空和远方，而是更多地落在身边亲人抑或陌路人身上，更多地落在她原本无视的滚滚红尘；她的眼瞳也从白多黑少渐趋平衡。这是形而下与形而上的平衡，这是一位有信仰但又勇于承认宗教信仰与诗歌真理有冲突的女诗人，一位热情坦荡而极富才情的女诗人。特授予《新世纪诗典》第三届年度大奖（2013）——李白诗歌奖银诗奖。

西娃受奖词：

26岁我抱着长篇闯北京，送行的江油哥们儿说，你是我们的骄傲，你出去就代表着李白故里。深记这话的言下意。多年来我恪守心文合一的信念，只祈求人们是通过文字知道我的存在。上师看我命盘，要我相信天意我会发光，而我被厚土埋着被受磨砺要等把我挖出的人……若《新世纪诗典》正在让我发光，我在光里说，爱我及爱我文字的人们，我从不曾使你们和我的文字蒙羞！

朱剑授奖词：

他似一柄短剑，洞庭湖畔渔家子，欲铸一柄鱼肠剑，那日入得长安城，铁匠铺里淬宝剑。十步杀一人，千里不留行，事了拂衣去，深藏身与名。翩翩少年，出道甚早，赤子之心，无视功名，江湖人称："短诗之王。"南人北相，集于一身；楚辞秦风，融于一炉。十五行内，他称第二，便无第一。特授予《新世纪诗典》第三届年度大奖（2013）——李白诗歌奖铜诗奖。

朱剑受奖词：

这是我的第一个奖！14年前，我是伊沙主持的《世纪诗典》发现的新人，现在又获得了他主持的《新世纪诗典》大奖，缘分珍贵，命运眷顾！人和人的快乐并不一样，比如有人手把手教我打过麻将，最终还是没学会，关键是不好这个！我想上帝当年亦如此，他在砌牌时走神了，给了我的骨头，以诗的排列方式！诗，让我成为了现在的我，我很满足！

李异授奖词：

他似一头黑豹，出没于海南岛大林莽，作为80后最具先锋气质的诗人，他的先锋是热血，是过剩的雄性荷尔蒙。他的点评是学院背景、系统学养与精妙感觉、超人才情的完美结合，他的点评句句如诗。他为《新世纪诗典》作品所绘的妙不可言的插图，是其点评的延伸与升华，刮起了一场“李异台风”。特授予《新世纪诗典》第三届年度大奖（2013）——李白诗歌奖点评奖。

李异受奖词：

过去我是个盲人/有点怕在舞池/踩错步/是你让我看见/我是一头黑豹/身在丛林腹地/应该继续/跳/我钟情的探戈/面无表情/但紧抱生命/写诗/有时候是/纵虎归山/而点评诗/是与你渴望弄上床的女性/跳探戈/用直觉和胆量/触摸她的身体/及灵魂/最好/能让她两腿间的私处/燃烧/而这些/只是暖身而已/它不像人生那么艰难/所以才/这么棒

附录四 《新世纪诗典》三周年推选

“21世纪之初（2000—2014）中文现代诗百优”

《火焰与词语》	吉狄马加
《怀孕的女鬼》	王有尾
《秋阳》	食指
《月光白得很》	王小妮
《童年》	唐欣
《秃鹫》	康蚂
《人民》	杨克
《大限祈求》	还非
《就算天空再深》	李异
《一天一夜》	安琪
《一个人一生总该大错一次》	李琦
《看相》	老德
《犹太人》	巫昂
《一个农民在天上飞》	高歌
《母亲在我腹中》	图雅
《致从二十世纪走来的中国行者》	孟浪
《这些年》	韩东
《我主持圆通寺一个下午》	独化
《睡前书》	娜夜
《哥特兰岛的黄昏》	蓝蓝
《儿时同伴》	韩敬源
《章子怡漂亮不漂亮》	李伟
《我们得到黄金》	欧亚
《真的太像人了》	唐果
《皈依之后》	毓梓
《旧日的蜘蛛》	郑小琼
《痛和一缕死亡的青烟》	潇潇
《我们一家都生在河边》	阿吾
《访北岛于美国伊力诺伊州伯洛伊特小镇》	西川
《雨天》	海啸

《致侯马》	张小波
《安宁》	树才
《子宫坏了》	唐熠然
《终结者》	张执浩
《黑色地图》	北岛
《暮冬，我去看张映红》	张玉明
《父亲的骨头》	中岛
《真好》	欧阳昱
《色与空》	君儿
《磷火》	朱剑
《白色蝙蝠》	李淑敏
《我有什么地方打动了你》	刘亚丽
《牛逼》	梅花驿
《二奶》	张小云
《体操课》	轩辕轼轲
《乳汁在母体内变质》	宋晓贤
《如果用医院的X光机看这个世界》	刘川
《两不相欠》	莫小邪
《辛亥百年，致鲁迅》	路也
《亡者之痛》	晓音
《观赏》	琳子
《为痛风的恐惧而作》	徐江
《聋子》	左右
《情人》	宋雨
《老洋房的骨头》	王小龙
《有一个人他自己还记不记得他是谁》	侯马
《前妻》	江湖海
《我们村是怎么没的》	纪彦峰
《欢爱时闭上的眼睛》	吕约
《弥撒》	唐突
《有一年我在杨家村看见一个闲人在打他的女人》	伊沙
《我在中国见到梦露》	姚风
《穿过》	蒲永见
《戴眼镜的老民工》	西毒何殇
《清明时节的同胞》	严力

《腐烂》	谭克修
《敌营长》	景斌
《等诗来找我》	赵立宏
《老婆，我埋了你的胎盘》	李东泽
《失眠者之歌》	刘天雨
《汉字像一些精灵》	李轻松
《马》	秦巴子
《听我朗诵惠特曼》	第广龙
《我要生50个宝宝》	游若昕
《鸡蛋1985》	摆丢
《苦命的人》	天狼
《天机已泄》	李振宇
《送葬者》	张甫秋
《我右手大拇指会咯嘣咯嘣地动》	蒋涛
《巍巍昆仑》	李岩
《招魂歌咒》	李成恩
《目妄见》	余幼幼
《李翠梅》	邢昊
《他世界（节选）》	旻旻
《他发来一段雨声》	春树
《河边》	吴投文
《去动物园》	黄海
《女人》	德乾恒美
《理想国》	沈浩波
《吃塔》	西娃
《一把铁锹》	马非
《久出归来》	南人
《麻醉》	艾蒿
《等待报废》	洛夫
《“铁证”》	潘洗尘
《新年献词：闭门造车》	陈陟云
《婚誓》	湘莲子
《绕口令：从六世达赖到仓央嘉措》	李勋阳
《一本小说的开篇》	紫箫
《短句》	蒋雪峰

（说明：排名不分先后，以《新世纪诗典》推荐时间为序）

附录五　我们的足迹：《新世纪诗典》系列诗会

第一场　“阳光照在需要它的地方”北京诗会　2011年9月　北京师范大学

第二场　首届年度大奖颁奖礼暨“小春天”广州诗会　2012年3月　广州省立图书馆

第三场　“我在什么地方打动了你”长安诗会　2012年5月　西安外国语大学

第四场　《新世纪诗典（第一季）》首发式暨“诗歌的盛宴”朗诵会　2012年12月　北京红方剧场

第五场　“火焰与词语”万邦诗会　2013年1月　西安万邦书城

第六场　第二届年度大奖颁奖礼暨惠州诗会　2013年3月　广东省惠州市惠州宾馆

第七场　第六届珠江国际诗歌节西安站暨《新世纪诗典》朗诵会　2013年10月

第八场　第三届年度大奖颁奖礼暨李白故里朗诵会　2014年3月　四川省江油市李白纪念馆

附录六 《新世纪诗典》义工团队

主持人、编选者：伊　沙
理　　事　　长：沈浩波
责　任　编　辑：王有尾
特　约　评　论　家：湘莲子
特　约　翻　译　家：维马丁（奥地利）
特　约　插　画　家：李　异
资　料　馆　馆　长：游连斌
互　动　召　集　人：蒋　涛
活　动　总　监：西　娃

图书在版编目（CIP）数据

新世纪诗典. 第三季 / 伊沙编选. — 杭州 ：浙江文艺出版社， 2015.2
ISBN 978-7-5339-4144-4

Ⅰ. ①新… Ⅱ. ①伊… Ⅲ. ①诗集－中国－当代
Ⅳ. ①I227

中国版本图书馆CIP数据核字(2014)第307286号

责任编辑 闻 艺
特约监制 赵 菁 徐蕙蕙
特约编辑 叶 青
特约插画 李 异
装帧设计 九 一
内文制作 书情文化

新世纪诗典（第三季）
伊沙 编选

出版 浙江文艺出版社
地址 杭州市体育场路347号 邮编 310006
网址 www.zjwycbs.cn
经销 浙江省新华书店集团有限公司
印刷 北京慧美印刷有限公司
开本 635mm×965mm 1/16
字数 515千字
印张 31.75
插页 2
版次 2015年2月第1版 2015年2月第1次印刷
书号 ISBN 978-7-5339-4144-4
定价 52.00元

铁葫芦

铁葫芦

铁肩担道义　葫芦藏好书